BRENDA JOYCE
La Novia Perfecta

Editado por Harlequin Ibérica.
Una división de HarperCollins Ibérica, S.A.
Núñez de Balboa, 56
28001 Madrid

© 2007 Brenda Joyce Dreams Unlimited, Inc. Todos los derechos reservados.
LA NOVIA PERFECTA, Nº 75 - 1.2.09
Título original: The Perfect Bride
Publicada originalmente por HQN Books.
Traducido por María Perea Peña.

Todos los derechos están reservados incluidos los de reproducción, total o parcial. Esta edición ha sido publicada con permiso de Harlequin Enterprises II BV.
Todos los personajes de este libro son ficticios. Cualquier parecido con alguna persona, viva o muerta, es pura coincidencia.
™TOP NOVEL es marca registrada por Harlequin Enterprises Ltd.
® y ™ son marcas registradas por Harlequin Enterprises Limited y sus filiales, utilizadas con licencia. Las marcas que lleven ® están registradas en la Oficina Española de Patentes y Marcas y en otros países.

I.S.B.N.: 978-84-671-6944-7
Depósito legal: B-54471-2008

CAPÍTULO 1

Marzo, 1822

Doscientos veintiocho pretendientes. Dios Santo, ¿cómo iba a arreglárselas para elegir a uno de ellos?

Blanche Harrington estaba a solas en un pequeño gabinete anexo al gran salón donde pronto comenzaría la invasión de visitantes. Aquella misma mañana habían descolgado las cortinas de luto por la muerte de su padre. Blanche había conseguido librarse del matrimonio durante ocho años, pero sabía que, al haber muerto su progenitor, necesitaba un marido que la ayudara a gestionar su considerable y complicada fortuna.

Sin embargo, tenía pavor a la avalancha de admiradores, tanto pavor como sentía por el futuro.

Su mejor amiga entró agitadamente en el gabinete.

—¡Blanche, querida, estás aquí! ¡Ahora mismo vamos a abrir las puertas! —exclamó con entusiasmo.

Blanche miró por la ventana hacia el paseo circular. A su padre le habían concedido el título de vizconde muchos años antes, después de que amasara una enorme fortuna con el negocio de las manufacturas. Tantos años antes, que ya nadie los consideraba unos nuevos ricos. Blanche no había conocido otra vida que la de la riqueza, los privilegios y el esplendor. Era una de las grandes herederas del imperio, pero su padre había permitido que rompiera su compromiso matrimonial ocho años antes, y aunque nunca había dejado de presentarle candidatos, siempre había querido que su hija se casara por amor. Por supuesto, aquélla era una idea absurda.

No porque la gente no pudiera casarse por amor; era absurda porque Blanche sabía que era incapaz de enamorarse.

Sin embargo, iba a casarse. Aunque Harrington había fallecido de manera repentina a causa de una neumonía, y no había podido expresar su última voluntad, Blanche sabía que su padre quería verla casada con un hombre honorable.

En el precioso paseo de entrada a la casa había tres docenas de carruajes. Blanche había recibido quinientas visitas de condolencia seis meses antes. De las tarjetas que habían dejado los visitantes, doscientas veintiocho eran de solteros considerados candidatos aceptables; ella se preguntaba cuántos de ellos no eran oportunistas. Como hacía mucho tiempo que Blanche había desistido de enamorarse, su intención era dar con un hombre sensato, decente y noble.

—Oh, Señor —dijo Bess Waverly mientras se acercaba a ella—. Estás inquieta. Te conozco mejor que tú misma. ¡Somos amigas desde los nueve años! Por favor, no me digas que quieres despedir a todo el mundo, después de que yo haya anunciado que tu periodo de luto ha terminado. ¿Tendría sentido continuar con el luto seis meses más? Sólo estarías retrasando lo inevitable.

Blanche miró a su mejor amiga. Eran tan diferentes como la noche y el día. Bess era teatral, vivaz y seductora; estaba casada en segundas nupcias y tenía su vigésimo amante, como mínimo. No intentaba disimular que disfrutaba de todos los aspectos de la vida, incluida la pasión. Blanche tenía casi veintiocho años, no había querido casarse hasta aquel momento y continuaba siendo virgen. Encontraba la vida lo suficientemente placentera; le gustaba pasear por el parque, ir a tomar el té, salir de compras, a la ópera y a los bailes. Sin embargo, no tenía ni la más mínima idea de lo que era la pasión.

Tenía un corazón defectuoso; latía, pero se negaba a sentir emociones intensas.

El sol era amarillo, nunca dorado. Una comedia podía ser divertida, nunca hilarante. El chocolate era dulce, pero se podía prescindir de él con facilidad. Un hombre podía ser guapo, pero ninguno la había dejado sin respiración. Blanche no había deseado que la besaran ni una sola vez en la vida.

Hacía mucho tiempo que se había dado cuenta de que nunca sentiría la pasión por la vida que, supuestamente, debía sentir una mujer. Sin embargo, otras mujeres no habían perdido a su madre durante un disturbio, un día de elecciones, a la edad de seis años. Blanche estaba con su madre en aquel día, pero no recordaba nada, y tampoco era capaz de rememorar nada de su vida anterior a aquel momento. Lo peor era que tampoco recordaba nada de su madre, y cuando observaba su retrato, que ocupaba un lugar de honor sobre la escalinata de la casa, veía a una señora guapa, pero que le resultaba una extraña.

Además, había algún lugar de su mente que estaba poblado por imágenes del pasado, oscuras y violentas, por monstruos que siempre habían estado allí. Blanche lo sabía de la misma manera que otras personas decían que vivían con un fantasma, o tal y como un niño tenía un compañero de juegos imaginario. Pero no importaba, porque ella ni siquiera quería identificar a sus demonios. Por lo demás, ¿cuántos adultos eran capaces de recordar cómo era su vida antes de los seis años?

Sin embargo, no había derramado una sola lágrima de pena desde aquel tumulto durante el que su madre había muerto. La tristeza también estaba más allá de las capacidades de su corazón. Blanche era consciente de que se diferenciaba de otras mujeres; ése era su secreto. Su padre conocía toda la verdad, y el motivo de aquella diferencia. Por el contrario, sus dos mejores amigas pensaban que un día Blanche se convertiría en una mujer tan apasionada e insensata como ellas. Sus dos mejores amigas estaban esperando a que se enamorara perdidamente.

Blanche siempre había sido sensata. En aquel momento, se volvió hacia Bess.

—No. No creo que tenga motivo retrasar lo inevitable. Papá tenía sesenta y cuatro años, y tuvo una vida maravillosa. Seguramente, él querrá que yo siga adelante tal y como habíamos planeado.

Bess la rodeó con un brazo. Tenía el pelo castaño, unos ojos verdes espectaculares, una figura exuberante y unos labios carnosos, que, según ella, los hombres adoraban. Una vez, Blanche había deseado ser como su amiga, o al menos, una versión atenuada de ella. Sin embargo, recientemente se había dado cuenta de que no iba a cambiar. Por muchas cosas que le ofreciera la vida, ella iba a vivirla sensata y serenamente. No habría drama, ni tormento, ni pasión.

—Sí, eso es cierto. Te has pasado la vida escondiéndote —dijo Bess—. Por muy triste que sea, Harrington ha muerto. No te quedan excusas, Blanche. Él ya no está aquí para seguir adorándote. Si continúas escondiéndote, te quedarás sola.

Era increíble, pero no sintió casi nada ante la mención del nombre de su padre. Estaba entumecida, cuando debería haber llorado y sollozado; llevaba agarrotada desde su muerte. La tristeza que sentía era una onda suave, casi indolora. Lo echaba de menos, ¿cómo no iba a echarlo en falta? Su padre había sido el pilar de su vida desde el terrible día de la muerte de su madre. Ojalá pudiera llorar de tristeza y de indignación. Sin embargo, sólo notó una leve humedad en los ojos.

Blanche sonrió con una expresión sombría y se alejó de la ventana.

—No me estoy escondiendo, Bess. Nadie da tantas fiestas como yo en Londres.

—Te has estado escondiendo de la pasión y del placer —replicó Bess.

Blanche sonrió sin poder evitarlo. Habían hablado de aquello en incontables ocasiones.

—No tengo una naturaleza apasionada —le dijo suavemente a su amiga—. Y aunque papá ya no está, gracias a Dios os tengo a Felicia y a ti. Yo os quiero mucho a las dos. No sé qué haría sin vosotras.

Bess puso los ojos en blanco.

—¡Vamos a encontrarte a un joven guapo que te adore a ti, Blanche, para que por fin puedas vivir tu vida! ¡Piénsalo! Hay más de doscientos pretendientes, ¡y puedes elegir entre todos ellos!

Blanche sintió una punzada de inseguridad.

—Tengo miedo de semejante avalancha —dijo—. ¿Cómo voy a elegir? Las dos sabemos que todos son cazadores de fortunas, y mi padre deseaba algo mejor para mí.

—Mmm... ¡No se me ocurre nada mejor que un cazador de fortunas de veinticinco años! Siempre y cuando sea guapísimo y viril.

Blanche, que estaba acostumbrada a aquellos comentarios, ni siquiera se ruborizó.

—Bess.

—Serás feliz cuando tengas un marido vigoroso, querida, hazme caso. ¿Quién sabe? Quizá termine con tu indiferencia por todo lo que te ofrece la vida.

Blanche sonrió, pero sacudió la cabeza.

—Eso sería un milagro.

—¡Una buena dosis de pasión puede ser milagrosa! —exclamó Bess con seriedad—. Estoy intentando alegrarte. Felicia y yo te ayudaremos a elegir, a menos, claro, que ocurra un milagro y te enamores.

—Las dos sabemos que eso no va a suceder. Bess, ¡no pongas esa cara tan tristona! He tenido una vida casi perfecta. Disfruto de muchas bendiciones.

Bess negó con la cabeza con tanta angustia como alegría había demostrado un momento antes.

—¡No digas eso! Aunque nunca te hayas enamorado, yo conservo la esperanza de que un día lo hagas. Oh, Blanche, no te das cuenta de lo que te estás perdiendo. Sé que crees que tu vida fue perfecta hasta que Harrington murió, pero no es verdad. Eres una isla. Eres la persona más solitaria que conozco.

Blanche se puso tensa.

—Bess, éste ya es un día difícil de por sí, con todos esos pretendientes esperando en la puerta.

—Estabas sola antes de que muriera Harrington, y ahora estás incluso más sola. Detesto verte así, y creo que el matrimonio y los hijos cambiarán eso —afirmó Bess.

Blanche se sentía muy tirante. Quería negarlo, pero su amiga tenía razón. Por muchas visitas que hiciera y recibiera, por muchas fiestas que celebrara, por muchos bailes a los que asistiera, ella era diferente, y lo sabía. De hecho, siempre se había sentido separada y desvinculada de los que estaban a su alrededor.

—Bess, a mí no me importa estar sola —dijo, y era la verdad—. Tú no lo entiendes, pero voy a ser sincera: sé con certeza que, cuando me case, seguiré estando sola en espíritu.

—No estarás sola en espíritu cuando tengas hijos.

Blanche sonrió.

—Tener un hijo sería estupendo.

Bess tenía dos niños a los que adoraba. Pese a sus aventuras románticas, era una madre maravillosa.

—Sin embargo, aunque tengas esa idea fantástica de emparejarme con un joven viril, yo quiero a alguien más maduro, alguien de mediana edad. Debe scr bueno y tener fortaleza de carácter. Debe ser un caballero de verdad.

—Claro, quieres a alguien mayor que te dé todos los caprichos. Quieres a alguien que reemplace a Harrington, Blanche

—dijo Bess—, pero nosotras no vamos a buscarle un sustituto a tu padre. ¡Tu marido ha de ser joven y atractivo! Y ahora que hemos resuelto eso, ¿puedo elegir yo a algún caballero de entre los restos?

Blanche se rió suavemente, y se dio cuenta de que Bess deseaba encontrar un nuevo amante entre sus doscientos pretendientes.

—Por supuesto —le dijo a su amiga, y se alejó.

No pudo evitarlo, pero en aquel momento, cuando pensó en todos los aspirantes, sólo uno apareció en su mente. Era una imagen oscura, inquietante. Un hombre soltero que no la había visitado. No sólo no la había visitado, sino que no le había ofrecido el pésame por la muerte de su padre.

Blanche no quería continuar pensando en él. Y, por fortuna, su otra mejor amiga entró en la habitación. Felicia se había casado recientemente con su tercer marido. El anterior era un joven muy guapo, y también un jinete muy temerario que había muerto al saltar a caballo un obstáculo peligroso.

—¡Jamieson está abriendo la puerta principal, queridas! —exclamó con una sonrisa—. Oh, Blanche, me alegro mucho de que te hayas quitado el negro. El gris perla te sienta mucho mejor.

Blanche oyó el sonido de muchas voces masculinas, y de muchos pasos. El estómago se le encogió. Las hordas acababan de llegar.

Blanche sonrió cortésmente ante la broma de Felicia, que en realidad no había oído. Al instante, se vio rodeada por seis jóvenes, y otros cincuenta y uno entraron al salón. No quedó un solo asiento libre. Ella ya conocía a casi todos los caballeros que habían acudido a la visita. Llevaba muchos años siendo la anfitriona de Harrington. Sin embargo, estaba muy cansada: se había convertido en el centro de atención, y no estaba segura de que pudiera soportar otra mirada de admiración ni responder a otro comentario insinuante.

Debían de haberle dicho que tenía buen aspecto unas cien veces durante las últimas horas. Unos cuantos atrevidos le habían dicho incluso que era una belleza. Como Blanche era mayor, comparada con otras muchachas casaderas, estaba harta de fingir que creía aquellos halagos. ¿Y cuántos galanes le habían pedido que los acompañara de paseo por el parque? Afortunadamente, Bess le había susurrado al oído que ella le arreglaría todas las citas. Su querida amiga revoloteaba a su alrededor, y Blanche estaba segura de que su agenda estaba completamente comprometida para todo el año siguiente, como poco.

Dentro de la casa, el ambiente estaba muy cargado. Blanche sonrió con cortesía a Ralph Witte, el guapísimo hijo de un barón, mientras se abanicaba con la mano. Se preguntaba cuándo terminaría aquella tarde, o si se atrevería a escapar de la velada.

Sin embargo, llegaban más y más visitas. Y Blanche vio a otra de sus más queridas amigas, la condesa de Adare. En aquel momento, lady de Warenne entraba en el salón con su nuera, la futura condesa, Lizzie de Warenne. Las seguía un hombre alto, moreno. Al instante, Blanche se quedó inmóvil, muy sorprendida.

Rex de Warenne no se prodigaba en sociedad, y ella se había preguntado muchas veces el porqué. ¿Quién no? Sin embargo, se dio cuenta de que se había equivocado. Era Tyrell de Warenne, y no su hermano, el que entraba en el salón. Evidentemente, el futuro conde de Adare acompañaría a su esposa a una visita social.

−¿Blanche? −le preguntó Bess−. ¿Te sucede algo?

Blanche se volvió, consciente de que sentía una ligera y absurda decepción. Era una tontería sentirse mal por el hecho de que sir Rex no hubiera ido de visita con su familia, porque ella apenas lo conocía. Blanche había tenido un breve compromiso con Tyrell, y por esa razón era amiga de su madre y de la esposa de Tyrell. Sin embargo, apenas había cruzado algunas palabras con sir Rex durante los ocho años que habían transcurrido desde aquel compromiso. Todo el mundo sabía que era un ermitaño que prefería permanecer en su finca de Cornualles a alternar con los miembros de la buena sociedad. Sin embargo, de vez en cuando se dejaba ver en algún baile o en algún evento. Siempre tenía una actitud calmada y era silencioso. Como Blanche.

Y Blanche pensó que era mejor que él no hubiera acudido a darle el pésame ni la hubiera visitado. Su mirada oscura e intensa siempre conseguía que se sintiera incómoda.

—Voy a saludar a lady Adare y a lady de Warenne —dijo rápidamente.

—Voy a empezar a insinuar por aquí y por allá que estás cansada. No tardaremos mucho en despedir a todo el mundo.

—Y es cierto que estoy cansada —dijo Blanche. Después, avanzó por entre la multitud y esbozó una sonrisa genuina—. Mary, ¡me alegro mucho de verte!

Mary de Warenne, la condesa de Adare, era una mujer rubia, muy bella y elegante. Las dos mujeres se abrazaron. Como Blanche había roto su compromiso con Tyrell años atrás para que él pudiera casarse con la mujer a la que amaba, había sido fácil estrechar la amistad.

—Querida, ¿cómo estás? —le preguntó Mary con afecto.

—Estoy bien, dadas las circunstancias —le aseguró Blanche—. Lizzie, estás verdaderamente maravillosa.

La esposa de Tyrell estaba radiante. Tenía cuatro niños con su marido, y Blanche se preguntó cuál sería el secreto para que un matrimonio fuera tan feliz como el suyo.

—Ty y yo hemos pasado la tarde juntos —dijo Lizzie, apretándole las manos—. ¡Lo tengo tan pocas veces para mí sola! Vaya, Blanche, ha venido muchísima gente.

Blanche sonrió sin ganas.

—Y todos son pretendientes.

Después miró a Tyrell. Ya no lo confundía con su hermano. Rex era un héroe de guerra, y el más guapo de los dos, aunque casi nunca sonriera. Además, Tyrell tenía los ojos azul oscuro y una mirada amable. Rex tenía los ojos castaños, y una mirada oscura, a veces inquietante.

—Milord, gracias por acudir a esta reunión —dijo Blanche. Él inclinó la cabeza.

—Es un placer tenerte de vuelta, Blanche. Si hay algo que pueda hacer para ayudarte en lo que necesites, debes avisarme.

Blanche sabía que él aún le guardaba gratitud por haberlo liberado de su compromiso para que pudiera casarse con Lizzie. Se volvió nuevamente hacia las mujeres:

—¿Estaréis mucho tiempo en la ciudad? —preguntó. Normalmente, la familia pasaba largas temporadas en Adare, que estaba en Irlanda.

—Llevamos aquí desde Año Nuevo —respondió Mary con una sonrisa—. Así que estamos a punto de volver.

—Oh, es una pena —dijo Blanche—. ¿El capitán de Warenne y Amanda también están aquí? ¿Cómo están?

—Sólo estamos nosotros tres —explicó Lizzie—, y mis cuatro hijos, claro. Cliff y Amanda están en las islas, pero vendrán en primavera. Están muy contentos, muy enamorados.

Blanche titubeó, pensando en sir Rex.

—¿Y cómo están los O'Neill?

—Sean y Eleanor están en Sinclair Hall, y Devlin y Virginia están celebrando su noveno aniversario en París, sin los niños.

Ella sonrió. Entonces se dio cuenta de que no le quedaba más remedio que preguntar por sir Rex. Habría sido grosero no hacerlo.

—¿Y sir Rex? ¿Se encuentra bien?

Lizzie asintió.

—Está en Land's End.

Mary intervino:

—Últimamente, Cliff es el único que lo ha visto, y sólo porque pasó por Land's End de camino a las islas el pasado otoño. Rex se excusa diciendo que está rehabilitando su finca y que no puede marcharse. Yo no lo he visto desde que Cliff volvió a Londres con Amanda.

Aquello había sucedido un año y medio antes. Blanche sintió preocupación.

—¿Y crees a sir Rex? ¿No será que algo va mal?

Mary suspiró.

—Lo creo, sí. Ya sabes que evita la sociedad por todos los medios. Pero, ¿cómo va a encontrar esposa si siempre está en el sur de Cornualles? ¡Allí no hay muchachas para poder elegir!

A Blanche se le encogió el corazón, extrañamente.

—¿Y él desea casarse? —preguntó. Rex era dos años mayor que ella, y ya debería haber celebrado su matrimonio.

Mary se encogió de hombros.

—Es difícil de decir.

Lizzie la tomó por el brazo.

—Las mujeres de Warenne hemos decidido que tenga una familia propia. Y eso requiere una esposa.

Así que las de Warenne querían verlo casado. Blanche tuvo que sonreír. Sus días de soltero estaban contados. Tenían razón: Rex debía casarse. No estaba bien que viviera tan solo.

—Y para conseguirla, es necesario que salga de Land's End —continuó Mary—. Sin embargo, Edward y yo vamos a celebrar en mayo nuestro trigésimo aniversario aquí, en Londres. Rex asistirá. Toda la familia va a reunirse para la celebración.

Blanche sonrió.

—Eso suena maravillosamente bien. Felicidades, Mary.

—Tengo tantos nietos que ya he perdido la cuenta —dijo Mary con los ojos brillantes. Después, le tomó la mano a Blanche—. Blanche, te he considerado como una hija desde tu compromiso con Tyrell. Espero con toda mi alma que tú también encuentres la felicidad que yo siento.

La condesa era una de las mujeres más buenas y generosas que conocía Blanche. Su marido, sus hijos y sus nietos la adoraban. Blanche sabía que se lo decía con todo el corazón, pero, sin embargo, se sintió un poco triste. Ella nunca disfrutaría de la misma alegría y felicidad que Mary de Warenne. Si tuviera la capacidad de enamorarse, seguramente ya lo habría hecho, porque siempre había caballeros que visitaban Harrington Hall. Blanche no se imaginaba lo que sería sentir tanto amor, sentirse tan querida y estar rodeada de una familia así.

—Yo ya no deseo evitar más el matrimonio —dijo ella lentamente—. No tiene sentido. No puedo gestionar sola un patrimonio tan grande.

Mary y Lizzie se miraron, complacidas.

—¿Y has pensado en alguien en especial? —le preguntó Lizzie con entusiasmo.

—No, no —respondió Blanche, y se dio cuenta de que la mitad de la sala se había quedado vacía. Era mucho más fácil respirar. Se abanicó y comentó—: ¡Ha sido una tarde muy larga!

—Y es sólo el comienzo —dijo Lizzie. Blanche sintió una punzada de consternación—. Bueno, yo he visto algunos buenos candidatos. Si quieres que te pase la información, dímelo.

Lizzie se rió mientras le tendía la mano a su marido. Al instante, él se separó de su grupo y se colocó junto a ella, tomándole la mano. Ambos compartieron una mirada de comunicación íntima.

—Deberíamos irnos. Tienes aspecto de estar cansada, querida —le dijo Mary a Blanche. Entonces, las mujeres se abrazaron y se despidieron.

Blanche pasó la siguiente media hora sonriendo a los caballeros que se marchaban, haciendo todo lo que podía por parecer interesada en cada uno de ellos. En cuanto se marchó el último de los visitantes, se dejó caer en la butaca más cercana. La sonrisa se le había borrado de los labios, y notaba que le dolían las mejillas.

—¿Cómo voy a poder hacer esto? —preguntó quejumbrosamente.

Bess sonrió mientras se sentaba en el sofá.

—A mí me parece que todo ha salido muy bien.

Felicia le pidió a uno de los sirvientes que sirviera jerez para las tres.

—Es cierto —dijo la voluptuosa morena con una sonrisa—. Dios Santo, ¡se me había olvidado cuántos hombres casaderos y guapos hay en el mundo!

—¿Que ha salido bien? —preguntó Blanche—. ¡Yo tengo una migraña terrible! Lo único positivo que he oído en toda la tarde es que los condes de Adare van a celebrar su trigésimo aniversario en mayo.

Felicia se quedó sorprendida. Bess no.

—Y Rex de Warenne va a asistir a la fiesta —dijo.

Blanche miró con curiosidad a Bess. ¿Qué quería decir su amiga?

—¿Estás segura de que quieres un marido maduro, Blanche? —le preguntó su amiga con una sonrisa.

Blanche se sintió incómoda.

—Sí, estoy segura. ¿Por qué has mencionado a sir Rex?

—Pues, verás, estaba detrás de ti cuando hablabas de él con su familia —contestó Bess.

Blanche no entendió la respuesta.

—Me siento confusa. He preguntado por toda la familia, Bess. ¿Es que estás insinuando que tengo algún interés en sir Rex?

—¿Cómo voy a decir algo así? —respondió Bess con ironía—. Vamos, Blanche, ésta no es la primera vez que se menciona su nombre.

—Es un amigo. Lo conozco desde hace muchos años —insistió Blanche, y se encogió de hombros—. Sólo me preguntaba por qué no me ha visitado nunca. Ha sido una falta de educación. Algo casi insultante. Eso es todo.

Bess se irguió en su asiento.

—¿Deseas que te corteje?

—¡Claro que no! Lo que deseo es tener un futuro sereno. Sir Rex es un hombre demasiado sombrío. Todo el mundo sabe que es una persona inquietante y un ermitaño. No encajaríamos. Además, mi vida está aquí, en Londres, y la suya está en Cornualles.

Bess sonrió dulcemente.

—En realidad, a mí siempre me ha parecido inquietantemente sexual.

Blanche palideció. ¡No quería saber lo que insinuaba su amiga! Y sólo Bess podía escapar indemne después de haber hecho un comentario así. Ella decidió hacerle caso omiso.

—De todos modos, yo quiero recuperar mi antigua existencia —dijo con aspereza.

—Sí, claro. Tu antigua existencia era tan perfecta... cuidando de tu padre y viviendo la vida a través de Felicia y de mí.

Felicia acercó una otomana mientras por fin les servían el jerez.

—Bess, yo intenté seducirlo después de que muriera Hal. Es un zafio. De hecho, tiene tal falta de encanto que resulta grosero. Y es más, no hay candidato peor para ser el marido de Blanche.

Blanche no dudó en defenderlo, porque odiaba la malicia de cualquier tipo.

—Has juzgado mal a un hombre introvertido, Felicia —le dijo con suavidad—. Sir Rex es un caballero. Al menos, conmigo siempre ha sido un perfecto caballero, y quizá, sólo quizá, no deseaba coquetear contigo.

Felicia enrojeció.

—Los hombres de la familia de Warenne son famosos por sus aventuras, hasta que se casan. Quizá él no sea viril.

—¡Eso es una cosa terrible! —exclamó Blanche, horrorizada.

Bess intervino.

—Tiene reputación de preferir a las sirvientas antes que a las mujeres de la nobleza, Felicia. Y también tiene la reputación de tener una gran resistencia y habilidad, pese a su herida de guerra.

Blanche se quedó mirando fijamente a su amiga, consciente de que se estaba ruborizando por momentos.

—Eso es puro chismorreo —dijo—. No me parece apropiado hablar de sir Rex de esta manera.

—¿Por qué no? Hablamos todo el tiempo de mis amantes, y con mucho más detalle.

—Eso es distinto —dijo Blanche, aunque incluso ella se daba cuenta de que su objeción no era racional. Nunca había pensado en sir Rex de otro modo que como un amigo de la familia, aunque distante.

—Es increíble que se acueste con las sirvientas —dijo Felicia con desdén—. ¡Qué ordinario!

Blanche notó que se incrementaba el calor de sus mejillas.

—No puede ser cierto.

—Oí a dos doncellas hablando de su destreza con mucho entusiasmo. Una de ellas había disfrutado de esa maestría —comentó Bess con una sonrisa.

Blanche se quedó mirándola con más inquietud que antes.

—Preferiría que no habláramos más de sir Rex.

—¿Es que ahora te vas a convertir en una mojigata? —le preguntó Bess.

—Es censurable que una persona de la nobleza tenga aventuras con el servicio —insistió Felicia, decidida a ser maliciosa.

—Bueno, yo disfruté mucho con mi jardinero —replicó Bess, refiriéndose a un antiguo episodio.

Blanche no sabía qué pensar. Ella no quería juzgar a sir Rex; no era propio de su carácter juzgar ni condenar a nadie. Realmente, no era aceptable que los nobles tuvieran aventuras con los sirvientes, pero de vez en cuando sucedía. Era aceptable que un caballero tuviera una amante, siempre y cuando se respetara la discreción. Probablemente, sir Rex tenía una amante. Además, no deseaba seguir pensando en sir Rex de aquel modo. ¿Cómo había comenzado la conversación? ¿De veras tenía él la reputación de ser hábil y resistente? ¡Blanche no quería saberlo!

—¿Cuándo fue la última vez que hablaste con Rex de Warenne?

Aquél era un terreno mucho más seguro.

—Durante la puesta de largo de Amanda de Warenne —respondió Blanche—. Antes de que Amanda se casara con el capitán de Warenne.

Bess se quedó boquiabierta.

—¿Me estás diciendo que bebes los vientos por un hombre al que no ves desde hace dos años?

Blanche suspiró y sonrió.

—Bess, yo no bebo los vientos por él. Y eso fue sólo hace un año y medio. Además, ya he tenido suficiente conversación por hoy —dijo, y se puso en pie bruscamente.

Bess también se puso en pie y, como un terrier con un hueso, continuó.

—Querida, ¿te das cuenta de que sir Rex no se ha presentado aquí como pretendiente tuyo?

—Claro que me doy cuenta —respondió Blanche—. Sé lo que estáis pensando. Él necesita una fortuna y una mujer, así que esa conducta es rara. Es evidente que no desea casarse todavía.

—¿Cuántos años tiene? —preguntó Bess.

—Creo que tiene treinta años, pero no estoy segura. Bess, te lo ruego, déjalo ya. Veo dónde quieres llegar. ¡No pienses en emparejarme con sir Rex!

—Te he angustiado —dijo Bess—. Y tú nunca te angustias. Lo siento, Blanche. Debe de ser el estrés de la fiesta. Yo nunca te emparejaría con nadie en contra de tu voluntad. Lo sabes.

Blanche se sintió aliviada.

—Sí, lo sé. Pero me has causado preocupación. Las dos sabemos lo persistente que eres. Bess, no puedo soportar la presión de esos pretendientes, y esto ha sido sólo el primer día. Si no te importa, voy a retirarme ya a mi habitación.

Bess le dio un abrazo.

—Ve a tomar un baño caliente. Daré instrucciones para que te manden la cena a tu cuarto. Que pases buena noche.
—Gracias.
Blanche sonrió a su amiga, abrazó a Felicia y salió de la estancia. Notó que comenzaban a cuchichear, y se dio cuenta de que hablaban de ella. No importaba. Sabía que sólo querían lo mejor para ella, y estaba muy cansada. Además, tenía que escapar de la conversación acerca de sir Rex. Le había resultado inquietante, y de una manera muy extraña.

—Sé que estás tramando algo —declaró Felicia.
Bess la tomó de la mano.
—Creo que por fin Blanche está interesada en un hombre, aunque ni siquiera ella se dé cuenta. Dios Santo, ¿y cuánto tiempo? ¡Creo que lo conoce desde hace ocho años!
Felicia se quedó boquiabierta.
—No es posible que pienses que le gusta Rex de Warenne. Es un hombre grosero, zafio, ¡siempre está a la defensiva!
—He escuchado la conversación que ha mantenido Blanche con la condesa de Adare. No sé tan siquiera si ella misma se da cuenta de su interés. Cuando comenzó a hablar de sir Rex, su expresión cambió por completo, y se ruborizó. Además, Felicia, ¿cuándo la has visto angustiada? ¿O azorada por nuestras charlas? ¡Y se siente insultada porque él no le haya dado el pésame! No hay nadie que pueda insultar a Blanche.
Felicia estaba horrorizada.
—¡Puede conseguir a alguien mucho mejor! ¿Cómo puede gustarle ese hombre? Es tan... oscuro.
—Sí, es muy oscuro. Algunas mujeres prefieren a los hombres inquietantes. Tú estás molesta porque te rechazó. Si Blanche tiene algún interés en sir Rex, debemos hacer algo al respecto.

Felicia suspiró.

—Si tienes razón, si a Blanche le interesa, debemos hacer algo. Pero, Dios, espero que estés equivocada. ¿Qué has planeado?

—Deja que recapacite —respondió Blanche, y comenzó a pasearse por la habitación, absorta en sus pensamientos.

—Él va a venir en mayo —dijo Felicia.

—Mayo está muy lejos.

Felicia asintió.

—Ya conoces el dicho: «Si no puedes enganchar el caballo al carro, engancha el carro al caballo». Nosotras vamos a ir a Cornualles —dijo Bess.

A Felicia no se le ocurría nada peor. Cornualles estaba en el fin del mundo, y en aquel momento del año, hacía mucho frío.

—Por favor, no. Da la casualidad de que acabo de casarme de nuevo y me gusta mi marido.

Bess descartó aquella objeción con un gesto de la mano.

—Oh, no te preocupes. Vamos a organizar unas pequeñas vacaciones para nosotras tres, pero cuando llegue el momento de ponerse en camino, tú estarás enferma, y mi hija habrá sufrido un accidente montando a caballo.

Felicia abrió unos ojos como platos, y Bess continuó con una gran sonrisa.

—Creo que, en menos de una semana, Blanche necesitará escapar de todo este torbellino. De hecho, estoy segura de que ya desea hacerlo. Y nosotras, sus queridas amigas, la convenceremos para ir de vacaciones a la finca que Harrington tenía en el sur.

—No sabía que Harrington tuviera una finca en el sur.

—No la tiene. Al menos, que yo sepa. Sin embargo, he estado ayudando a Blanche a organizar la enorme fortuna que ha heredado, y voy a hacer unos retoques interesantes en algunos de los documentos. Así que, sí hay una pequeña finca en Cornualles, que está a pocos kilómetros de Land's End. Imagínate lo que tendrá que hacer Blanche

cuando llegue allí y compruebe que ha habido un error. Estoy segura de que sir Rex no permitirá que quede sin alojamiento.
Felicia sonrió lentamente.
—Eres tan inteligente... —dijo.
—¿A que sí?

CAPÍTULO 2

Golpeó el clavo, con todas sus fuerzas, y de un solo mazazo lo hundió en la viga de manera que la cabeza quedó al mismo nivel de la madera. El sudor le caía por los ojos y le cubría el torso desnudo. Volvió a golpear, y la cabeza del clavo desapareció. Sin embargo, Rex sabía que el ejercicio físico, por muy intenso que fuera, no iba a cambiar nada.

Aunque ya habían pasado diez años, seguía viendo la Península española como si estuviera allí. Los cañones disparaban desde la cresta que se erguía sobre él, los sables entrechocaban, los hombres gritaban. El aire estaba lleno de humo que no permitía el paso de la luz del sol. Y él corría para rescatar a su amigo Tom Mowbray. De repente, un dolor abrasador le explotó en la rodilla...

La furia y la frustración se adueñaron de él. No quería recordar la guerra. Tiró la maza a un lado y la herramienta impactó contra una columna. Los hombres que estaban ayudándolo a construir el establo siguieron con sus tareas, haciéndole caso omiso.

La carta siempre despertaba los recuerdos y el dolor, y él hubiera preferido olvidar. Rex se apoyó en la muleta e intentó calmarse. Lo peor era que necesitaba desesperadamente aquella carta, y que, en el fondo, no lamentaba haberle salvado la vida a Tom Mowbray, ni tampoco lamentaba haber tenido aquella breve aventura con la mujer a la que había amado.

Se enjugó el sudor de la frente y recuperó algo de sosiego. El pasado era eso, pasado, y tenía que mantenerlo enterrado. Sin embargo, no podía olvidar la carta sobre su hijo porque, aunque temía su contenido, estaba ansioso por leerla. Le produciría una gran alegría, y también un gran dolor.

Rex se rindió. La misiva había llegado aquel mismo día, y estaba en su estudio. Sólo recibía aquella carta una vez al año, así que no podía retrasar más su lectura. Rápidamente, cruzó la estructura de madera de lo que iba a ser el establo. Fuera contempló la edificación de piedra que tenía ante sí, tras la cual se erigía la capilla del siglo catorce. Sobre todo ello, el cielo típico de Cornualles: azul y salpicado de nubes blancas. Al avanzar, atisbó en la distancia sus ovejas y su ganado, y sintió una gran satisfacción. Y, más allá de los pastos, como siempre, resonaban las olas del océano al chocar contra las rocas, y le recordaban dónde estaba y quién era.

Bodenick Castle era su hogar. Se había construido en el siglo dieciséis sobre un acantilado de roca negra, y era un edificio cuadrado del que sólo quedaba una torre en pie. Él había pasado cuatro años rehabilitándola, desde que se la habían otorgado como premio al valor que había demostrado durante la guerra. Sin embargo, no había intentado reconstruir la segunda torre, de la que sólo quedaban algunas de las piedras originales. La leyenda local decía que los piratas la habían desmantelado, pieza por pieza, en busca de un tesoro escondido. Algunos afirmaban que el tesoro seguía enterrado allí.

Como único adorno, el castillo contaba con un roble muy anciano, y con la hiedra y los rosales silvestres que trepaban por sus muros. Rápidamente, Rex pasó al salón y notó que hacía más frío, incluso, en el interior de la residencia que fuera de ella. Se estremeció, puesto que había olvidado la camisa en el establo. Se dirigió apresuradamente hacia su estudio, que ocupaba el piso bajo de la torre. Y el miedo volvió a apoderarse de él.

En el interior del estudio reinaba la penumbra, puesto que la estancia, de forma redonda, sólo tenía dos ventanas. Rex se acercó al escritorio, donde tenía sus papeles y documentos perfectamente organizados en carpetas. La carta estaba en el centro de la mesa, y no tuvo que mirarla para saber de quién era. Su escritura le resultaba familiar, y también despreciable.

Una tormenta le estalló en el pecho. Stephen tenía nueve años. La carta había llegado tarde; Rex debería haberla recibido en enero. Sin embargo, así era Julia; le enviaba el informe sobre su hijo cuando se dignaba a hacerlo. Le había dejado bien claro que consideraba que aquella tarea estaba por debajo de sus atribuciones.

¿Cómo estaba Stephen? ¿Seguía siendo correcto y solemne, y decidido a sobresalir en todo lo que hacía para complacer al hombre a quien creía su padre? ¿Seguía prefiriendo las matemáticas a los clásicos? ¿Habían contratado al maestro de esgrima que él les había recomendado?

A Rex se le entrecortó la respiración. Tuvo que sentarse al borde del escritorio, con la muleta bajo el brazo derecho. Después tomó el sobre con las manos temblorosas.

Aquello le despertó muchos recuerdos. Había llegado a casa después de una larga rehabilitación en el hospital militar, y su familia al completo le había dado la bienvenida, junto a sus vecinos y amigos. Sin embargo, su prometida, Julia, no estaba allí, y sólo le había visitado dos veces mientras estaba en el hospital. Él había ido inmediatamente a verla, pero ella no estaba en casa. La había encontrado en Clarewood, la finca familiar de los Mowbray, en brazos de Tom.

Desde aquel día de primavera de mil ochocientos trece, había intentado no volver a ver nunca a Julia ni a Mowbray. Estaba decidido a ignorar su existencia, como si aquella pareja enamorada no existiera, como si ella no hubiera sido su amante, y como si Rex no hubiera arriesgado la vida y hubiera sufrido la amputación de un miembro para salvarle la vida a Tom.

Sin embargo, la sociedad a la que pertenecían era un círculo pequeño, endogámico. Un año más tarde había llegado a sus oídos la noticia del nacimiento del primer hijo de los Mowbray, en octubre. Rex no quería pensarlo, pero las cuentas eran irrefutables. Como él había dejado a Julia justo después de Año Nuevo, Stephen podía ser hijo suyo, aunque Mowbray hubiera estado disfrutando de los favores de Julia al mismo tiempo que él. Y después, Rex había oído los rumores: que el niño había sido sustituido por otro al nacer, o que había sido adoptado, o incluso que era hijo de uno de los amantes de Julia. Tanto su padre como su madre eran muy rubios, pero el niño era moreno como un irlandés.

Lleno de congoja, Rex había ido a Clarewood para ver al niño por sí mismo, y había comprobado que tenía la tez morena y un gran parecido con los de Warenne.

Los hombres de la familia de Warenne se parecían a uno de sus dos ancestros. O eran rubios, o muy morenos, y normalmente, tenían los ojos azules, muy brillantes. Rex vio a un niño que podía ser su hermano Tyrell de pequeño. O él mismo.

Hacía mucho tiempo que los Mowbray y él habían llegado a un acuerdo. No era la primera vez que ocurría aquello en su círculo social. El matrimonio criaría a Stephan, porque, en aquel punto, Julia fue inflexible; Mowbray le haría heredero de una fortuna que Rex nunca podría proporcionarle. A cambio de entregarle a su hijo a la pareja, Rex recibiría informes anuales y podría visitarlo en alguna ocasión. Sin embargo, nadie debería conocer la verdad. Mowbray no quería que nadie supiera que Julia había estado con otro hombre.

Todo era irónico, porque había pasado una década, y Stephen iba a tener más que una buena herencia de Mowbray. Cuando Clarewood falleció, Tom había heredado el ducado, porque su hermano mayor había muerto en un naufragio. Además, no había tenido más hijos. Parecía que Mowbray no podía tener descendencia. Por lo tanto, un día Stephen Mowbray sería el duque de Clarewood, uno de los señores más ricos e importantes de la nación.

Rex estaba haciendo lo que era mejor para su hijo, sin duda. Sin embargo, en aquel momento se sentía como si le estuvieran clavando un cuchillo en las entrañas.

Rex abrió la carta.

Como siempre, Stephen destacaba en todos los estudios y todas las actividades. Iba muy adelantado en lectura y matemáticas, que seguía siendo su asignatura preferida. Hablaba francés, alemán y latín con fluidez, había comenzado a aprender a bailar y se le daba muy bien el manejo del sable. También era muy buen jinete, y le habían regalado un purasangre por su cumpleaños. Ya saltaba obstáculos con facilidad. Y, poco antes, Mowbray lo había llevado a su primera caza del zorro.

Desde que había comenzado a leer, Rex tenía la vista borrosa. No podía ver más. La hoja se manchó con las lágrimas, y tuvo que interrumpir su lectura y dejarla encima del escritorio. No podía parar de llorar.

Estaba muy cansado de fingir que Stephan no era su hijo. Odiaba aquellas cartas; lo que de verdad quería era abrazarlo. Quería enseñarle a saltar obstáculos, y llevarlo a cazar zorros. Sin embargo, sabía que no podía hacerlo; aquella solución era la mejor. No quería que Stephen terminara exiliado en Land's End, como él. Ojalá, al menos, pudiera verlo alguna vez. Nunca lo había visitado, porque sabía que, para mantenerse fuerte, debía mantener la mayor distancia posible entre ellos.

Rex miró los muros de piedra entre los que se encontraba, y se sintió como si estuviera enterrado en vida, allí en Bodenick, donde había trabajado tanto para convertir unas ruinas en algo lucrativo. Sin embargo, Land's End se había convertido en un lugar de destierro en cuanto se había dado cuenta de que debía ceder a su hijo. No importaba que él mismo hubiera elegido aquel destino; el día en que llegaba la carta anual, era el día que le parecía el más inútil de toda su vida. Era el día en el que no podía respirar, y en el que el peso de la vida se le hacía insoportable.

Rex blandió la muleta violentamente. La lámpara cayó al suelo y se hizo añicos, y sus papeles, perfectamente organizados, volaron por todas partes. Él se incorporó y golpeó lo que quedaba sobre el escritorio. El vaso, el decantador, el pisapapeles y más documentos, todo cayó al suelo con gran estrépito.

Jadeó, cerró los ojos, se esforzó en recuperar el control de sus actos. Aquel día pasaría. Siempre pasaba. Sin embargo, el dolor y la desesperación le atenazaban las entrañas.

Miró el decantador, que no se había roto. Se inclinó; los resortes de la muleta le permitían contraerla a su antojo, y pudo recoger la botella. Hacía mucho tiempo que había aprendido a usar la muleta de todas las formas posibles. Estaba hecha a su medida, y tenía bisagras. Rex ya no era consciente de que tuviera que valerse de ella. Se había convertido en una extensión de su cuerpo, en su pierna derecha.

Aún quedaba un poco de whisky, y él se bebió cuanto pudo de un solo trago.

En aquel momento entró una doncella en la habitación.

—¡Milord! —exclamó, al ver el desorden que él había ocasionado.

Rex terminó el contenido del decantador y lo dejó sobre el escritorio. Después miró a la doncella. Había un modo mejor para olvidar.

Anne estaba de rodillas, recogiendo los papeles del suelo. Tenía veinte años. Era de pecho exuberante, muy guapa y lozana. Había comenzado a trabajar para él dos meses antes, y había dejado bien claro que deseaba hacer mucho más que limpiarle la casa y lavarle la ropa. Él no iba a negarse el placer y la pasión, y ya estaba cansado de la aventura que tenía con la hija viuda del posadero. Al momento, había contratado a Anne. Su primera tarea había sido compartir cama con él, y ambos habían disfrutado inmensamente. Llevaban haciéndolo desde entonces. Él no había sido su primer amante, y no sería el último. Rex la había compensado por sus deberes extra con provisiones para su familia; eran granjeros arrendados pertenecientes a la parroquia vecina, que tenían que hacer grandes esfuerzos para subsistir. Rex, además, pagaba un salario generoso a Anne.

Sin embargo, poco tiempo antes él la había visto coqueteando con el herrero del pueblo, un guapo muchacho de su edad que acababa de llegar a Lanhadron. Rex tenía la sensación de que ella le estaba engañando, pero no le importaba, porque Anne se merecía tener una familia y un hogar propios. De hecho, siempre y cuando él pudiera encontrar otra sirvienta, y otra amante, ayudaría a que se formara aquella pareja, y les haría un buen regalo de bodas.

Pero Anne todavía no se había casado con el herrero, y el placer podía proporcionarle a Rex una vía de escape.

—Anne. Deja eso para luego.

Ella se sorprendió y alzó la vista.

—Milord, cuida sus documentos como mi madre cuida de mis hermanas. ¡Sé que son muy importantes!

Él notó una tensión en los pantalones; lo que quería sentir.

—Ven aquí —le dijo muy suavemente.

La muchacha quedó inmóvil. Lo había entendido al instante. Se levantó pausadamente, dejó algunos papeles en el escritorio y lo miró con las mejillas arreboladas. Comenzó a sonreír.

—Milord, ¿no le di gusto anoche? —murmuró.

Él le devolvió la sonrisa y la tomó de la mano.

—Sí, claro que sí. Mucho. Pero la noche de ayer ya ha terminado, ¿no?

—Es un lord muy lujurioso.

—¿Y te importa? —le preguntó él, acariciándole la espalda

hacia abajo, hasta que llegó al trasero y se lo agarró. La atrajo hacia su virilidad mientras permanecía sólidamente apoyado en la muleta.

—¿Cómo va a importarme, cuando es un caballero y siempre se preocupa de mi placer?

Aquel comentario complació a Rex. No entendía un encuentro satisfactorio sin que la mujer con quien compartía su cama no disfrutara también.

—¿Quiere ir a su habitación? —susurró la muchacha, mientras acariciaba la gruesa longitud que se escondía en sus pantalones.

A él se le cortó el aliento.

—No. Deseo tomarte aquí mismo, en el sofá.

Entonces, con soltura, él hizo que girara y que cayera suavemente sobre el diván, y le abrió las piernas empujándoselas con los muslos. Se apretó contra su sexo y ella gimió. Con la respiración entrecortada, la doncella extendió las manos sobre su torso desnudo, húmedo, y fue descendiendo hasta que le acarició la erección con las puntas de los dedos.

Él emitió un gruñido y le metió las manos bajo la falda. Lo mejor de una sirvienta bien dispuesta era la falta de complicaciones, la falta de fingimiento. Era exactamente lo que parecía. Anne quería sexo y placer, y comida sobre la mesa de su familia. Quería exactamente lo que él podía ofrecerle, y un poco de dinero extra, nada más. Ella no cometería una traición.

Y en aquel momento, estaba muy, muy bien dispuesta. Rex le frotó la carne húmeda y caliente con los dedos hasta que a ella se le llenaron los ojos de lágrimas y comenzó a rogarle que se apresurara. Él siguió acariciándola hasta que la muchacha se retorció y entonces, Rex se movió hacia abajo y utilizó la lengua. Cuando ella llegó al clímax, él experimentó una sensación de triunfo.

Anne no se hizo de rogar. Entre jadeos, le abrió la braqueta de los pantalones con habilidad, y él sonrió de satisfacción y quedó inmóvil para permitirle que hiciera lo que quisiera. En cuanto lo tuvo entre sus manos, Anne se inclinó hacia él y lo tomó ansiosamente en la boca para devolverle el favor. Rex echó la cabeza hacia atrás. Ya sólo había placer.

¿Por qué no había ido antes a Cornualles?

Blanche estaba mirando por la ventanilla del coche de caballos, sobrecogida por lo agreste, lo desolado de aquellos páramos. Era un paisaje llano, pálido, sin árboles, y parecía que se extendía hasta el infinito. Soplaba un viento helado, y ella, que había sacado la cabeza por la ventanilla, tenía la nariz muy fría. Sin embargo, el cielo era de un azul brillante, las nubes eran blancas y la luz del sol era resplandeciente.

Blanche metió la cabeza dentro del coche. Tenía el corazón acelerado desde que habían tomado la carretera secundaria que llevaba hacia Land's End y el castillo de Bodenick. Se apoyó en el respaldo del asiento y abrió la otra ventanilla para que el aire frío entrara en el coche. El océano tenía un color zafiro impresionante y se fundía con el azul eterno del cielo en el horizonte. La vista era increíble. En la costa, las olas rompían contra una playa blanca que estaba salpicada de rocas negras en la base de los acantilados.

—Milady —dijo Meg, con los dientes castañeteando—. Hace mucho frío.

Blanche cerró la ventanilla.

—Lo siento, Meg.

¿De veras estaba entusiasmada con aquella aventura? ¡Eso parecía!

Meg señaló con un gesto de la cabeza la otra ventanilla, que permanecía abierta. Blanche estaba a punto de cerrarla cuando divisó un rebaño de ovejas que pastaba en el páramo. Tenían que estar cerca de Land's End. Y ella estaba impaciente por llegar; claramente, había pasado demasiado tiempo en la ciudad.

Todavía no había pasado por Penthwaithe, la finca de su padre. En cuanto se había dado cuenta de que sus amigas tenían razón y que unas vacaciones en Cornualles eran perfectas para escapar de todos sus pretendientes, había decidido que aprovecharía la oportunidad para visitar a sir Rex. No estaba interesada en él del modo que había apuntado Bess. Eso era absurdo. Sin embargo, hacerle una visita era lo correcto desde el punto de vista social, y no hacerlo, un insulto. Aunque, ciertamente, era más correcto ir directamente a Penthwaithe, instalarse y después ir de visita a Land's End.

Sin embargo, la decisión de ir de vacaciones al sur había sido tomada con tanta espontaneidad que no habían tenido tiempo de enviarle aviso al inquilino de Penthwaithe para avisarle de su llegada. De hecho, ni siquiera sabía quién era. Sus abogados acababan de descubrir la existencia de aquella propiedad, porque la escritura estaba perdida por uno de los cajones. Bess era quien había decidido que fueran directamente a Land's End, pasaran allí una noche y después se instalaran en la casa de campo de Blanche, que estaba en la zona.

Parecía algo lógico ir directamente a Land's End y pedirle a sir Rex que les permitiera pernoctar en su casa, pero Blanche viajaba sola, salvo por la compañía de su doncella, Meg. En el último momento, Felicia se había puesto enferma. Blanche sabía que era un truco para no tener que separarse de lord Dagwood. Sin embargo, la hija de Bess había sufrido una caída de su caballo; claramente, su amiga deseaba volver rápidamente a casa, y Blanche le había asegurado que no le importaba ir de vacaciones sola.

Y en realidad, no le importaba. La soledad era extraña, pero también era agradable. Blanche había estado rodeada de amigas y de visitantes durante toda su vida. Cuando no estaba ejerciendo de anfitriona en una fiesta, estaba dedicada por completo a sus actividades caritativas, que requerían muchas citas y reuniones.

Llevaban dos días de viaje desde Londres. A medida que

avanzaban, los pueblecitos se hacían más escasos y más distantes, y cada jornada, encontraban a menos viajeros y menos casas por el camino. Aquel día no habían visto ni un solo vehículo, y habían pasado por el último pueblo horas antes.

Blanche había estado observando con atención todos los detalles del paisaje, mientras, a su lado, la doncella se movía con inquietud, muerta de frío, y la miraba como si estuviera loca ante sus comentarios de admiración.

Al poco tiempo comenzaron a vislumbrar una serie de edificios. Las colinas por las que pasaban estaban llenas de cercados. Blanche inspiró profundamente y volvió a mirar por la ventanilla para poder ver el castillo a medida que se aproximaban. No podía considerarse una casa de campo, en absoluto. Era un castillo de verdad, que tenía un torreón. El camino de entrada al patio estaba flanqueado por altísimos árboles. Junto a los muros oscuros del castillo se erguía un enorme roble. Al ver su carruaje, una manada de caballos espléndidos echó a correr. Blanche se irguió con entusiasmo en el asiento para observar a los animales galopando junto al vehículo. La manada viró y desapareció detrás de una colina.

A medida que se acercaban al patio, Blanche divisó las rosas y la hiedra que adornaban la fachada del castillo, y que evidentemente estaban bien cuidadas. Aquella edificación debía de tener siglos, y al menos en el exterior estaba en perfectas condiciones. Junto a ella había una nueva estructura que, seguramente, iba a ser un establo. Vio varias carretillas ordenadas entre los edificios y percibió el sonido de un martilleo. Había setos perfectamente recortados junto a la torre. De hecho, todo estaba muy bien cuidado y limpio.

No parecía que Land's End fuera tan decadente como se rumoreaba. A Blanche le pareció que todo estaba impecablemente mantenido. Y aquello le causó satisfacción. La condesa no tendría que preocuparse, porque claramente su hijo estaba concentrado en la rehabilitación de la finca y no tenía tiempo para ir a la ciudad a someterse a los intentos de casarlo de su familia.

El cochero había detenido el carruaje a poca distancia de la puerta principal de Bodenick. Blanche, de repente, vaciló. No había mandado aviso, y sir Rex era conocido por su tendencia a la privacidad. Sin embargo, era amigo de la familia y, además, vecino. Sin duda, la alojaría por una noche. Siempre había sido un perfecto caballero cuando se habían encontrado, y ella no podía imaginar que la dejara en la calle.

Blanche sonrió a su lacayo y bajó al suelo.

—Por favor, espera hasta que pueda hablar con sir Rex y pedirle que nos dé alojamiento por esta noche antes de ocuparte de los caballos. ¿Meg? Por favor, quédate aquí, en el coche, hasta que sepamos si sir Rex está en casa.

Meg asintió.

Blanche se dirigió a la puerta principal y llamó. Nadie respondió, y mientras esperaba a que abrieran, observó los rosales que trepaban por la fachada. Estaba claro que sir Rex tenía un jardinero que los cuidaba. Se preguntó cuándo habría sido el último deshielo, y cuándo florecerían. Después volvió a llamar, con cierta preocupación. Debía de llevar unos cinco minutos esperando.

—¿Milady? —dijo Meg desde el coche—. Quizá no haya nadie en casa.

Blanche llamó una tercera vez. Aunque ella no tenía demasiado frío, Meg estaba helada. Si no había nadie en el castillo, entrarían y esperarían mientras Clarence les daba agua a los caballos. A sir Rex no le importaría.

Llamó con firmeza, pero poco después tuvo que rendirse, porque tampoco obtuvo respuesta. No había nadie en casa. Meg estaba temblando; había varias horas de camino de vuelta al último pueblo por el que habían pasado y se estaba haciendo tarde. A sir Rex no le importaría que esperaran dentro, ni que encendieran la chimenea. Sin embargo, Blanche se sentía insegura. ¿Por qué no había abierto la puerta ningún sirviente?

Blanche tomó el pomo de la puerta y abrió. Pasó a un salón no demasiado grande y miró a su alrededor. Para su alivio, en el hogar ardía un buen fuego. Aquello indicaba que la casa no estaba vacía.

Entonces, dijo en voz alta:

—¿Hola? ¿Hay alguien en casa?

No hubo respuesta.

Observó la estancia. Las paredes estaban recién encaladas, y el mobiliario, aunque modesto, era muy adecuado, y las tapicerías eran nuevas. Sólo había dos butacas, ambas frente a la chimenea de piedra, y dos alfombras orientales de buena calidad. Aquel salón le resultó agradable, salvo por los sables y las armas de fuego que había colgadas en una de las paredes.

Entonces, oyó un ruido.

Era un golpe.

Y después, más golpes.

Blanche se sorprendió. Desde detrás de la puerta adyacente llegaba un sonido rítmico; ella supuso que aquella puerta conducía a la torre. ¿Había alguien en casa, después de todo? Y de ser así, ¿qué estaba ocurriendo?

Titubeó mientras miraba la puerta cerrada.

—¿Sir Rex? —dijo tímidamente desde el salón. Después carraspeó y volvió a llamarlo con más ánimo—. ¿Sir Rex? ¿Hay alguien en casa?

El ritmo de los golpes se incrementó, y a Blanche le pareció oír la voz de un hombre, pero sin palabras. Un gemido de dolor, quizá.

Al instante se alarmó y se acercó apresuradamente a la puerta. Sin embargo, volvió a oír aquel sonido masculino, y se dio cuenta de lo que era.

Era un gruñido de placer.

Blanche se quedó inmóvil.

El ritmo del movimiento continuó, cada vez más rápido y fuerte.

«Oh, Dios», pensó con asombro. Acababa de percatarse

de que alguien estaba haciendo el amor en aquella habitación. Se le encogió el estómago. Tenía que marcharse de allí inmediatamente.

¿Era sir Rex quien estaba en la torre?

Se llevó las manos a las mejillas, que le ardían. ¿Qué otra persona podía ser?

«Prefiere a las doncellas... tiene reputación de ser resistente y habilidoso».

Sabía que tenía que irse, sí. Aquél era un asunto muy privado. Sin embargo, no podía moverse. El sonido era cada vez más rápido, y ella imaginó vagamente a unos amantes tendidos sobre una cama, entrelazados.

Blanche se dio cuenta de que estaba a centímetros de distancia de la puerta. Se asombró de sí misma. ¿Estaría allí sir Rex? ¿Era de verdad tan buen amante? Su imagen comenzó a tomar forma, oscura y desnuda, con una mujer entre los brazos.

Y la mujer sollozó de placer.

A Blanche se le aceleró el corazón. Sintió pánico. Quería darse la vuelta y marcharse, pero se tropezó contra la puerta, y la puerta se abrió.

Blanche se encontró ante tal masculinidad que no pudo moverse. Sir Rex estaba haciendo el amor, frenéticamente, con una mujer de pelo castaño que estaba tumbada en un sofá. Blanche vislumbró su espalda morena, brillante, su perfil marcado y un embrollo de faldas. Él sólo llevaba puestos unos pantalones, y tenía el físico de un caballero medieval: los hombros anchos y los brazos musculosos, el trasero duro y los muslos poderosos. Blanche no vio mucho de su pierna derecha, puesto que sir Rex había perdido la mitad inferior por una amputación durante la guerra, pero la izquierda estaba plantada en el suelo, y ella no vio lo que no debía ver.

Sin embargo, era incapaz de darse la vuelta. No podía dejar de mirar. Él era un ángel oscuro, con el pelo negro y húmedo, las pestañas negras posadas sobre los pómulos altos y su nariz recta. Era magnífico.

Y ella debía irse. Aquello era horrible, ¡había visto demasiado! Les ordenó a sus pies que se movieran, que la sacaran de allí. Sin embargo, Blanche nunca había visto una expresión tan intensa en el rostro de nadie, y él estaba moviéndose con dureza y rapidez. Por muy ingenua que ella fuera, lo comprendió. Él tenía una expresión de éxtasis. Un jadeo se escapó de entre sus labios.

Blanche también jadeó.

Y se dio cuenta de que él la había oído. De repente, sir Rex volvió la cabeza.

Ella vio sus ojos, oscuros y desenfocados.

Blanche supo que había metido la pata hasta el fondo.

—¡Lo siento! —gritó, presa del pánico.

Comenzó a caminar hacia atrás mientras la mirada de sir Rex cambiaba y se volvía lúcida, y se dio cuenta de que la reconocía, porque él abrió los ojos desorbitadamente.

Blanche se dio la vuelta y salió corriendo.

CAPÍTULO 3

Rex se sentó en el sofá sin poder salir de su asombro. Lady Blanche Harrington, una mujer a la que él admiraba como a ninguna otra, ¡lo había visto con Anne!

Respiró profundamente, rogando que todo aquello no fuera más que una pesadilla, y que cuando despertara, se diera cuenta de que Blanche Harrington no acababa de sorprenderlo con su amante.

Anne susurró:

—¿Quién era, milord?

Rex se cubrió la cara con las manos. Se sentía completamente mortificado.

Durante un largo momento, sucumbió al horror y a la vergüenza. No conocía bien a Blanche Harrington, aunque ella había estado comprometida con Tyrell durante un breve periodo de tiempo. Seguramente, sólo se había cruzado con ella media docena de veces desde que se habían conocido, ocho años antes. Sin embargo, él había sentido admiración instantánea por ella, porque su comportamiento era elegante y refinado. Rex había pensado que su hermano estaba loco y ciego cuando su compromiso se había roto. Las pocas ocasiones en las que habían conversado, Rex se había esforzado por ser todo un caballero. ¿Cómo iba a enfrentarse a ella después de lo que había ocurrido? ¿Y qué podía estar haciendo aquella mujer en Land's End?

—¿Es su prometida?

Rex recordó que Anne estaba sentada a su lado. Lentamente, dejó caer las manos. Anne se había colocado la ropa, pero aún tenía el pelo revuelto, y parecía que había estado en la cama con alguien. Con él.

—No —respondió Rex. ¿Por qué había pensado aquello?

Anne estaba pálida y angustiada.

—Lo siento mucho, milord —dijo.

—No tienes por qué disculparte. La falta de sentido común y de buenos modales ha sido mía.

¿En qué había estado pensando para involucrarse en una relación sexual, en pleno día, en su estudio? Oh, sí, claro, quería olvidar lo que ocurría con Stephen. Bien, eso lo había conseguido. ¿Podía empeorar el día? ¿Y qué iba a hacer y a decir la próxima vez que se encontrara con lady Harrington?

Rex tomó la muleta y se puso en pie. En cuanto lo hizo, vio por la ventana el gran carruaje de la dama, en su patio, y sintió incredulidad.

Ella seguía en Bodenick. No se había marchado corriendo. A Rex se le cortó la respiración.

Rápidamente, se ocultó tras la cortina, junto a la ventana, y vio a Blanche Harrington con su cochero y con una doncella. Ella estaba de espaldas a la ventana, y parecía que conversaba con sus sirvientes. Rex la miró. Su porte era, como siempre, muy correcto, pero parecía que tenía los hombros muy erguidos, tensos. Estaba disgustada, como era normal.

Rex tuvo que reprimir el impulso de esconderse hasta que ella se marchara. Le asombraba el hecho de que no se hubiera subido al carruaje y hubiera mandado al cochero que emprendiera el camino de salida a galope. Fuera cual fuera la razón por la que había ido a Land's End, debía de ser algo importante.

Soltó una maldición entre dientes. No podía evitarlo: debía disculparse. Sin embargo, una disculpa sería algo muy embarazoso y humillante para él. Aunque si no se disculpaba, todo sería peor...Y, maldición, no había forma de presentar su arrepentimiento de manera digna.

Ojalá hubiera ofendido a cualquier otra persona que no fuera Blanche Harrington.

Rex se miró el torso desnudo.

—Anne, por favor, tráeme una camisa y una chaqueta. Rápido —dijo.

Anne salió rápidamente del estudio para hacer lo que él le había indicado. Rex continuó mirando por la ventana, pensando en que no debía dejarse vencer por la vergüenza. Le ofrecería a la dama una disculpa y suavizaría la situación, aunque en aquel momento no se le ocurriera cómo.

De repente, Blanche se dio la vuelta y miró hacia la casa.

Rex se apartó de un salto de la ventana y se ocultó. En aquel momento, Anne volvió con una camisa de batista y una chaqueta color azul marino.

—¿Servirá esto? —preguntó con el semblante grave.

—Sí, muchas gracias. Ayúdame, por favor.

Mientras ella le ayudaba a ponerse la camisa, le preguntó:

—¿Es una gran dama, sir Rex?

—Sí, una gran dama. ¿Por qué lo preguntas?

—Porque está muy preocupado.

Él se puso la chaqueta.

—Conozco a lady Blanche Harrington desde hace años. Hay señoras de la alta sociedad a las que no les importaría presenciar una escena así. Por desgracia, lady Harrington no es de ese tipo.

Se le acababa el tiempo. Rex salió apresuradamente del estudio y atravesó el salón. La puerta principal estaba abierta. Notó que se le aceleraba el corazón y que le ardían las mejillas. Cuando salió al patio, sabía que estaba de color púrpura.

Ella estaba de espaldas a la casa nuevamente, mirando hacia el carruaje.

—Lady Harrington —dijo.

La dama se volvió. Sonreía, pero estaba tan ruborizada como él.

—¡Sir Rex! ¡Cuánto me alegro de volver a veros! Buenos días, señor. ¡Hace mucho tiempo!

Él se detuvo. ¿De veras iba a fingir que no acababa de sorprenderlo haciendo el amor con su doncella? Sus miradas se quedaron atrapadas durante un momento. Ella tenía unos maravillosos ojos verdes, rasgados, y Rex había olvidado lo esbelta y bonita que era. Sin embargo, nunca la había visto así, temblorosa, ruborizada y consternada. Tardó un instante en hablar.

—Ha sido una sorpresa —dijo con aspereza Rex.

—Vamos de camino a Penthwaithe —le dijo ella, sin mirarlo a la cara—. Pero, sabiendo que vos estabais cerca, pensé en visitaros primero.

¿Penthwaithe? Rex se sintió confuso. Él nunca había estado en aquella granja, pero tenía entendido que su dueño residía en Londres y que había dejado decaer la propiedad. ¿Para qué iba ella a Penthwaithe?

Lentamente, lady Harrington lo miró, y la sonrisa se le fue borrando de los labios.

—Debo disculparme por haberos ofendido —le dijo él. Se odiaba a sí mismo por lo que había ocurrido.

—¡No me habéis ofendido! —respondió ella; aunque fue firme, él detectó cierto temblor en su tono de voz—. Hace una tarde preciosa, y deberíamos haber ido directamente a Penthwaithe. Después, yo debería haberos enviado una nota para haceros partícipe de mis intenciones. Soy yo la que debe disculparse por haberos causado molestias, sir Rex. Teníamos mucho frío, y como nadie abría la puerta, tuve la esperanza de que pudiéramos calentarnos en vuestro salón —explicó. Después, añadió—: Vuestra casa es preciosa, señor. Preciosa.

Él no podía soportar verla en tal estado de turbación. Y para rematarlo todo, era ella quien estaba pidiendo perdón.

—Vos nunca podríais causarme molestias —le dijo—. No tenéis por qué excusaros. Por favor, lady Harrington, aceptad mis disculpas por no haber visto vuestro carruaje en el patio... por no haberos saludado adecuadamente... y por no haber tenido un sirviente a vuestra disposición.

Ella esbozó una sonrisa.

—Acepto vuestra disculpa por no haber visto el carruaje. Sin embargo, me doy cuenta de que no podíais prever que tendríais compañía. No me molesta que no haya ningún sirviente para acompañarnos. Estoy muy acostumbrada a cómo son las cosas en Londres, donde nos visitamos los unos a los otros sin avisar... ¡se me había olvidado que, en el campo, las cosas son diferentes!

Él se sintió aliviado por recibir una respuesta tan gentil. Lady Harrington se comportaba de una manera generosa, propia de la clase de dama que era. No lo miraba con frialdad, ni con desdén. Tampoco chismorrearía sobre lo que había visto cuando volviera a su casa. De eso, Rex no tenía duda.

—¡Hace mucho frío en Cornualles! —dijo ella, sonriendo—. Seguiremos nuestro camino. Pero antes, Clarence tiene que darles agua a los caballos, si no os importa.

—Por supuesto —respondió él.

Después de indicarle al cochero dónde podía abrevar a los animales, volvió junto a lady Blanche y la encontró silenciosa. Estaba seria y tensa. Y entonces, él se dio cuenta de que tenía la nariz enrojecida por el frío.

—Lady Harrington, ya es tarde, y parece que estáis fatigada —le dijo—. ¿Os gustaría tomar algo caliente? ¿Quizá un té?

Ella vaciló.

—Ha sido un viaje largo desde Londres —dijo—. Yo no tengo mucho frío, pero mi pobre doncella está helada. Si no es una molestia, me encantaría tomar una taza de té, y que Meg tomara otra.

—Vos nunca podríais causar molestias —repitió él con la voz ronca, y consiguió sonreír pese a su azoramiento—. Por favor –dijo, y les hizo un gesto para que entraran en la casa. Entonces, encontraron a Anne en el salón.

Rex notó que se ruborizaba. Se sentía muy avergonzado, pero su otro sirviente, Fenwick, había salido. Tuvo buen cuidado de no mirar a lady Blanche en aquel momento.

–Anne, por favor, tráenos un servicio de té y unos sándwiches. Y por favor, muéstrale a la doncella de lady Harrington dónde puede merendar y entrar en calor.

Anne asintió y se marchó con Meg.

Rex se volvió hacia Blanche, que las seguía con la mirada. No necesitaba una bola de cristal para saber que la dama se estaba preguntando cuál era la relación que tenía con su criada, y posiblemente recordando lo que había visto muy poco antes. Cuando ella se dio cuenta de que Rex había notado que miraba a Anne, se ruborizó y dirigió la vista hacia la ventana.

–No sabía que la costa fuera tan bella por esta región.

–Si vais a pasear por la playa, debéis tener cuidado. Las mareas son muy vivas, y el mar sube rápidamente.

–Lo recordaré.

–La mejor hora para pasear es a las diez o las once de la mañana.

Blanche sonrió.

–Daré uno o dos paseos antes de volver a la ciudad.

A Rex le sorprendía que ella hubiera podido recuperar tan rápidamente la compostura. Blanche paseó la mirada por el salón y se volvió hacia él.

–Tenéis una residencia muy bonita, sir Rex.

–He pasado varios años rehabilitando el castillo y la finca. A mí me gusta. Gracias.

–No sabía que era un castillo –dijo ella. Sus miradas se encontraron durante un instante, y ella bajó los ojos.

A él se le aceleró el corazón.

–Yo tampoco lo sabía cuando me concedieron el título y las tierras –respondió Rex, y carraspeó–. ¿Puedo preguntaros por qué vais a Penthwaithe?

—He decidido escapar de mis pretendientes —dijo ella con ironía—. ¿Recordáis a mi amiga, lady Waverly? Me sugirió que viniera a la finca de mi padre.

Rex se quedó mirándola con extrañeza. Todo el mundo sabía que Blanche Harrington no quería casarse. Él siempre había pensado que, finalmente, ella cambiaría de opinión, y parecía que había acertado.

—¿Qué tiene que ver Penthwaithe con Harrington?

Ella parpadeó.

—Acabo de saber que la casa de campo es parte de la fortuna Harrington. Me temo que mi padre me mantuvo en la ignorancia de sus asuntos, y ahora, como es natural, debo aprender lo que no sabía.

Él se quedó perplejo.

—Pensaba que Penthwaithe era de un caballero que prefiere la vida en la ciudad, y que ha permitido que la propiedad quede prácticamente en ruinas. Ni siquiera sé si tiene inquilinos.

—Debéis de estar equivocado —dijo Blanche—. Penthwaithe era de mi padre. Mis abogados descubrieron hace poco la escritura de esa finca.

—Habéis usado el tiempo pasado.

—¿Es que no lo sabéis? —preguntó ella.

—¿Qué debo saber, lady Harrington?

—Mi padre falleció.

—¡No tenía idea! —exclamó Rex. Y, sabiendo lo unida que Blanche estaba con su padre, cómo lo quería, sintió una profunda tristeza por ella—. Lady Harrington, no me había enterado. ¡Lo lamento muchísimo!

Sintió el impulso de tocarla, de tomarle la mano, pero se reprimió. Nunca habría hecho semejante cosa.

Ella siguió mirándolo fijamente.

—Gracias. Murió hace seis meses, aquejado de una neumonía fulminante. Acabo de dejar el luto.

—Ojalá lo hubiera sabido. Habría ido a Londres a daros el pésame.

Blanche sonrió.

—No me había dado cuenta de que no me lo habíais dado —dijo después de una pausa, y miró hacia la ventana.

En aquel momento entró Anne con una bandeja de té. Mientras la depositaba sobre una mesilla que había junto a Blanche, Rex le dijo a su invitada que él lo serviría. Ella se sorprendió.

—Sir Rex, permítame.

Él se puso tenso.

—Yo serviré —insistió.

Estaba seguro de que lady Harrington se había ofrecido porque él tenía sólo una pierna, y no sabía que podía levantarse perfectamente y servir el té pese a la lesión. Rex desdeñaba la compasión, y con aplomo, le sirvió una taza a ella primero.

Cuando él también estuvo sentado con su taza, se percató de que estaba atardeciendo. El cielo se teñía de morado sobre los páramos. Al instante sintió preocupación.

—Lady Harrington, queda una hora para Penthwaithe, y sinceramente me temo que quizá haya habido un error en todo este asunto. Y aunque no lo hubiera, estoy seguro de que no encontraréis un alojamiento apropiado allí.

Si se lo ofreciera, se preguntó Rex, ¿aceptaría ella quedarse allí a pasar la noche?

Blanche posó la taza y el plato en la mesa y lo miró directamente a los ojos.

—Me parece que no me queda más remedio.

—Quizá yo tenga la solución, aunque no sé si será de vuestro agrado.

—Soy toda oídos —respondió ella con una sonrisa angelical que, alguna vez, él había visto en sueños.

Rex titubeó, pero después, intentando que su ofrecimiento pareciera despreocupado, habló:

—Bodenick es bastante sencillo, como podéis ver, pero tengo varias habitaciones de invitados, y una de ellas fue amueblada por la condesa para su propio uso. Es vuestra, si lo deseáis.

Ella abrió mucho los ojos.

Rex se humedeció los labios.

—Y, por supuesto, hay también habitaciones para vuestra doncella, el cochero y el lacayo en la zona de servicio.

Ella volvió a sonreír.

—Muchísimas gracias. Me encantaría pernoctar aquí, sir Rex.

Blanche sabía que se había quedado mirando a la doncella mientras la bonita muchacha dejaba una jarra de agua sobre la mesilla de noche. El dormitorio estaba muy bien decorado en tonos dorados, verdes y beis. A los pies de la cama había un asiento con la tapicería de brocado de oro, situado frente a la chimenea de piedra. El dosel de la cama tenía cortinajes verde oscuro y había dos alfombras persas cubriendo el suelo. Las paredes estaban pintadas de amarillo, y había un armario de cerezo en una de ellas, y junto a la otra, un escritorio. Había también un lujoso diván verde. Claramente, la condesa había amueblado aquella estancia y había hecho de ella un lugar cálido y acogedor.

Sir Rex estaba tras ella, en el pasillo. Blanche sentía con intensidad su presencia. Él carraspeó.

—Espero que el dormitorio sea de vuestro agrado.

De alguna manera incomprensible, Blanche había recuperado la compostura después de aquel descubrimiento tan escandaloso. Para ella, la compostura y el sentido común siempre habían sido muy importantes. Sin embargo, por primera vez en su vida se sentía frágil, como si aquellas dos cosas pudieran esfumarse en un instante con muy poco motivo. Tenía la sensación de que debía aferrarse con fuerza a ellas, o de lo contrario, se vería sumida en una gran confusión. Y para conservar su sentido común y su compostura, debía olvidar a toda costa lo que había visto. Debía olvidar la naturaleza apasionada de sir Rex.

Sonrió y se volvió hacia él.

—El dormitorio es precioso, perfecto. No sé cómo daros las gracias.

—Es un placer para mí —respondió él—. La cena es a las siete, pero, si necesitáis algo, sólo tenéis que enviar a vuestra doncella —dijo, e hizo una reverencia.

Blanche sonrió nuevamente, aliviada cuando lo vio alejarse por el pasillo. Su presencia tenía un intenso efecto en ella... Meg permaneció en el umbral de la puerta, con los ojos como platos, mientras Anne pasaba entre ellas dos y se apresuraba a seguir a su señor... y a su amante.

Al instante, Blanche se dejó caer sobre el asiento. Sir Rex era tan viril como afirmaban los rumores. Entonces sí perdió la compostura.

—Abre la ventana, por favor —susurró.

Meg obedeció rápidamente, con preocupación.

—Milady, ¿está enferma? ¡Se comporta de una manera tan extraña!

Blanche cerró los ojos con fuerza y abandonó todo el fingimiento. Lo único que podía ver era a sir Rex, masculino, guapísimo, sobre aquella mujer, como una masa de carne húmeda y brillante. «Tantos músculos, tanta fuerza y tanta pasión», pensó con ofuscación. Abrió los ojos, se puso las manos sobre las mejillas para intentar refrescárselas e inspiró profundamente.

Meg le tendió un vaso de agua con cara de susto.

Blanche lo tomó y bebió agua a sorbitos hasta que consiguió calmarse. Tenía que encontrar la manera de olvidar lo que había visto. No debía pensar en sir Rex en aquel momento de pasión.

—Por favor, dame un abanico —susurró Blanche.

Si no conseguía borrarse de la mente aquel incidente, ¿cómo iba a cenar con él a las siete?

Su imagen morena y magnífica volvió a aparecer en la mente de Blanche. Entonces, ella se suavizó, porque aunque se había sentido totalmente avergonzada, también había visto la misma mortificación en los ojos de sir Rex. Sintió compasión.

¿Qué clase de hombre se aislaba del resto del mundo, sin acudir apenas a la ciudad? ¿Qué clase de hombre tenía una relación sexual con una doncella en mitad del día? ¿Por qué prefería las sirvientas a las damas? Tenía que haber una explicación para todo aquello, porque sir Rex no era innoble ni ordinario. Y, lo más importante de todo, ¿por qué seguía soltero a su edad?

—¿Se siente con fiebre? —le preguntó Meg.

Blanche le entregó el vaso. Odiaba los chismorreos, porque normalmente eran maliciosos. Sin embargo, en aquel momento quería entender a su anfitrión, y necesitaba una confidente.

—Te diré por qué estoy alterada si me prometes que no le contarás a nadie lo que he visto.

Meg asintió con evidente sorpresa. Era muy raro que su señora quisiera hablar con ella de algo privado.

—Me topé con sir Rex mientras él estaba con la doncella... en un momento indiscreto.

A Meg se le escapó una exclamación de asombro.

—¿Crees que sir Rex le profesa cariño? —le preguntó Blanche. Y al hacerlo, supo que no sentía preocupación, sino consternación ante aquella noticia.

—No sé, milady.

Blanche se puso en pie y caminó pensativamente.

—Sir Rex es un héroe de guerra y un caballero, Meg. Lo conozco desde hace muchos años. Es uno de los hombres más corteses y respetuosos que conozco, y no me importa cuáles sean los rumores. Sin embargo, su comportamiento es muy poco corriente.

Meg se mordió el labio.

—¿Qué piensas tú?

—¿Quiere mi opinión? —le preguntó Meg, con los ojos abiertos como platos.

—Sí.

Meg titubeó un instante.

—Siente lujuria, milady, eso es todo.

Blanche se quedó mirándola con perplejidad.

—Esto es muy solitario —continuó Meg—. Mire a su alrededor. Pasamos por el último pueblo hace horas. Está claro que un hombre guapo como éste quiere tener a una mujer en su cama. Cuando se canse de ésta, habrá otra. Así son los señores. Milady, no sé si le tiene cariño o no. No se está acostando con la doncella por cariño —dijo, y se ruborizó.

Blanche asintió. Meg había comprendido muy bien la situación. Sir Rex vivía solo, en mitad de la nada, y era un hombre muy viril. Anne podía satisfacer sus necesidades, así de sencillo. Entre la nobleza se daban muchas aventuras apasionadas, y sir Rex sólo estaba teniendo una de ellas.

Una vez que lo había entendido, Blanche se dijo que debía dejar de pensar en ello.

—¿Quiere que abra su baúl de viaje? ¿Qué va a ponerse para la cena? —le preguntó Meg.

Blanche se sintió tensa. Acababan de superar un terrible comienzo, y siempre que ella consiguiera controlar el recuerdo de lo que había visto y permaneciera en calma, la cena sería agradable.

—¿Puedes prepararme el vestido de tafetán gris, Meg?

Meg asintió. Blanche no se había puesto otro color que no fuera el gris desde que había terminado el luto.

Mientras Meg comenzó a deshacer el baúl, Blanche se acercó a la ventana. Desde allí veía el mar, que en aquel momento era de un gris claro, y que se extendía hacia el horizonte desde los acantilados. Cuando las olas rompían contra ellos, se transformaban en espuma blanca. Por muy magnífica que fuera aquella vista, experimentó una aguda sensación de aislamiento. ¿Qué sentiría sir Rex cuando se acercaba a su ventana? ¿Podía alguien vivir tan alejado de la sociedad, en una zona remota, y no sentirse solo y distante?

¿Estaba solo sir Rex?

Blanche decidió que estaba demasiado intrigada por su anfitrión, demasiado confusa. Sin embargo, él seguía siendo un amigo, e incluso su propia familia estaba preocupada por él. Además, Blanche no pensaba que sir Rex pudiera vencer a la condesa, a su hermana y a sus tres cuñadas, lo cual significaba que sus días de soltero estaban contados.

Él no era un hombre perfecto, y aquella tarde era una demostración. Sin embargo, se merecía algo más que una existencia solitaria en aquella finca de Cornualles, igual que ella se merecía algo más que la fortuna de los Harrington. Sabía que era bueno y que quería a su familia, y le deseaba lo mejor. Y no tenía duda de que, cuando sir Rex se casara, abandonaría su gusto por las doncellas. Por algún motivo, Blanche sabía que sería un marido bueno y fiel. Todos los hombres de Warenne eran así.

Aunque no quería pensarlo, fue inevitable. Él necesitaba una esposa, y ella necesitaba un esposo. Sin embargo, también sabía que no sería un buen marido para ella. Eran demasiado distintos, como la noche y el día, y ella sentía que bajo su oscura apariencia había graves complicaciones. Además, su masculinidad era demasiado poderosa para alguien como ella. No sabía por qué pensaba en el futuro de sir Rex en el mismo momento en el que pensaba en el suyo.

Se volvió. Meg estaba alisando la falda del vestido gris.

—¿Meg? He cambiado de opinión. Me pondré el vestido de seda verde y las esmeraldas.

CAPÍTULO 4

Rex tenía dos criados a su servicio. Era espartano por naturaleza y no tenía una gran economía, así que prefería tener poca servidumbre. Sin embargo, en aquel momento habría querido tener un chef, porque deseaba que la cena resultara perfecta.

Era Anne quien preparaba la comida, y su criado, Fenwick, hacía las labores de mayordomo y de ayuda de cámara. Por desgracia, Fenwick estaba haciendo recados aquella tarde y no había podido recibir de un modo apropiado a lady Harrington; eso habría evitado la desagradable escena que había tenido lugar.

Rex nunca se molestaba con el menú diario, y jamás entraba en la cocina. No obstante, aquel día fue a ver cómo se las estaba arreglando Anne, y la encontró agobiada mientras cocinaba cordero y faisán.

—Anne, ¿está todo en orden para la cena?

—Sí, milord —dijo ella, retorciéndose las manos con nerviosismo.

—¿Dónde está Fenwick? —inquirió. Intentó hablar calmadamente, pero no había tenido ayuda con la corbata y los gemelos, y se había sentido muy molesto. Además, parecía que Anne estaba desbordada.

—Lo envié al pueblo a buscar una empanada.

Él se sintió tenso. Había una hora de camino hasta el pueblo, y Rex temió que Fenwick no estuviera de vuelta a tiempo para servir la cena.

—¿Cuándo volverá?

Anne respondió con nerviosismo.

—Creo que a las ocho.

Rex se quedó mirándola. Supo que le resultaría muy difícil que ella sirviera la cena mientras él intentaba mantener una conversación cordial con lady Harrington. Sería una situación muy embarazosa. La frustración que había sentido durante todo el día se intensificó. Era como si todo tuviera que salir mal. Sin embargo, lady Harrington había accedido a alojarse allí aquella noche, e iban a cenar juntos. Se le aceleró el corazón. Después de todo, había ocurrido algo bueno. Rezó para que no ocurrieran más desastres, porque quería impresionarla.

—Cenaremos a la francesa —le dijo entonces a la doncella.

Anne lo miró con total confusión, y él se dio cuenta de que estaba a punto de llorar.

Entonces, se suavizó.

—Dejarás las bandejas sobre la mesa, y nosotros mismos nos serviremos —le dijo—. No te preocupes, Anne. El cordero huele muy bien.

La expresión de la muchacha fue de alivio.

Justo en aquel momento, la doncella de Blanche entró en la cocina. Él se quedó muy sorprendido, y ella hizo una reverencia.

—¿Por qué no estás con tu señora? —le preguntó con más tirantez de la que hubiera querido.

—Lady Harrington está en el salón —respondió ella.

A él le dio un vuelco el corazón. Iba a tener que controlar su excitación y su ansiedad, pensó, o Blanche se daría cuenta de que sentía una atracción inapropiada por ella. Asintió mirando a la doncella y salió de la cocina atusándose la corbata. Había estado a punto de ponerse el frac, pero le había parecido absurdo. Finalmente se había decidido por unos pantalones claros, un fajín plateado y una elegante chaqueta marrón oscuro. Al menos, su apariencia era impecable, pensó.

Cuando entró al salón, se tambaleó.

Blanche estaba junto a la ventana, mirando el cielo nocturno, que estaba cuajado de estrellas. Llevaba un vestido verde escotado, con pequeñas mangas fruncidas, y el pelo rizado y recogido. Tenía un aspecto delicado y estaba bellísima. Rex tenía que admitir que siempre había pensado que era muy bella, pero de un modo respetuoso. Sin embargo, en aquel momento, mientras la contemplaba con admiración, tuvo ganas de tomarla entre sus brazos y besarla. Aquello no iba a ocurrir nunca, por supuesto, pero por desgracia su cuerpo lo traicionó y Rex se sintió excitado.

Lady Harrington se volvió a saludarlo con una sonrisa.

Parecía que había recuperado por completo el ánimo, y la admiración que Rex sentía por ella aumentó. Daría cualquier cosa por que hubiera olvidado de verdad su aventura con Anne, y pensara que era irrelevante en cuanto a su carácter.

—Buenas noches. Parece que habéis descansado —le dijo, e hizo una reverencia.

—Sí, he dormido un poco. ¿Llego con demasiada antelación? Los demás invitados no han venido.

—Me temo que no hay más invitados.

Ella se sobresaltó.

—Creía que tendríamos compañía... Lo siento. No tiene importancia.

Aunque su tono era calmado, se ruborizó.

Él sonrió forzadamente, preguntándose si lady Harrington se sentía consternada por tener que cenar a solas con él.

—Me temo que no conozco a mis vecinos.

—Pero lleváis viviendo muchos años aquí.

—Sí, es cierto. Sin embargo, al no tener anfitriona, no doy fiestas.

Aquello no era del todo cierto; en realidad, despreciaba

las conversaciones sociales y odiaba que lo persiguieran las esposas de otros hombres.

Ella volvió a sonreír.

—Lo siento, sir Rex. Supuse que invitaría a algún vecino. Pero así es mejor, ¿no? Vos sois el de Warenne a quien menos conozco.

A él se le aceleró el corazón. ¿Acaso deseaba conocerlo mejor? Estaba asombrado... estaba entusiasmado. Sin embargo, lo más seguro era que hubiera dicho aquello sólo por amabilidad.

—Espero no aburriros con mi torpe conversación.

Ella sonrió.

—No recuerdo que fuerais un conversador aburrido.

Él prefirió no comentar que sus charlas, a lo largo de todos aquellos años, habían sido muy cortas y escasas.

—¿Os apetecería tomar un jerez o un vino? —le preguntó.

—No, gracias —respondió ella.

Él se movió hacia el bar, consciente de que ella lo estaba observando. Sirvió una copa de vino tinto y la miró.

—¿Ha sido todo de vuestro agrado? ¿Hay algo que pueda procuraros para que vuestra estancia sea más agradable?

—No tengo ni la más mínima queja. Todo es perfecto. Vuestra madre ha hecho de la habitación una estancia muy cómoda.

Sin embargo, Rex pensó con ironía que sí había habido cosas de las que podía quejarse.

—He visto vuestra colección de armas —comentó Blanche.

Él se sobresaltó.

—Fueron mis armas durante la guerra.

—Sí, ya lo he pensado. Es una exposición interesante.

—No os gusta —dijo él. De algún modo, sabía que a ella le desagradaba aquella colección.

—Oh, no tenía intención de criticar la decoración de vuestra casa.

—Lady Harrington, estoy seguro de que vos ni siquiera

criticaríais al más torpe de los sirvientes, así que mucho menos a vuestro anfitrión. Pero tengo curiosidad. ¿Por qué no os gusta mi colección?

—No soy completamente ignorante —dijo por fin—. He oído muchas narraciones sobre la guerra, y una de las organizaciones caritativas que patrocino les proporciona un hogar y otros servicios a los veteranos que, al contrario que vos, ya no pueden ganarse la vida.

Él enarcó las cejas.

—¿Os referís a la Sociedad de Patriotas?

—Sí, exacto.

Aquella organización era una gran ayuda para quienes habían quedado mutilados o discapacitados en la guerra. Rex se sintió impresionado, y aunque parecía imposible, admiró incluso más a aquella mujer.

—¿Es porque vuestro padre sentía simpatía por esa causa?

Ella negó con la cabeza.

—Papá me permitía gestionar nuestras contribuciones a la beneficencia. En cierto modo, teníamos una sociedad. Yo dirigía Harrington Hall y tomaba decisiones sobre las donaciones caritativas, y él se ocupaba del patrimonio y de la fortuna de la familia.

Rex no se había dado cuenta de que lady Harrington era más que una dama y una anfitriona.

—¿Es por eso por lo que os desagrada mi colección de armas? ¿Porque os recuerda que la guerra ha destrozado muchas vidas?

Ella inspiró profundamente.

—Es uno de los motivos, sí. Al contrario que otras mujeres, yo no encuentro nada romántico en la guerra.

—Tenéis razón. No hay nada romántico ni agradable en la guerra.

Entonces, se miraron fijamente.

—¿Y cuál es la otra razón por la que no os gusta mi colección?

—No estoy segura de cuál es, pero no me siento del todo

bien cuando la contemplo. De hecho, me causa tristeza. ¿Por qué deseáis ver esas armas todos los días? ¿No es un recordatorio doloroso para vos?

Él se estremeció. Cualquier otro hombre hubiera rechazado aquel comentario terrible. Él no lo hizo.

—Hay hombres que murieron bajo mi mando —dijo—. Claro que es un recordatorio doloroso.

Ella lo miró con suma atención.

Entonces, Rex sonrió con cortesía y comenzó a hablar del tiempo.

El cordero sabía como el cartón. Blanche no tenía apetito, pero se obligó a tomar la mitad del plato, de igual manera que se obligó a permanecer calmada. Sin embargo, cada vez que levantaba la vista, se encontraba con que sir Rex la estaba mirando fijamente. Blanche estaba acostumbrada a sus miradas, pero no así. En un baile, podían mirarse una o dos veces entre la multitud. Quizá ella le dedicara una sonrisa, o quizá fuera él quien sonriera. Aquello, por el contrario, era diferente. Había tensión en el ambiente. La mirada de sir Rex era muy masculina y terriblemente escrutadora, tanto, que resultaba atrevida. Ojalá hubiera invitado a algunos vecinos a cenar. A Blanche le resultaba muy difícil soportar aquella situación, puesto que eran dos extraños cenando cara a cara después de una crisis como la de aquella tarde.

¿Cómo era posible que un pequeño incidente la afectara tanto?

Se las habían arreglado para mantener una conversación amable, aunque forzada; un milagro, desde su punto de vista. No obstante, finalmente se había impuesto un embarazoso silencio entre ellos.

Ella observó las manos de sir Rex por el rabillo del ojo. Eran unas manos grandes, morenas, fuertes; tenía los dedos largos y cuadrados. Sin embargo, las movía con una gracia extraordinaria, igual que su cuerpo, pese a que usara muleta. Al ver cómo manejaba el cuchillo y el tenedor, pensó en aquellas manos sobre el cuerpo de Anne.

Se le encogió el corazón, y notó que el cuerpo casi le dolía.

Él dijo lentamente:

—He estado pensando en Penthwaithe.

Blanche tragó un bocado, aliviada de poder hablar de un tema apropiado. Apartó los ojos de sus manos y lo miró a la cara. Se sintió abrasada por su mirada penetrante, pero consiguió sonreír.

—¿Qué haréis si encontráis Penthwaithe en las condiciones en las que yo creo que está?

—Espero que estéis equivocado. Pero si tenéis razón, haré algunas reformas y reparaciones en la casa.

—¿Me permitiríais que os acompañara por la mañana, lady Harrington?

Ella se quedó asombrada, y sus miradas volvieron a encontrarse. Blanche no podía imaginarse compartiendo el carruaje con Sir Rex. Antes de que pudiera responder, él continuó:

—Me preocupa cómo puede estar la finca. Tengo el presentimiento de que podríais necesitar mi ayuda, suponiendo que no haya habido un error con las escrituras de propiedad.

Aquella petición era perfectamente adecuada, y era cierto que quizá necesitara su ayuda. Sin embargo, ¿cómo iba a pasar un día entero a solas con él, cuando apenas podía comportarse con naturalidad durante una cena? Sería de ayuda que él no la contemplara con tanta fijeza. Sería de ayuda que ella pudiera olvidar que lo había visto con su doncella. Por desgracia, aquella escena permanecía grabada en su mente, y permanecería durante mucho más tiempo. Además, en los confines de su carruaje, estarían sentados demasiado cerca, y aquel recuerdo sería mucho más difícil de evitar. La presencia de sir Rex era demasiado masculina.

Debería evitarlo al menos hasta que recuperara el control de sí misma.

Blanche volvió a mirarle las manos, obligándose a olvidar las imágenes de aquella tarde.

—No quisiera importunaros —dijo—. Estoy segura de que tenéis mucho que hacer aquí.

—No me importunáis —insistió él—. Mis asuntos pueden esperar. Estoy preocupado, y como amigo de vuestra familia, creo que debo acompañaros.

Ella se sintió tensa.

—Puede que Penthwaithe esté en perfectas condiciones. Quiero pensar que así es, y que puedo trasladarme allí con mis pertenencias.

Él la miró de una manera inflexible.

—Por supuesto que podéis acompañarme —dijo ella finalmente. Lo último que quería hacer era insultarlo, y no tenía modo educado de negarse.

Él asintió.

Un criado al que ella no había visto previamente les retiró los platos. Blanche aprovechó la oportunidad para recobrar la calma. Sin embargo, estaba convencida de que debía ir al médico en cuanto volviera a la ciudad, porque le ocurría algo malo a su corazón. Le latía con demasiada rapidez.

Se sirvieron los postres. Blanche sabía que no podría tomar un solo bocado. Del mismo modo, sir Rex apartó su plato.

—¿Tenéis muchos pretendientes? —preguntó de repente.

Ella se sorprendió, pero respondió sin ambages.

—Doscientos veintiocho.

Él quedó boquiabierto, casi de una manera cómica.

—¡Bromeáis!

—Por desgracia, no —dijo Blanche con una sonrisa—. Es un número muy alto, ¿verdad?

—Sí, cierto —respondió Rex. Después, tomó un sorbo de vino.

Blanche se preguntó qué estaría pensando.

—¿Y hay entre ellos alguno al que admiréis?
—No, no realmente.
Él sonrió sin ganas.
—Estoy seguro de que aparecerá el candidato apropiado.
Ella evitó su mirada e intentó reprimir la imagen de unos músculos brillantes, húmedos, de unos brazos voluminosos y de una expresión de éxtasis.
—Sí, eso espero.

Blanche se inclinó hacia delante cuando el carruaje viró hacia el camino de Penthwaithe. Eran las once de la mañana siguiente. La noche anterior, ella había dejado a sir Rex a solas en el salón con su copa de vino, preguntándose si tenía intención de embriagarse y si así era como pasaba las veladas. En cuanto se había acostado, Blanche se había quedado dormida. Había descansado muy bien, y sólo se había despertado a instancias de Meg.

Sir Rex no había desayunado con ella. Le habían dicho que estaba ocupado con los caballos, y en aquel momento no viajaba en el carruaje, sino que montaba un magnífico corcel con gran destreza, valiéndose de un bastón donde debería estar su pantorrilla derecha. Parecía que era una continuación del animal. Pero, por supuesto, todos los miembros de la caballería debían asistir a una academia de equitación antes de ser admitidos en el ejército.

Durante el trayecto, Blanche había empezado a sentir cierta inquietud. El camino por el que avanzaban estaba lleno de baches, agujeros y piedras, algunas tan grandes que el cochero tuvo que empezar a esquivarlas. Blanche se preguntó por qué no estaba en mejores condiciones, y miró hacia el páramo. No había ni una sola vaca ni una oveja pastando.

Miró a sir Rex, que cabalgaba junto al carruaje. Había plegado la muleta por las bisagras y la había colgado de un gancho de la silla. Él también la miró, con una expresión sombría. Blanche supo que la falta de mantenimiento de aquella carretera le parecía deplorable.

Entonces, vio unos cuantos edificios a la derecha. A medida que se acercaban, se dio cuenta de que sólo eran estructuras de piedra cuyo interior había sido destruido mucho tiempo atrás. Sin embargo, no supo si había sido por causa del fuego, de los elementos o de la falta de cuidado.

Comenzaba a pensar que sir Rex tenía razón y que Penthwaithe estaba casi en ruinas. Su plan era alojarse en aquella finca durante las vacaciones; pero quizá no pudiera hacerlo, y no estaba preparada para volver a Londres a enfrentarse con su horda de admiradores. Por otra parte, sabía que no podía importunar a su anfitrión durante mucho más tiempo, sobre todo después de lo que había presenciado.

—La casa está más adelante —le dijo él desde el caballo.

Blanche sacó la cabeza por la ventanilla del carruaje para mirarla. Vio una edificación cuadrada de estuco, sencilla y poco atractiva, sin árboles, hiedra ni setos. Había una pequeña fuente en el patio, pero no funcionaba. Había otra edificación de piedra más alejada, que seguramente era el establo. Tras ella, algunas ovejas pastaban junto a un par de vacas muy delgadas. Blanche vio de repente a dos niños pequeños, uno arrastrando un cubo, el otro portando una cesta. Iban descalzos y llevaban los pantalones demasiado cortos. Ambos entraron en la casa.

Penthwaithe no era una casa próspera. El contraste con Land's End saltaba a la vista. Peor todavía, Blanche no tuvo que entrar para saber que no iba a alojarse allí.

El cochero se detuvo. Blanche esperó a que su lacayo la ayudara a bajar del carruaje y se unió a sir Rex, que había desmontado y estaba mirando a su alrededor. Desde el patio delantero veía pilas de excrementos de animal por todas partes, y un carro abandonado casi en mitad del camino principal.

Blanche hizo una mueca de desagrado. ¿Cómo era posible que su padre hubiera permitido aquel descuido en una de sus fincas? No era propio de él; había sido un hombre muy meticuloso, y ella no podía creer que hubiera permitido a aquellos granjeros permanecer en la finca si la mantenían tan mal.

Sir Rex se volvió y le habló con gravedad.

—No vais a quedaros aquí —le dijo.

—Es evidente que no —dijo ella—. No tenía idea de que... esto es terrible.

—Está completamente descuidada. Esta finca no es asunto mío, pero si mis arrendatarios fueran así, cancelaría el contrato de alquiler rápidamente.

Blanche titubeó. Pensó en los dos pequeños descalzos. Él siguió mirándola fijamente.

—Habéis hecho un largo viaje desde Londres. Podéis quedaros en Land's End tanto tiempo como queráis.

Ella se quedó muy sorprendida.

—No puedo abusar así de vuestra hospitalidad.

—¿Por qué no?

Antes de que ella pudiera responder, él se giró hacia la puerta de la casa. Mientras llamaba, Blanche lo siguió y se detuvo a su lado.

Abrió una mujer que estaba amamantando a un bebé. Se quedó perpleja.

—Le presento a lady Harrington —dijo sir Rex con firmeza, sin mirar al bebé—. Yo soy sir Rex de Warenne. ¿Dónde está su marido?

Asustada, la mujer apartó al niño y se cerró el vestido.

—Debe de estar en el establo, o en los campos, arando.

—Llámelo, por favor. Deseamos hablar con él.

La mujer se volvió.

—¡James! ¡Ve a buscar a tu padre, vamos! Dile que hay un señor y una señora esperándolo. ¡Date prisa!

Blanche miró más allá de Rex. Había visto miseria como aquélla en Londres. En su trabajo con las hermanas de Santa Ana, había atendido a mujeres muy pobres y enfermas en sus casas. Sin embargo, parecía que no habían limpiado ni arreglado aquella casa de campo durante años. Faltaban tablones del suelo de madera, había muy pocos muebles y la pintura de las paredes estaba desconchada. Blanche vio en el interior de la casa a dos niñas y a uno de los niños que había visto antes. Los tres niños, que estaban entre los dos y los ocho años, estaban observándola desde detrás de las faldas de su madre. Tenían los ojos muy abiertos y no muy buena cara.

Aquella pobre familia sufría una aguda necesidad. Blanche alargó el brazo y, por instinto, le tocó la mano a sir Rex. Él se sobresaltó y se volvió hacia ella.

Blanche bajó la mano, pero le sostuvo la mirada. Había que hacer algo.

—¡Milord, milady! —exclamó un hombre que se acercaba corriendo, con la respiración entrecortada.

Blanche se giró, y lo mismo hizo sir Rex. El hombre era alto y muy delgado, y tenía una expresión de alarma. Al instante, se inclinó ante ellos.

—¿Quién es usted? —preguntó sir Rex.

—Soy Jack Johnson, milord.

—Sir Rex de Warenne, y lady Blanche Harrington.

—Por favor, pasen. Bess, prepara té.

Su mujer se apresuró a obedecer.

—Por favor, no queremos tomar té, ni necesitamos nada —dijo Blanche con firmeza. No estaba dispuesta a privarles de sus escasas provisiones—. Sólo he venido a inspeccionar la finca.

El hombre se tiró nerviosamente del cuello de la chaqueta.

—¿Va a comprarla? ¿Por eso ha venido a inspeccionarla?

Blanche negó con la cabeza.

—Mi padre falleció, señor Johnson, y esta finca es parte de mi herencia. Lo supe hace poco.

Johnson se movió con inquietud.

—Somos buena gente, milady. Pero...

Sir Rex estaba mirando fijamente al hombre, seguramente, pensando en que aquel abandono y aquella miseria no tenían justificación.

—¿Pero qué?

—No quiero ser irrespetuoso, pero estoy confundido. Lord Bury ha sido el propietario de esta finca durante años. No sabía que había muerto, ¡ni que tuviera herederos! Era muy joven, y soltero.

Blanche se puso tensa y miró a Rex.

—No conozco a ningún lord Bury, señor Johnson. Ahora soy yo la que está confusa. ¿Quiere decir que lord Bury es el propietario de este terreno? Mi abogado encontró recientemente un título de propiedad que indica que es parte del patrimonio Harrington.

—Lord Bury heredó Penthwaithe de su padre, hace unos seis o siete años. De hecho, estuvo aquí hace tres meses para hacer una inspección y recoger sus rentas. Creía que quizá ustedes fueran agentes suyos, que habían venido a comprobar si había hecho mejoras, como le prometí. Pero, ¿le ha vendido la finca? No lo sabía.

Blanche se quedó helada.

Rex la miró.

—Lady Harrington, ¿estáis segura de que visteis las escrituras?

Blanche sacudió la cabeza. Dios Santo, había habido un error. Parecía que aquel terreno no era de su padre. Si lord Bury había estado allí recogiendo sus rentas tres meses antes, ¿cómo iba a haberle comprado la finca su padre? Ya había fallecido.

Tuvo un presentimiento. ¿Bess?

Y, rápidamente, recordó los eventos que habían rodeado el descubrimiento de aquella escritura de propiedad. El abogado que le había hablado del documento se había mostrado muy sorprendido de su existencia. Había sido muy franco: no había oído hablar de Penthwaithe en todos los años que había trabajado para Harrington. Bess estaba con ellos durante aquella conversación, y había comentado que aquel tipo de confusiones sucedía muy a menudo. ¡Oh, qué despreocupada y segura se había mostrado! ¡Y tenía un extraño brillo en los ojos!

Blanche se dio cuenta de todo. Llevaban hablando de sir Rex durante unos días. Bess le había preguntado si deseaba que la cortejara. Ella le había dicho que no, pero cuando Bess tenía una idea, era como un terrier con un hueso. Claramente, Bess había decidido enviar a Blanche a Cornualles a toda costa para que entablara relación con sir Rex.

Se le encogió el corazón. Miró a sir Rex con estupefacción. ¡Tal vez aquel hombre necesitara una esposa, pero ellos dos no tenían nada en común! Sí, él necesitaba ingresos adicionales, y era muy atractivo, pero estaba exiliado en sus tierras de Cornualles. Y ciertamente, no estaba interesado en ella como posible esposa, porque de ser así había tenido ocho años para decírselo. ¿En qué estaba pensando Bess?

¿Y por qué a ella se le había acelerado tanto el corazón? ¿Por qué se sentía tan afectada?

—¿Estáis empezando a pensar que todo ha sido un error?

Blanche consiguió esbozar una sonrisa. No podía revelarle a sir Rex que su mejor amiga la había enviado allí con la excusa de que era la propietaria de una finca vecina. Y, por otra parte, él estallaría en carcajadas de saber que Bess quería emparejarlos. ¡Ella misma debería reírse! ¿No?

—¿Lady Harrington? —murmuró él, y la agarró por el hombro para sostenerla.

Blanche se forzó a contestar.

—Parece que quizá esa escritura se haya traspapelado, como vos pensabais.

—Un hombre fallecido no puede adquirir una finca, y parece que la familia Bury es la propietaria de Penthwaithe desde hace años —dijo él con seriedad, observándola fijamente—. Estáis consternada.

«Muy consternada», pensó ella, «y cuando vea a Bess, pienso decirle cuatro cosas».

—Entonces, está claro. Ha habido un error —dijo.

¿Emparejarla a ella con sir Rex? Aquello no sólo era un error, sino también una locura.

Salvo que Bess Waverly era una de las mujeres más astutas que Blanche hubiera conocido en su vida.

CAPÍTULO 5

Johnson los estaba observando, pero Blanche casi se había olvidado de su presencia. Se volvió para calmarlo, aliviada por la distracción.

—No somos enviados de lord Bury, señor Johnson. Y parece que yo no soy la propietaria de esta finca.

Él flaqueó de alivio.

—No quiero decir nada negativo de lord Bury, ¡pero tengo cinco hijos a los que alimentar!

—Lo entiendo.

—Si ve a su señoría, por favor, dígale que estoy trabajando todo lo que puedo —dijo quejumbrosamente el granjero.

—No conozco a lord Bury, pero si lo desea, lo buscaré en Londres y le hablaré en favor suyo —dijo Blanche, con intención de cumplir su promesa.

Johnson no daba crédito a lo que había oído.

—¿Podría hacerlo, por favor?

Blanche asintió.

—Estoy encantada de ayudarlo.

—Buenos días —dijo Rex con firmeza, tomando suavemente a Blanche por el brazo.

Mientras caminaban de vuelta al carruaje, la observó con atención. Blanche se dio la vuelta para despedirse de Johnson, su mujer y sus hijos agitando la mano. Después, Rex y ella se detuvieron junto al vehículo.

—¿Os encontráis bien? —le preguntó él.

Ella negó con la cabeza.

—Nunca me encuentro bien cuando trato con aquellos que viven en la necesidad.

—Eso ya lo veo —respondió él—. Muchas familias de esta zona sufren la pobreza.

—¿Y eso lo hace aceptable?

—Yo no he dicho eso. ¿Qué deseáis hacer?

—Si no os importa, me gustaría ir al pueblo. Allí quisiera comprar provisiones para esta familia. Parece que Johnson es sincero, y quizá con un poco de ayuda pueda levantar Penthwaithe. Y su arrendador no le ayuda mucho exigiéndole sus últimas libras como renta.

Sir Rex la miró como si hubiera descubierto cierta ira bajo su apariencia angelical.

—Eso es lo que hacen los terratenientes, lady Harrington.

—No todos —replicó ella—. ¿Le exigiríais vos la renta a Johnson?

Él se irguió.

—No, yo no.

Blanche lo había creído así.

—Mi programa es distinto al de otros propietarios. De hecho, he renunciado frecuentemente a las rentas porque prefiero que las granjas prosperen. A la larga, todo el mundo se beneficia de ese tipo de inversión. Si la granja prospera, finalmente el granjero puede pagar la renga y yo puedo recibirla.

—Vuestra política es impresionante —dijo ella. No sabía que sir Rex fuera un terrateniente benévolo.

—Es pura lógica —continuó él—. Y parece que compartimos la misma opinión. Vos estáis afligida por la situación de la familia Johnson. A menudo, yo me siento afligido por lo mismo, porque en esta zona es muy común. En realidad, la pobreza es común en todo Cornualles. Sin embargo, la caridad no es suficiente. Nuestras familias más pobres no necesitan caridad. Necesitan un modo de ganarse la vida.

Blanche lo miró directamente a los ojos y se dio cuenta de que pese a lo oscuros que eran, tenían reflejos dorados. Sir Rex era un hombre compasivo. Ella conocía a muchos aristócratas que sentían indiferencia por la vida de aquéllos que tenían menos fortuna que ellos.

—La mayoría de las damas de la alta sociedad carecen de vuestra sensibilidad —añadió sir Rex—. Están demasiado inmersas en sus propias vanidades.

Qué raro, pensó Blanche. Habían estado pensando casi en lo mismo. Él tenía razón, mucha razón, pero ella no iba a condenar a todas las aristócratas de Londres.

—Ésa es una acusación muy grave.

—Cierto —convino él con una sonrisa—. No tengáis miedo, no voy a pediros que estéis de acuerdo conmigo. Vos nunca les arrojaríais piedras a vuestras amigas.

—No, no lo haría.

La mirada de sir Rex era cálida.

—Admiro vuestra compasión, lady Harrington, no sólo por los Johnson, sino por los veteranos de guerra. Tenéis un carácter muy generoso.

Blanche se quedó sorprendida. Sir Rex nunca le había hecho un halago.

—Sois demasiado amable.

—Creo que no. Vamos a hacer esas compras. Os ayudaré, si lo deseáis —respondió él con una sonrisa.

Se transformaba en un hombre muy atractivo cuando sonreía, pensó Blanche.

—Sir Rex, de algún modo me he visto involucrada en la situación de los Johnson, pero vos no. Puedo arreglármelas para adquirir algunas provisiones para ellos.

Estaba segura de que él no podía permitirse el lujo de hacer más caridades.

A él se le borró la sonrisa de los labios, como si supiera

que ella no quería que él invirtiera sus recursos en los inquilinos de Penthwaithe.

—Me alegro de poder contribuir. Enviaré a Fenwick al almacén, y podemos estar de vuelta en Bodenick a tiempo para una comida tardía —respondió él con firmeza.

Blanche asintió. Claramente, él estaba decidido a demostrarle que era generoso, pero ella ya se había dado cuenta de que lo era pese a su modesto patrimonio. ¿Por qué le había hecho un cumplido? Él no coqueteaba con las mujeres. ¿Y por qué ella se sentía complacida? Estaba acostumbrada a los halagos y el coqueteo. No podía entrar a ningún salón sin que algún hombre la abordara con elogios insinceros y superficiales.

Mientras seguía a Rex hacia el carruaje, observó su perfil clásico, fuerte. Aquel hombre era mucho más de lo que aparentaba. Llevaba una vida recluida y bebía bastante, pero ella no podía condenarlo por semejante comportamiento, porque también era trabajador, honesto e inteligente. No estaba malgastando su vida; por el contrario, su vida estaba llena de progresos y logros.

A Blanche, de alguna manera, siempre la había atraído. Tenía carisma, y siempre que ella entraba en un salón y él estaba allí, notaba su presencia al instante. Nunca había pensado en ello, pero en aquel momento se preguntó si él le había gustado desde siempre. Verdaderamente, sir Rex tenía una fuerza de carácter que a ella le resultaba muy atractiva en un hombre. Era la clase de persona en la que una podía apoyarse, sin duda.

Él la sorprendió mirándolo y sonrió.

Eran las tres de la tarde cuando por fin regresaron a Land's End. Blanche se acercó a la casa con satisfacción por las compras que habían hecho para la familia Johnson. Había sido imposible disuadir a sir Rex de que hiciera una contribución igual a la suya.

Meg salió corriendo de la casa, seguida de Anne, que caminaba más lentamente. Meg estaba sonriendo. Anne miró a Blanche de una manera extraña, de reojo. A Blanche no le importó, pero tampoco supo descifrar aquella mirada, y decidió no hacer caso.

—Milady, ¿ha tenido un buen día? —le preguntó Meg con una gran sonrisa—. ¿Han disfrutado de sus almuerzos?

—Ha sido un día extraño —respondió Blanche—. No vamos a ir a Penthwaithe, después de todo —le dijo, y después de un titubeo, añadió—: Sir Rex ha encontrado la solución.

Meg la miró con curiosidad. Anne apartó la vista.

Sir Rex, que estaba hablando con el cochero, se acercó.

—Le pedí a Anne que nos preparara unas cestas con comida por si la necesitábamos —dijo, y se volvió hacia la doncella, que había sacado una de las cestas del carruaje—. Por favor, Anne, lleva la comida al salón. Lady Blanche debe de estar hambrienta. Comeremos enseguida.

Blanche pensó que era detallista y meticuloso. Lo miró con tanta fijeza que él arqueó las cejas.

—¿Lady Harrington?

—Yo... eh... tengo mucha hambre. Hace un día muy bonito. ¿No podríamos comer fuera? Meg me dijo que tenéis una preciosa vista desde los jardines.

La noche anterior, el ambiente durante la cena había sido embarazoso; el comedor le había resultado un poco pequeño para los dos. Y, con el repentino interés que sentía por él, sería mejor comer fuera. El ambiente no sería tan íntimo.

Él se quedó un poco sorprendido.

—Se puede ver América, o eso dicen los locales, pero los jardines están aletargados en este momento del año.

—No me importa.

—¿Estáis segura de que no tendréis frío? Habéis estado fuera la mayor parte del día.

Si ella no lo hubiera sorprendido durante su aventura el día anterior, lo habría considerado el caballero perfecto.

—Estoy disfrutando del aire fresco —respondió con una sonrisa, sin mirarlo.

¿Había pensado Bess en emparejarlos porque sabía que él tenía la fuerza y la integridad necesarias para ayudarla a manejar su fortuna?

Sir Rex la estaba observando atentamente, pero ella no correspondió su mirada. Él dijo:

—Anne, trae un chal cálido para lady Harrington.

Después, le hizo una reverencia a Blanche para cederle el paso, y la siguió hacia la parte posterior del castillo, más allá de la torre. Ella se detuvo al comprobar que sir Rex tenía razón: desde allí uno podía ver hasta América, o eso parecía, al menos.

Los jardines terminaban donde la tierra se fundía con el océano, y aunque ella sabía que había un acantilado más allá, no podía verlo. Aquel día, el Atlántico estaba gris como el acero y tenía irisaciones brillantes, doradas y naranjas.

—Oh —susurró ella.

—Ha pasado un banco de peces —dijo él suavemente—. Dejan un rastro metálico.

Estaba tan cerca de Blanche que ella sintió la caricia de su respiración en la nuca. Se alejó y puso una distancia adecuada entre ellos, con el corazón acelerado. Sus cuerpos no se habían rozado, pero era como si hubiera sucedido, porque había sentido el calor de sir Rex.

Estaba muy alterada. Apenas podía respirar, y no entendía que tuviera una reacción tan intensa por aquella cercanía, que, claramente, había sido un error.

—Lo siento, no quería asustaros —dijo él, con la voz ronca.

Ella no se permitió recordarlo con Anne. Se negó a pensar qué podía significar aquella voz ronca. En vez de eso, observó de pasada los jardines; vio rosales, glicinias y tulipanes. Meg estaba extendiendo una manta; Anne estaba abriendo la cesta. Rex sonrió a Blanche y después se volvió hacia la doncella.

—Trae una botella de vino blanco y dos copas, por favor —le indicó.

—Esto tiene que ser muy bonito en verano —comentó Blanche.

—Sí. Debéis volver —respondió Rex con una sonrisa.

Blanche notó un cosquilleo en el estómago. No sabía qué le estaba ocurriendo, pero él tenía una sonrisa preciosa, y era una pena que la mostrara tan pocas veces. Si pasara más tiempo en Londres, no seguiría soltero; alguna joven guapa ya lo habría atrapado. Blanche no tenía ninguna duda. Su fortuna era modesta, pero tenía otros atributos, y no todas las debutantes se dejaban deslumbrar por la galantería. De hecho, era extraño que sir Rex no se hubiera casado todavía.

¿Habría pensado Bess en emparejarlos realmente?

Mientras estaba absorta en sus pensamientos, Blanche sintió su mirada penetrante, seductora, masculina. Al volverse hacia él, sir Rex se ruborizó y apartó la vista. Ella se aproximó a la manta y se sentó rápidamente. Se arregló la falda, con las mejillas ardiendo. Aquel picnic le parecía muy mala idea, pero ya no podía escapar de la situación.

¿Qué significaba aquella mirada tan potente y tan directa?

—¿Lady Harrington? —Rex se sentó a su lado y depositó la muleta sobre la hierba.

Ella sonrió forzadamente. Se daba cuenta de que no tenía escapatoria, así que decidió encontrar un tema estimulante.

—¡Tomar un poco de vino es muy buena idea! —dijo.

Él la miró fijamente, escrutadoramente.

—Algunas veces, cuando os miro, veo que tenéis la preocupación reflejada en el semblante.

Blanche abrió mucho los ojos. Parecía que le había leído el pensamiento.

—Me gustaría que dejarais de preocuparos. Los Johnson se las arreglarán bien hasta la primavera. Si lo deseáis, yo me ocuparé personalmente de su bienestar.

Había pensado que se estaba preocupando por aquella familia, se dijo Blanche con alivio.

—Gracias. Sí me preocupa su bienestar, y sería muy noble por vuestra parte que los ayudarais un poco —respondió.

Sir Rex siguió mirándola, y ella supo que su comportamiento debía de parecerle raro. Él le tendió un plato con pollo frío y ensalada, y Blanche se concentró en la comida. Sin embargo, le resultaba imposible comer, porque él estaba sentado muy cerca de ella. De hecho, compartir una pequeña manta era algo más íntimo que estar sentada frente a su anfitrión en el comedor.

—Me enteré de que la condesa y el conde celebrarán su aniversario en mayo —consiguió decir.

—Sí —respondió él, mientras Anne aparecía con una botella de vino descorchada y dos copas. Él le dio las gracias, y la doncella se marchó. Después de servir el vino, le entregó una de las copas a Blanche y tomó su plato—. Será una celebración familiar. Estoy deseando que llegue el día.

—Parece que siguen tan enamorados como siempre —comentó Blanche, después de tomar un poco de pollo.

—Se quieren mucho. Ambos eran viudos cuando se conocieron, así que la suya fue una boda por amor. Y siguen juntos por amor.

Blanche se quedó mirándolo. Era imposible no pensar que todo el mundo en su familia estaba felizmente casado, y que su soltería era una excepción notable. Sin embargo, sabía que no podía preguntarle cuál era el motivo de su soltería, por mucho que deseara saberlo.

—Parece que lo común en vuestra familia es casarse por amor.

—Sí, eso parece.

—Quizá vos seáis el próximo.

Él apartó la mirada y tomó su copa de vino.

—Una idea romántica —comentó, y la miró de nuevo—. ¿Sois romántica, lady Harrington?

—No. No sólo no he estado enamorada en toda mi vida, sino que me casaré por conveniencia y por economía.

—Normalmente, el matrimonio es algo conveniente, pero

no entiendo en qué sentido puede afectar la economía a vuestra elección.

Ella suspiró. Aquélla era una conversación adecuada.

—El mes pasado comencé a trabajar con los agentes y abogados de mi padre para conocer y poner en claro las empresas Harrington. ¡Es tan complicado! Hay negocios de ultramar, acciones de compañías que yo no conocía y sociedades también desconocidas para mí. Yo no tengo una mente matemática. Estoy acostumbrada a gestionar las donaciones de caridad, y eso me interesa. Sin embargo, no entiendo los libros de contabilidad, y mucho menos las inversiones tan variadas de mi padre.

—Así que necesitáis un esposo —dijo él, y terminó su vino—. Estoy de acuerdo. Harrington tenía reputación de ser un empresario brillante. Tengo amigos que querían aprender cómo había llevado a cabo sus últimas empresas e inversiones para copiarlo. Por supuesto, él mantenía sus asuntos en secreto. ¿Por qué ibais a tener que manejar una herencia tan grande sin ayuda? Debéis casaros, pero, ¿cómo vais a elegir cuál es el mejor pretendiente para vos?

—Mis mejores amigas me están aconsejando.

Él se quedó un poco sorprendido.

—Lady Waverly y... no recuerdo a la morena.

—Ahora es lady Dagwood. Felicia se ha casado recientemente.

—¿Y qué os aconsejan vuestras amigas? ¿Son conscientes de que, de vuestros doscientos veintiocho pretendientes, doscientos son unos granujas?

Ella se humedeció los labios antes de responder, porque los tenía terriblemente secos.

—No estoy de acuerdo. De mis doscientos veintiocho pretendientes, doscientos veintiocho son granujas.

La expresión de sir Rex fue de alivio. Sonrió.

—Gracias a Dios que sois una mujer sensata. ¿Y qué os aconsejan vuestras amigas? ¿Cómo vais a elegir de entre todos esos candidatos?

—Ellas esperan que elija a alguien joven y guapo, y no les importa que sólo esté interesado en mi fortuna.

—¡Pero vos no le haréis caso a esas dos!

—A mí no me importa que mi marido sea joven y guapo —respondió ella, y miró la manta. Sir Rex era muy guapo; a veces, Blanche pensaba que demasiado.

Él se calmó.

—Espero que sigáis siendo sensata ante un hombre que os susurre palabras de amor eterno al oído, en tono de sinceridad, aunque todo lo que os diga sea falso.

—Dudo que me engañen, sir Rex —replicó ella.

—Debo advertiros, lady Harrington.

—¿Por qué?

—Porque, pese a lo que podáis pensar, soy un caballero —dijo él—. Vos sois un blanco perfecto para un oportunista y no necesitáis un marido que malgaste vuestra fortuna en vez de preservarla. Aunque el primer año de matrimonio hubiera diversión, después os causaría años de sufrimiento. El hombre al que me refiero gastará todo vuestro dinero y después se marchará cuando lo desee.

—Eso lo sé —dijo ella.

—Bien —respondió sir Rex, y se sirvió más vino, con aspecto de estar enfadado.

—¿Queréis darme vuestro consejo? —le preguntó Blanche.

Él le clavó una mirada muy intensa.

—Os aconsejo que no elijáis a vuestro marido de entre ese grupo de pretendientes —le dijo él—. El caballero al que estáis buscando no se mostrará. Posiblemente se considerará por debajo de vos, y pensará que presentarse como candidato, teniendo en cuenta vuestra fortuna y su falta de hacienda, está por debajo de él.

Blanche pensó que nunca le habían dado mejor consejo. Él tenía razón. Debía rechazar a aquellos doscientos veintiocho pretendientes y encontrar a otros. ¿Y era aquélla la razón por la que sir Rex no se había ofrecido? Por supuesto.

Él no era un cazador de fortunas, y nunca se pondría en posición de poder parecerlo.

Por otra parte, eso no significaba que, de haber tenido ella menos medios, él se hubiera ofrecido. ¡Y Blanche no deseaba que él la cortejara! Se había recuperado de la impresión de verlo en una situación tan privada, y ciertamente admiraba muchas de las cualidades que él poseía, pero era un hombre demasiado masculino para una mujer como ella.

Blanche se dio cuenta de que tenía la respiración entrecortada. Aquél era el quid de la cuestión: a ella ni siquiera la habían besado, y sir Rex era, claramente, un hombre de grandes apetitos y mucha experiencia. Nunca se llevarían bien.

—No habéis comido —dijo él.

Blanche picoteó de su plato, consciente de que le temblaban las manos, con cuidado de evitar la mirada de sir Rex.

—Gracias. Creo que seguiré vuestro consejo —le dijo—. O, al menos, lo intentaré.

No iba a conseguir conciliar el sueño.

Blanche estaba en la ventana de su dormitorio, observando el cielo nocturno salpicado de estrellas y el océano negro y plateado, que brillaba serenamente. Era casi medianoche, y ella había estado dando vueltas por la cama durante casi una hora, muy preocupada por su anfitrión.

Debía descartar a todos sus pretendientes; lo había decidido porque aquel consejo era el más correcto. Sin embargo, ¿qué debía hacer después?

¿Debía considerar a sir Rex como futuro marido?

¿Y por qué él, a su edad, continuaba soltero?

Escuchó el sonido del mar, pero no consiguió calmarse. En el día y medio que llevaba allí habían pasado muchas cosas, y Blanche se sentía como si hubiera transcurrido un año. Su mundo le parecía completamente distinto, como si estuviera situada junto a un precipicio y, con sólo un paso en falso, fuera a caer al vacío. Era desconcertante.

Sin embargo, ¿no había soñado con el día en que se le acelerara el corazón, en que sintiera otra cosa que no fuera paz y sosiego?

Lo que ocurría era que no esperaba que nunca llegara aquel día. Estaba muy confusa, porque sir Rex había conseguido que su existencia se tambaleara. Pero eso era mejor que dejar que su mundo continuara tan perfectamente equilibrado y que ella nunca tropezara, ¿no?

Si mantuvieran dormitorios separados, sir Rex quizá fuera el mejor marido que ella pudiera elegir. Él gestionaría su fortuna con honestidad, meticulosamente. Además, parecía que lo pasaban bien el uno con el otro y que se estaban haciendo amigos, y Blanche sabía que los pocos matrimonios bien avenidos de la ciudad se basaban en un profundo cariño. Sin embargo, seguía teniendo algunos recelos hacia él. Su tendencia a beber de más le preocupaba. Y su exposición de armas en el salón le preocupaba todavía más. Fuera lo que fuera lo que le había ocurrido durante la guerra, lo tenía obsesionado y parecía que le causaba una gran infelicidad. Ella podía pasar por alto su aislamiento; sir Rex iría y volvería de la ciudad cuando quisiera.

En realidad, lo que más dudas le suscitaba de todo aquello era su virilidad.

Era evidente que tenía necesidades intensas. Indudablemente, sir Rex necesitaba una compañera apasionada, y Blanche sabía que esa mujer no era ella. Muchas parejas tenían dormitorios separados. Sin embargo, de ser así, él querría tener una amante, y por supuesto, ella tendría que mirar hacia otro lado con indiferencia. Podría sentir indiferencia, ¿verdad? ¿Y qué ocurriría con los hijos?

Estaba adelantándose demasiado. Estaba considerando a sir Rex un candidato, pese a las dudas que pudiera tener sobre él, y ni siquiera sabía todavía por qué permanecía soltero. Tampoco sabía si podría convencerlo de que aceptara el matrimonio en caso de que ella decidiera exponerle su plan.

Y si ella hacía una proposición, y él la aceptaba, ¿qué ocurriría?

Anne había sollozado de placer entre sus brazos. Para Blanche, aquello había sido una impresión; y el embeleso de los rasgos de sir Rex había sido una impresión todavía mayor.

Se apartó de la ventana. No mucho antes, Blanche era inmune a una cara guapa. Sin embargo, sir Rex siempre había atraído su mirada cuando entraba en una habitación, y en aquel momento, conseguía que se le acelerara el corazón. ¿Acaso estaba empezando a atraerle un hombre, por fin?

¿Era aquello deseo? Blanche intentó imaginar lo que haría y cómo se sentiría si él la acariciara con ternura. Y, con sólo pensarlo, el corazón le latió con más fuerza, sintió un cosquilleo en la piel y un extraño y ligero dolor en el cuerpo.

Se había ruborizado, y notaba calor en las mejillas. No le importaría que él la tomara de la mano, ni tampoco que intentara besarla.

Blanche se sentó bruscamente, asombrada. Tenía casi veintiocho años, y por primera vez en su vida, sentía atracción por un hombre y pensaba en sus besos. ¿Cómo había ocurrido aquello?

Se tomó un momento para aclararse la mente. La atracción y el deseo no eran buenas razones para casarse. Ya no conseguiría conciliar el sueño. Decidió que bajaría a tomar un brandy. Al día siguiente haría una lista de ventajas y desventajas. No tenía prisa. Había esperado mucho tiempo para casarse, y tenía que hacer la elección correcta.

Abrió el armario y se puso el vestido que había llevado aquel día. Después salió de su habitación y escuchó atentamente, pero el pasillo estaba tan silencioso que podría haber oído una horquilla cayendo al suelo.

El salón estaba vacío cuando entró; había fuego en la chimenea, unas pequeñas llamas y brasas que brillaban. Blanche se acercó al bar y se sirvió una copa de una de las muchas botellas que había en el mueble. Entonces se dio cuenta de que la estaban observando.

Se dio la vuelta y vio a sir Rex sentado en el sofá, tan inmóvil que podía haber estado dormido. Sin embargo, estaba despierto. Pese a las sombras, su mirada estaba fija en ella, y a la luz del fuego, sus ojos oscuros tenían un brillo dorado y ámbar, y eran vigilantes como los de un león.

Ella se quedó helada. El corazón le dio un vuelco.

Él tomó la muleta, que había dejado en el suelo. Se había quitado la chaqueta y el chaleco, y llevaba sólo una camisa arrugada, los pantalones y los zapatos. La camisa estaba desabotonada hasta su ombligo.

Blanche no pudo evitar mirarlo, aunque sabía que no debía hacerlo. Y él le recordó a la estatua del David de Miguel Ángel.

Sir Rex se puso en pie.

—¿Lady Harrington?

Entonces, ella lo miró a la cara.

—Debéis pensar que soy una bebedora furtiva —dijo con la voz ronca.

—No. Estáis temblando. ¿Os encontráis bien?

—No podía dormir, y pensé que quizá una copa de brandy me ayudara.

Con una mano, sin desviar la mirada de ella, sir Rex se abotonó la camisa hasta el cuello.

—Podéis tomar todo el brandy que deseéis —le dijo con suavidad, con el brillo de las llamas jugueteando en su rostro—. Pero os habéis servido oporto.

—Me temo que no me di cuenta de la diferencia.

—Permitidme —le pidió él, y se acercó.

Él sirvió una copa de brandy y se la entregó. Cuando Blanche la tomó, sus manos se rozaron, y ella se puso más tensa.

—Gracias por ser tan amable.

—¿Deseáis hablar de lo que os perturba?

Ella no supo qué decir. Era difícil responder a su pregunta. La mente le funcionaba a toda prisa, e intentaba comprender todos sus sentimientos de inquietud. Aquel momento era demasiado íntimo. Blanche se dio cuenta de que el ritmo acelerado de su corazón y el temblor de sus miembros era prueba de su deseo. Sin embargo, también estaba asustada. Se sentía como si estuviera suspendida de una cuerda en un precipicio.

Y, cuando se atrevió a devolverle la mirada, se estremeció. Su mirada oscura ardía de una manera que ella nunca había visto antes.

—El aire fresco ayuda a dormir —comentó sir Rex. Entonces, bajó las pestañas negras y espesas, y con la voz ligeramente ronca, dijo—: A la luz de las velas, parecéis tan inocente como una niña de quince años.

El corazón de Blanche comenzó a latir con estruendo. Era cierto que tenía la misma experiencia que una niña de quince años, y su inocencia. ¡Se sentía tan tímida y ansiosa como una adolescente! Sin embargo, él no podía saberlo.

—Pronto cumpliré veintiocho años.

Sir Rex la miró de reojo, de un modo extraño. Era como si le estuviera diciendo que no le importaba.

Ella luchó consigo misma. Él estaba inusualmente locuaz, y quizá aquél fuera el momento oportuno, después de todo.

—¿Por qué estáis despierto, sir Rex? Deben de ser más de las doce de la noche.

Él la miró fijamente. No parecía que estuviera dispuesto a contestar.

Y, de repente, Blanche se dio cuenta de que estaba esperando a su amante. Notó que le ardían las mejillas.

—Lo siento... ¡me voy! —exclamó, y se dio la vuelta para salir corriendo.

Él la agarró por la muñeca.

—No estáis molestando.

De alguna manera, consiguió que Blanche se diera la vuelta.

—Si no podéis dormir, compartamos nuestro insomnio.

A ella le quemaba la muñeca. Con el corazón en la garganta, susurró:

—De veras, tengo que irme a mi dormitorio.

—No.

Blanche se quedó helada.

—Por favor —pidió él—. No me importa tener compañía. Me gusta.

Ella comenzó a temblar. ¿Estaba ebrio? ¿O estaba siendo franco y atrevido?

—Yo también disfruto de vuestra compañía, sir Rex —dijo ella con tanta despreocupación como pudo.

Parecía que él se sentía divertido. Entrecerró los ojos.

—Os envidio este lugar.

Él esbozó una sonrisa, irónica, pero muy bella.

—¿Cómo es posible que vos, la dueña y señora de Harrington Hall, envidiéis Land's End?

—Quizá por esa misma razón... es el fin del mundo. Yo no tengo privacidad en mi casa. Aquí estoy disfrutando de la soledad.

—¿Cuánto tiempo vais a quedaros?

—No lo sé. No puedo molestar más.

—¿Y si yo deseara que os quedarais?

Ella se sobresaltó, y sus miradas se cruzaron.

—Quizá deba confesar —dijo él lentamente, y ella se puso tensa de impaciencia— que me siento solo.

Blanche se quedó asombrada. Sir Rex se sentía solo. Ella lo había percibido, y él acababa de confirmárselo. Sintió compasión.

—Deberíais ir más a menudo a la ciudad.

Él cerró los ojos brevemente. Murmuró, como si no la hubiera oído:

—No tenéis que decidirlo en este mismo instante. ¿Blanche?

Ella percibió el uso íntimo y suave de su nombre. Supo que él no se había dado cuenta de haberlo pronunciado.

—Sé que esta residencia no está a vuestra altura —añadió suavemente—. Pero si me decís qué es lo que necesitáis, moveré cielo y tierra para complaceros —le dijo, y sonrió otra vez, pasándole la mirada por todo el rostro, descendiendo hasta el borde de su escote y ascendiendo nuevamente.

Blanche se dio cuenta de que lo decía de veras, pero, ¿por qué iba a querer acomodarla de tal modo?

—¡Por supuesto que esta casa está a mi altura! —la emoción con la que respondió la dejó sorprendida. No sabía cuál era su origen—. Me encanta... me gusta mucho Land's End. Me gustaría quedarme... un poco más.

—La medianoche siempre es la mejor hora para las confesiones.

—¿Tenéis otra confesión que hacer?

La sonrisa de sir Rex vaciló.

—Me habéis visto en mi peor faceta, y no habéis salido corriendo hacia el bosque. Ni siquiera habéis huido de mi salón, ni de mí. Tenéis una gentileza asombrosa, lady Harrington. Me doy cuenta de que siempre pensáis en huir, incluso ahora.

Él tenía razón. Ella respiró profundamente.

—Lo que ocurre es que esta situación es rara... yo nunca he conversado con un caballero así, a estas horas. Es muy... íntimo.

Él la observó con suma atención.

—¿Esto es íntimo?

Blanche se rió nerviosamente.

—Ya sabéis que soy muy correcta —dijo ella. Y mojigata, debía haber añadido.

—¿Y por qué os habéis quedado? ¿Por qué no escapasteis ayer?

Ella inhaló una bocanada de aire, temblando. Recordó vivamente la imagen de su aventura.

—Tenéis todo el derecho a mantener... vuestros asuntos privados.

Pasó un largo momento.

—¿He hecho añicos vuestra compostura otra vez?

—Mi compostura —respondió ella con dificultad— se desvaneció ayer, y no sé si la he recuperado.

—Entonces, vuestro fingimiento ha sido admirable. Os estoy alterando de nuevo. No quería molestaros. Me avergüenza que conozcáis la verdad sobre mí.

Ella se sobresaltó de nuevo y lo miró con los ojos muy abiertos.

—¿Habéis bebido, sir Rex?

En sus labios se dibujó una bella sonrisa.

—Estoy completamente borracho.

Aquello explicaba sus miradas largas y abrasadoras y sus confesiones. En realidad, él no la deseaba; estaba borracho. Sin embargo, aquello no explicaba su necesidad de embriagarse.

—¿Qué? ¿No vais a intentar persuadirme suavemente de que me retire? ¿No vais a reprenderme por haberme emborrachado? ¿No sentís desprecio?

Blanche se cruzó de brazos.

—Me conocéis lo suficientemente bien como para saber que no soy maliciosa. Y la verdad es que... tenéis todo el derecho a mantener aventuras amorosas —dijo, consciente de que se había ruborizado—. Al contrario que otros, vos no estáis engañando a ninguna esposa.

A Rex le brillaban los ojos.

—Nunca habría imaginado que mantendría una conversación así con vos. Y me estaba refiriendo a mi excesiva tendencia a beber vino y licores.

Entonces, ella evitó el contacto visual.

—Vos... ¡por supuesto que podéis quedaros despierto por las noches, disfrutando de una copa de vino!

«Pregúntaselo», se dijo. «¡Hazlo!».

—No es eso lo que habéis dicho. Así que no condenáis mi aventura amorosa... no es amorosa, pero vos lo sabéis ya.

—No tengo deseos de condenaros.

Hubo un silencio.

Él la miró durante un momento interminable, tan largo que ella comenzó a retorcerse.

—¿Por qué me da la sensación de que queréis preguntarme algo?

Dios Santo, ¡era muy perceptivo!

—Me he estado preguntando algo... pero no quiero ser impertinente. Creo que debo volver a mi habitación.

Él volvió a tomarla por la muñeca.

—Ahora siento mucha curiosidad. Podéis hablar libremente, podéis preguntarme lo que queráis —dijo con mucha suavidad—. Vamos, es medianoche, estamos solos, confesándonos nuestros pensamientos y deseos íntimos.

—¿Por qué nunca os habéis casado?

—¿Es eso lo que deseáis preguntarme?

Ella asintió.

—Creo que ya conocéis la respuesta.

Blanche se quedó sin respiración. No conocía la respuesta en absoluto.

—Los hombres de Warenne se casan por amor. O al menos, eso se dice.

CAPÍTULO 6

Blanche estaba asombrada. Repitió mentalmente lo que él había dicho, una y otra vez: que se casaría por amor. Era romántico. Sir Rex era un romántico. No se había casado porque estaba esperando al amor.

—Parece que estáis sorprendida. Y consternada.

Blanche sonrió.

—Estoy sorprendida, sí. No creía que fuerais tan romántico como el resto de vuestra familia.

—¿Debo sentirme insultado?

—¡No! Claro que no, vos sois el último hombre al que querría insultar.

Él no sonrió.

—Me asombra que os interese mi vida matrimonial, o mi falta de vida matrimonial, más bien —dijo.

Blanche se encogió de hombros.

—Hace poco hablé con vuestra madre y con Lizzie. Surgió el tema de vuestra soltería.

A él le brillaron los ojos.

—¿De veras? ¿Y vos participasteis en la conversación?

—Ellas se preocupan por vos, sir Rex. Es evidente que desean que os caséis y tengáis una familia propia.

—¿Y vos estáis de acuerdo?

—Yo creo que pronto encontraréis un amor —dijo ella con ligereza.

Él emitió un sonido ronco.

—El amor está valorado en exceso.

—Pero vos habéis dicho...

—Estoy borracho —dijo él—. Y, a propósito, vuestra pregunta no me ha parecido impertinente.

—Entonces, soy afortunada.

—Creo que ahora es mi turno de preguntar.

—¿Es que vamos a jugar a un juego?

—¿Y por qué no? Vos me habéis pedido consejo. ¿No puedo pediros yo el vuestro?

Blanche se sentía como si estuvieran en un combate. Tenía que sentarse, o se desmayaría. Se dejó caer en la butaca más cercana.

—Os devolveré el favor —dijo.

—¿Hay algún motivo por el que deba contentar a las mujeres de mi familia?

—Todo el mundo está mejor con una familia.

—Entonces, ¿estaría mejor casado con una arpía o una fiera?

—No tiene por qué ser así. Quizá encontréis el amor. Es algo común en vuestra familia.

—Quizá yo sea la excepción a la regla —replicó él—. O quizá ya lo haya encontrado. Ya os he dicho que el amor está valorado en exceso, de una manera absurda —dijo, y se alejó.

Ella se quedó allí sentada, boquiabierta. Sir Rex tenía el corazón roto. Eso lo explicaba todo.

Entonces él se dio la vuelta. Sonreía con frialdad, y ya no resultaba seductor. Estaba enfadado.

—¿Qué os ha mantenido en vigilia esta noche?

Aquel abrupto cambio de tema le resultó inquietante a Blanche.

—Un sueño —respondió.

—Espero que fuera un buen sueño. ¿Con quién soñabais?

—¡Sir Rex!

—Eso me parecía —dijo él—. Sois una mujer extraordinaria. Siempre lo he pensado. Antes me limitaba a aceptar el hecho de que sois una de las pocas damas de verdad de la alta sociedad, pero recientemente me he preguntado algunas cosas sobre vos.

Ella pensó que estaba demasiado borracho. No le gustaba aquel cambio de conversación.

—Debo retirarme a mi dormitorio —dijo rápidamente.

—Sois una gran dama, pero sois humana. Tenéis sangre en las venas, como todo el mundo. Y como los demás, soñáis. No puedo evitar preguntarme con qué y con quién soñáis.

Él dio un paso hacia ella. No parecía que estuviera borracho, pero debía de estarlo, o no habría formulado semejante pregunta. Además, su mirada era tremendamente intensa.

—Sir Rex, ¡me siento desconcertada!

—Porque soy un grosero. Un borracho grosero. Vamos, no lo neguéis, sé lo que se dice de mí. Entonces, ¿por qué, Blanche? ¿Por qué habéis decidido quedaros aquí durante dos noches, cuando sólo habríais necesitado quedaros una? Los dos sabemos que ayer os dejé horrorizada. Si alguna vez tuve alguna admiración vuestra, ayer la perdí. Sin embargo, habéis dicho que no queríais insultarme, ¡así que no entiendo nada! De hecho, habéis dicho que soy el último hombre del mundo al que querríais insultar. ¿Es todo fingido, lady Blanche? No podéis haberlo dicho en serio.

Blanche se dio cuenta de que estaba negando vehementemente con la cabeza.

—Siempre os he admirado, sir Rex.

Él la miró en silencio.

—¿Lo decís con sinceridad?

—¡Sí! ¡Me impresiona vuestra capacidad de trabajo y el hecho de que seáis una persona llena de recursos! ¡No me esperaba encontrar una finca tan bien mantenida, tan bien dirigida!

Él abrió mucho los ojos.

—Vuestra ayuda en Penthwaithe ha sido muy generosa. ¡Sois un hombre generoso y noble!

—Pero me acuesto con mi sirvienta.

Ella se llevó las manos a las mejillas ardientes.

—Eso no es asunto mío. Nunca lo sabría si no me hubiera entrometido, ¡y lamento mucho haberlo hecho!

Después de un momento, él preguntó:

—¿Cómo puedo recuperar vuestro respeto?

—Tenéis todo mi respeto. No conozco los detalles de vuestra vida, pero estoy segura de que sufrís algún dolor, no del todo físico, de la guerra. Y creo que ese dolor provoca momentos como éstos. Y vuestras aventuras.

Además, ella añadiría el corazón destrozado a la ecuación.

Después de mirarla fijamente, Rex dijo:

—Tenéis razón. ¿Hay algo que pueda hacer que suscitaría vuestras críticas?

Blanche negó con la cabeza.

—No tengo tendencia a criticar a nadie, y no voy a empezar con vos. Sin embargo, os sugiero que retiréis la exposición de armas de la pared.

Él abrió mucho los ojos.

—¿Acaso deseáis torturaros con un recordatorio constante de vuestro dolor? ¿Es eso?

Sir Rex emitió un sonido ronco.

—Qué astuta sois.

—Sé que sois un héroe. Todo el mundo sabe que salvasteis al segundo hijo del duque de Clarewood de la muerte, y ahora, Mowbray es el duque. Los héroes se merecen respeto, no censura. Los héroes se merecen aprobación y afecto.

—Yo no soy un héroe —replicó él con aspereza—. Porque si tuviera que hacerlo de nuevo, si Mowbray estuviera ahí tirado, cerca de la muerte, lo dejaría para que se lo llevara el diablo.

—¡No lo decís en serio!

Él estaba temblando, y Blanche se dio cuenta de que estaba embargado por fuertes emociones que ella no entendía.

—Sabéis mucho de mí, lady Harrington.

De repente, Blanche supo que estaba muy molesto, peligrosamente molesto. Se sintió muy tensa. Era hora de marcharse.

—Todo el mundo sabe eso de vos, sir Rex.

—Mi familia sabe que rescaté a Mowbray. Nadie más lo recuerda.

—Vos lo recordáis —dijo ella.

Y, en cuanto hubo terminado de hablar, deseó haberse callado.

Sir Rex se alejó furiosamente de ella, y perdió el equilibrio.

Blanche gritó y se lanzó hacia él, pero mientras lo agarraba por el brazo para impedir que cayera, chocaron juntos contra la pared. Y, durante un instante, ella estuvo en sus brazos. En aquel instante, el cuerpo duro y tenso de sir Rex la apretó contra la pared, y el miedo a resultar herida que hubiera podido albergar Blanche se desvaneció. Él era tan grande que se vio engullida por una masa de músculos, y fue consciente de lo vulnerable, pequeña y femenina que era. Nunca había estado así en brazos de un hombre. Sintió un cosquilleo en las entrañas, y asombrada, alzó la vista. Él le estaba mirando la boca. En aquel momento, supo que Rex de Warenne la deseaba.

En aquel momento, supo que Rex de Warenne, el hombre más masculino que ella conocía, iba a besarla.

Sintió excitación y miedo al mismo tiempo, porque aquello era el verdadero deseo.

Sin embargo, él no se inclinó para besarla. En vez de eso, la miró y se apartó de ella respirando profundamente.

Blanche se inclinó sobre la pared, incapaz de moverse, temblando. Le flaqueaban las rodillas.

—Nadie debe enfrentarse al león en su guarida.

Ella tardó un momento en asimilar el significado de sus palabras.

—He bajado a tomar una copa. No sabía que estabais aquí —respondió.

Al mirarlo a los ojos, se dio cuenta de que estaba furioso.

—Sí, igual que entrasteis ayer a mi estudio.

Ella se ruborizó.

—Yo...

—Si os enfrentáis a la bestia, os morderá —le gritó él con frustración.

Blanche sintió consternación. Sabía que tenía razón. Le había hecho preguntas muy íntimas y le había dado consejo sobre sus asuntos privados. Se merecía su ira, pero no hasta tal punto.

—Lo siento —dijo, y se dio la vuelta para marcharse. La noche había resultado un desastre.

De repente, él le bloqueó el paso. Con la cara muy cerca de la de ella, le exigió:

—Decidme, de verdad, en qué joven habéis estado pensando esta noche para no poder dormir. ¿Con qué parangón de masculinidad deseáis casaros y acostaros? Es vuestro turno de hacer confesiones, Blanche.

Ella estaba horrorizada. Ningún hombre le había hablado así nunca.

—Tomaré una decisión sensata —dijo ella para defenderse.

—¿Sin ninguna consideración romántica?

—Elegiré con sentido común —repitió ella.

—Os merecéis más.

Ella lo miró con los ojos desorbitados.

—Estoy borracho, así que os diré exactamente lo que pienso. Os merecéis a un hombre honesto, un hombre con buen carácter. Un hombre que os admire, os defienda, os respete... y os adore.

¿Qué clase de diatriba era aquélla?

Él alzó la mano y le acarició la mejilla con suavidad. Blanche se quedó inmóvil, paralizada de pánico, pero también de deseo.

—Os merecéis un hombre que haga que vuestro corazón se acelere, que os haga llorar de placer.

A ella se le cortó la respiración.

Él bajó la mano.

—Os deseo suerte para encontrar a semejante ejemplo de hombría.

Blanche gritó.

Sir Rex se marchó.

Sir Rex había estado a punto de besarla.

Blanche miró su té, que se había quedado frío. Estaba sentada en la mesa del desayuno, a solas, recordando con detalle cada momento de la noche anterior. Sir Rex estaba borracho y tenía una actitud muy atrevida, muy masculina. Tenía el corazón roto y estaba traumatizado por la guerra, y pensaba que ella merecía admiración, respeto y pasión.

Estaba tan angustiada que le temblaban las manos, y tuvo que dejar la taza en el plato. Ella nunca podría experimentar la clase de pasión a la que él se había referido.

¿Cómo había podido decirle semejante cosa?

¿Cómo pudo ella decirle todas las cosas que le había dicho?

Blanche miró su té helado. Nunca se había sentido tan confusa. También estaba muy triste por sir Rex. Sentía compasión, pero no había modo de ofrecérsela. No era un niño a quien pudiera abrazar y acariciar.

La noche anterior había estado lanzándole miradas oscuras, ardientes.

La noche anterior había estado a punto de besarla.

Blanche no necesitaba tener experiencia para saberlo. Sin embargo, estaba muy borracho. Su atracción provenía de la botella, no de un deseo real, ¿verdad?

Se echó a temblar. ¡La noche anterior, ella había deseado que la besara! Y no había sido por mera curiosidad.

Después de todos aquellos años en los que había creído

que nunca sentiría la pasión, la parte más femenina de ella había despertado por fin. ¿Cómo era posible que estuviera ocurriendo? ¿Y qué habría ocurrido si él la hubiera besado?

Si se quedaba más tiempo en Bodenick, ¿la besaría?

Blanche no sabía qué hacer ni qué pensar. Podía aceptar el asombroso hecho de estar interesada en un beso. Ya era hora. Felicia y Bess la animarían. Pero, ¿y si eso conducía a algo más?

Desear un beso en medio de la oscuridad de la noche era muy distinto a desear satisfacer toda una pasión. Y ella no era el tipo de mujer que tendría un amante, y menos en aquel momento, cuando estaba intentando encontrar marido. Lo mejor sería marcharse de Land's End inmediatamente, antes de que una cosa llevara a la otra, antes de que hubiera más intimidad, antes de que no hubiera salida.

Sin embargo, ¿no podría sir Rex quitar aquellas armas de la pared antes de que ella se fuera?

Si se saliera con la suya, si pudiera ayudarlo, ella se desharía de aquella exposición para que él pudiera olvidar la guerra y los fantasmas que lo estaban obsesionando. ¿Y quién sería la mujer que le había roto el corazón? De continuar así, sir Rex iba a suspirar por un modelo de perfección femenina hasta el día en que muriera, pensó Blanche, y se sintió muy triste por él. Se merecía mucho más en la vida. Ella había empezado a entender por qué trabajaba tanto. A la luz del día, dejaba sus fantasmas atrás con el trabajo duro, y por la noche, con la botella de vino o de brandy.

Seguramente, debía marcharse de Land's End y concentrarse en una lista de pretendientes más adecuados, los que estuvieran interesados en algo más que en su fortuna, pero Blanche pensaba que tenía que hacer algo antes de marcharse, algo que le facilitara la vida a sir Rex y que le proporcionara alegría.

Una sombra apareció en el comedor. Blanche se puso tensa.

No tuvo que alzar la mirada para saber que era sir Rex.

Su presencia era muy intensa. En aquel momento, se le aceleró el pulso y se le entrecortó la respiración, y olvidó los demonios de aquel hombre, y sólo recordó con total claridad que había estado entre sus brazos.

Consiguió sonreír, con la esperanza de no ruborizarse, y lo miró.

Él tenía una mirada terrible y muy directa. Sin embargo, no tenía mal aspecto; ella nunca hubiera pensado que la noche anterior estaba muy borracho, de no haberlo visto.

—Buenos días. Me sorprende veros aquí —dijo sir Rex.

—Buenos días —respondió ella, deseando que no continuara con aquel tema de conversación—. Hace un día espléndido —dijo con firmeza.

—No me había dado cuenta —dijo sir Rex, y su mirada no vaciló—. Sé que ayer cometí otra ofensa imperdonable, o más bien, unas cuantas ofensas —afirmó, y sus mejillas se tiñeron de color rojo.

Ella se mordió el labio. Él estaba muy descontento y, claramente, se condenaba a sí mismo de nuevo.

—Sir Rex —dijo Blanche—, ¿queréis que os sirva una taza de té?

Él soltó una carcajada seca.

—Creía que ya os habríais marchado, pero me doy cuenta de que os vais ahora. He visto a vuestro cochero preparando los caballos. Debo ofreceros mis más sinceras disculpas una vez más. Habéis soportado unos comentarios muy groseros y mi comportamiento atrevido. No tenía derecho a hablaros de ese modo. No tenía derecho a jugar con vos.

El corazón de Blanche latió con una fuerza inusitada. Las palabras que él había pronunciado la noche anterior deberían haber sonado groseras, pero no había sido así. Transmitían demasiada sensualidad. ¿Había jugado con ella la noche anterior? ¿Había intentado confundirla con su agresiva sexualidad?

—No me había dado cuenta de que nuestra conversación era algo diferente para vos que para mí.

—¿No? —preguntó sir Rex—. No hay disculpa que pueda compensaros por mi comportamiento.

Con una terrible angustia, Blanche se puso en pie.

—La verdad es que yo no debería haberme inmiscuido anoche. Ésta es vuestra casa. Tenéis todo el derecho a disfrutar de vuestro salón después de la cena.

—Vos sois mi invitada. También tenéis derecho a acompañarme. Yo os pedí que os quedarais, ¿no lo recordáis?

—Por favor, sir Rex. No os castiguéis. Yo no he vuelto a pensar en lo de anoche —mintió ella, con las mejillas ardiendo.

Él la miró con incredulidad, y ella supo que no creía sus palabras.

Blanche miró su taza de té.

—Tuvimos una conversación poco común —dijo—. Fue curioso, refrescante, nada más.

—No es posible que creáis eso. Seguramente, ahora me condenáis.

—No tengo nada que condenar. Bess y yo hablamos de todo tipo de cosas. Ella es muy franca, a veces, de un modo escandaloso —respondió Blanche, y se esforzó por sonreír, aunque estaba tan nerviosa que le temblaban las rodillas.

—Yo no soy Bess.

—Los amigos hablan con sinceridad. Estoy segura de que queríais darme consejo, no ofenderme. No me habéis ofendido —añadió con convicción—. Nunca había tenido un amigo.

—Un amigo —repitió él—. ¿Ahora soy un amigo?

Ella titubeó.

Lentamente, sir Rex dijo:

—Sois increíblemente elegante. Dais un ejemplo que todo el mundo, hombres y mujeres, deberían seguir.

Ella se ruborizó, entusiasmada por su alabanza.

—No es cierto.

—Ahora estoy más seguro que nunca de que vuestra amabilidad no tiene comparación posible. Ojalá os hubiera dejado disfrutar a solas de vuestra copa nocturna.

Ella se mordió el labio.

—Deseabais tener compañía. Eso no es raro, sir Rex. Además, ¿acaso no os ofendí yo? Yo también me entrometí en vuestros asuntos. Y lo hice deliberadamente, no puedo negarlo. Quizá deba ser yo la que se disculpe por su comportamiento.

Él sacudió la cabeza con incredulidad.

—De nuevo le habéis dado la vuelta a la situación para que vuestro comportamiento parezca inapropiado. Estáis intentando no herir mis sentimientos.

—Anoche dije lo que pienso. Sois un hombre bueno y honorable. Siempre os he tenido en gran estima.

Él se sobresaltó.

—Me siento como si hubiéramos sobrevivido a otro huracán.

Ella sonrió con alivio.

—Yo también.

Por fin él sonrió, pero brevemente, con una mirada atenta.

—Entonces, ¿nos separamos en buenos términos?

Blanche lo miró a los ojos y se dio cuenta de que no quería marcharse. Al menos, aquel día no. Quizá al día siguiente.

—¿Me estáis pidiendo que me marche? Entiendo que me he quedado más de lo adecuado.

—¡No! Suponía que os estabais preparando para marchar.

—Tenía pensado ir a Lanhadron. Los niños de los Johnson iban descalzos. No había pensado en volver a Londres todavía. Debo confesar que no estoy lista para volver a enfrentarme con mis hordas de admiradores, sir Rex. Tengo miedo de la elección que me veré obligada a hacer.

—No puedo decir que os culpe. No hay prisa. Vuestra fortuna no va a desvanecerse de la noche a la mañana, y por lo tanto, vuestros admiradores tampoco. Podéis quedaros todo el tiempo que queráis.

—Si en algún momento me convierto en una molestia...

—Vos nunca podríais ser una molestia.

—Gracias. Me encantaría quedarme un poco más.

Él la miró de nuevo, de aquella manera escrutadora que la hacía temblar, que hacía bailar su corazón.

—Tengo una reunión en el pueblo a mediodía —dijo sir Rex—. Si podéis esperar una hora más, me sentiré muy complacido de acompañaros.

Blanche murmuró que aquello sería un placer.

CAPÍTULO 7

Blanche tenía el corazón muy ligero cuando le entregó las compras para la familia Johnson al cochero.

—¿Ha visto a sir Rex, Clarence?

—Me temo que no, milady.

Llevaba dos horas de compras por aquel pintoresco pueblo, y no había visto que sir Rex saliera de la reunión a la que había asistido en la iglesia. Él había ido al pueblo a caballo, así que en realidad no había ningún motivo por el que tuviera que esperarlo, pero quería hacerlo.

Seguía pensando en la conversación de aquella mañana, y en la extraña amistad que había surgido del encuentro de la noche anterior. Seguía pensando en el carácter de sir Rex, en sus cualidades y sus defectos. Nadie era perfecto. Ella no era perfecta. Sus propios defectos hacían que los de él le parecieran encantadores.

Y, cuanto más pensaba en él, más sabía que no le importaría que la besara.

—¿Milady? —le dijo una mujer.

Blanche se volvió. La joven que se había dirigido a ella también llevaba bolsas de compras.

—Hola —dijo ella amablemente.

La joven, que era algo regordeta y tenía el pelo moreno, hizo una reverencia con las mejillas sonrojadas.

—Espero no ofenderos —dijo—, pero no he podido evitar oír decir en el pueblo que estáis invitada en Land's End.

—Sí, soy amiga de la familia. Soy lady Blanche Harrington —dijo ella. El pueblo era pequeño, del tamaño de dos calles de Londres, y era probable que en una población así todo el mundo se conociera. ¿Qué querría aquella mujer?

La joven volvió a inclinarse.

—Soy Margaret Farrow. Mi marido y yo somos vecinos de sir Rex de Warenne.

Blanche se sorprendió.

—Me alegro mucho de conoceros —dijo con seriedad.

Aquello era muy oportuno. Se dio cuenta de que, a pesar de su nerviosismo, la mujer tenía una mirada agradable. No parecía frívola ni engreída. Parecía una joven de buen carácter y medios económicos.

—Vivimos a media hora del castillo —prosiguió la señora Farrow—. Como los visitantes son tan escasos, he pensado que debía conoceros.

—Así pues, vuestro marido y vos debéis conocer bien a sir Rex —dijo Blanche.

—Me temo que no —respondió Margaret.

—Bueno... sé que sir Rex no recibe muchas visitas, pero si sois sus vecinos más cercanos, debéis conoceros.

Margaret se ruborizó.

—Me casé con el señor Farrow hace cinco años, y nunca hemos sido invitados al castillo. Nosotros hemos invitado a sir Rex de Warenne varias veces a Torrence Hall, pero siempre declinó nuestras invitaciones.

Blanche no podía dar crédito a aquellas noticias.

—¡Pero admiramos mucho a sir Rex! Sabemos que es una persona muy reservada. Es un caballero muy cívico. Ha hecho grandes cosas por el pueblo.

Era muy embarazoso que sir Rex no hubiera invitado a sus vecinos a su casa, y que no hubiera aceptado ni una sola invitación suya. Blanche tenía que defenderlo.

—No tiene anfitriona —dijo con una sonrisa—, y quizá por

eso... una vez que se case, comenzará a recibir visitas. Probablemente estaba en Londres cuando recibió sus invitaciones. Sin embargo, sir Rex debe de conocer a vuestro marido. ¿No salen juntos a pescar y a cazar?

Margaret sonrió con nerviosismo.

—Tenemos una mina en Torrence Hill, así que tienen algunos asuntos en común, como la reunión de hoy. Sin embargo, ellos no se conocen, y nunca han salido juntos de caza, que yo sepa. Aunque yo sólo llevo cinco años viviendo aquí.

Blanche pensó que iba a desmayarse. Aquella joven era muy agradable. ¿Acaso su marido era un ogro, entonces? No. Lo más probable era que sir Rex fuera un ogro, pensó con consternación.

Estaba muy solo. Él mismo se lo había confesado. Pues bien, aquélla era una manera de remediarlo.

—Sir Rex no me dijo nada de la reunión.

Margaret se lo explicó.

—Una vez al mes, más o menos, sir Rex de Warenne convoca una reunión con los mineros. Está muy interesado en las condiciones de las minas locales. Hay ocho en este distrito. Hace tres años hubo un terrible derrumbe en una de ellas, y murieron diez hombres. Desde entonces, sir Rex exige que las minas se mantengan cuidadosamente.

A Blanche no le sorprendía que sir Rex deseara supervisar las minas del distrito para asegurarse de que los mineros trabajaban en condiciones seguras.

—Sir Rex tiene una naturaleza caritativa.

—Por supuesto que sí. Dona un porcentaje de sus beneficios al hospicio de San Judas —explicó la joven—. Y tuvo la idea de rehabilitar la iglesia normanda. El pueblo había dejado que se desmoronara. Nuestras familias más pobres saben que siempre pueden encontrar comida en las cocinas de sir Rex.

—¿La reunión se está celebrando en esa iglesia?

Margaret asintió.

—Está al final de esta calle. Desde aquí se ve el campanario. ¿Vais a quedaros mucho tiempo por aquí?

—No lo he decidido todavía —respondió Blanche—, pero espero que volvamos a vernos pronto. Quizá podáis venir a cenar una noche a Bodenick.

Margaret Farrow se quedó boquiabierta.

—Oh, nos encantaría ir a cenar. El señor Farrow admira mucho a sir Rex. Dice que es un héroe de guerra. El primo de mi marido también estuvo en el Undécimo Regimiento de Dragones, en la Península.

A Blanche se le aceleró el corazón.

—¿Era ése el regimiento de sir Rex?

—Eso cree mi marido.

Blanche sintió una gran excitación, y después, un momento de duda. Quizá el marido de Margaret supiera lo que atormentaba a sir Rex. Por otra parte, con toda seguridad, a sir Rex no le gustaría que tuviera lugar una conversación sobre la guerra durante una cena en su casa. Blanche supo que debía proceder con cuidado.

—Organizaré una cena, si puedo —le dijo a la vecina con franqueza.

—Oh, por favor.

—Pero debéis advertirle al señor Farrow que a sir Rex no le gusta hablar de la guerra.

—Sí, se lo diré.

Un momento después, las mujeres se despidieron. Como no había ni rastro de sir Rex, ni se veía a ningún minero por la calle, Blanche decidió acercarse a la iglesia. No estaba segura de poder conseguir que sir Rex accediera a celebrar una cena en su casa, pero iba a presentarle a los Farrow de un modo u otro. Por mucho que él dijera que le gustaba vivir en soledad, aquello no era beneficioso para su bienestar. Blanche nunca se había involucrado con tanto atrevimiento en la vida de nadie. No era propio de su forma de ser. Bess y Felicia se quedarían perplejas si supieran lo que estaba planeando. Sin embargo, ella estaba segura de que hacía lo mejor para Sir Rex.

Blanche había llegado al corto camino que conducía a la

iglesia. Al ascender hasta la puerta principal, oyó muchas voces, acaloradas y vehementes, que discutían a la vez. De repente, la tensión se apoderó de ella.

Dentro del templo tenía lugar una discusión. Se dijo que no debía preocuparse. Probablemente, aquellos debates serían comunes en una asamblea de un pueblo. En realidad, no lo sabía; nunca había estado en una reunión numerosa, porque no le gustaban las multitudes. Se había desmayado en el Día de Mayo cuando tenía ocho años, y en un circo un año después, y desde entonces había evitado las muchedumbres, y más los grupos enardecidos. Pero eso había sido mucho tiempo antes.

Era una tontería sentirse tan insegura en aquel momento. Además, tenía mucha curiosidad por saber lo que ocurría en la reunión, y por cuál sería el papel de sir Rex en ella.

Sin embargo, alguien comenzó a gritar con furia en el interior del templo.

Blanche se quedó helada. Tuvo un deseo abrumador e instantáneo de salir corriendo. Y durante un segundo, recordó su despertar en aquella celebración del Día de Mayo, en el suelo, en brazos de su padre, rodeada por una docena de granjeros y sus esposas, y el miedo que la atenazaba. Había sentido el mismo terror al despertarse en el circo. Era como si se le clavaran unas garras en las entrañas.

La misma sensación que notaba en aquel momento.

Intentó sobreponerse. No tenía ningún motivo para sentir ansiedad ni pánico. Sólo era una reunión, y ella no tenía por qué evitar los grupos numerosos de gente. Nunca había tenido problemas con el gentío en un baile ni en un museo. ¿Qué le ocurría?

De repente, se dio cuenta de que su mente estaba poblada de imágenes oscuras, desenfocadas, con las que había vivido durante años intentando pasarlas por alto. Sin embargo, en aquel momento las imágenes habían salido de su letargo y exigían que les prestara atención. Ella sabía que aquellas imágenes eran aterrorizantes y violentas. Blanche sintió un pinchazo de dolor muy agudo en la cabeza.

¿Qué le estaba pasando? El pánico era cada vez más intenso. ¿Por qué tenía la terrible sensación de que, si lo intentaba de verdad, aquellas imágenes se aclararían finalmente, después de tantos años de vaguedad? No tenía ganas de recordar aquel antiguo disturbio.

Entonces oyó hablar a Sir Rex, con calma, con aplomo.

Fue como si él hubiera extendido los brazos y la hubiera sujetado antes de que cayera. Inspiró profundamente y la angustia se atenuó. Él era un hombre en el que una podía apoyarse. Volvió a respirar profundamente y entró a la iglesia. Era tonta por recordar aquellos fantasmas de veinte años antes y por dejar que exigieran su atención.

Blanche miró a su alrededor. Había unos cincuenta mineros en la iglesia. Estaba abarrotada. Todos los bancos estaban ocupados y había personas de pie. Sir Rex estaba con otros cinco caballeros en el altar. Él también la vio, y pese a su sorpresa, sonrió.

Ella correspondió a su sonrisa. Sin embargo, le resultaba difícil respirar.

Entonces, una docena de hombres comenzó a hablar a la vez. La tensión de Blanche se intensificó. Miró a su alrededor y supo que no debía haber entrado. Aquellas imágenes oscuras se apelotonaban en su mente.

¿Qué era aquello? ¿Qué estaba ocurriendo? No podía respirar. No había aire. ¡Demasiados gritos!

Supo que iba a desmayarse. Tenía que escapar de aquella multitud. Avanzó ciegamente hacia la puerta, y tocó con la mano un hombre cubierto de lana. Se apartó y buscó con la mirada a sir Rex, intentando no dejarse dominar por el ataque de pánico.

—¡La viga se derrumbó! ¡Él no se lo dirá, así que lo haré yo! ¡Se derrumbó, y es un milagro de Dios que todos los hombres hubieran salido ya! —gritó alguien.

Una docena de voces furiosas comenzó a gritar dándole la razón.

El suelo comenzó a moverse violentamente. Ella se encontró con unos ojos pálidos, llenos de odio. Gritó. El hombre la miraba y estaba a punto de agarrarla. Había sangre por todas partes.

—¡Blanche!

Luchó por liberarse, y el caos se desató a su alrededor. Tantos cuerpos, tantos hombres... ella empujó a todo el mundo, se volvió, intentó huir, pero alguien la agarró. Habían atrapado a mamá. ¡Mamá!

—¡Blanche!

Se tambaleó contra la pared, presa de unos brazos que no iban a liberarla, mirando con espanto a la muchedumbre. Blandían los puños en el aire. Los rasgos se volvieron borrosos. Las palas y las horcas se elevaban.

Consiguió zafarse y echó a correr por las escaleras. Cayó al suelo, y las piedras y la gravilla la mordieron a través de los guantes y le arañaron la mejilla. Tanto odio, y había sangre por todas partes, y ella estaba en un charco de sangre, y mamá no estaba...

Luchó por respirar, pero era demasiado tarde. Las sombras se cernían sobre ella, y también la violencia y la muerte, y después sólo hubo oscuridad.

Rex la soltó en cuanto se dio cuenta de que estaba fuera de sí. Blanche corrió hacia el exterior y se cayó por las escaleras. Él corrió tras ella, horrorizado. Los hombres lo conocían y se apartaron al instante para dejarlo pasar. Él la siguió a una velocidad incompatible con su lesión, y se arrodilló a su lado.

—¡Blanche!

Tiró la muleta a un lado y la tomó en brazos. Estaba blanca como el papel y tenía un arañazo en la mejilla.

—Blanche, despertad.

—Sir Rex.

Se dio cuenta de que su capataz le tendía unas sales. Rex se las acercó a Blanche a la nariz, y al instante, ella tosió y abrió los ojos. Rex la abrazó con más fuerza, y se dio cuenta de que se sentía terriblemente aliviado.

—Todo va bien —le dijo él en voz baja—. Os habéis desmayado. No os mováis durante un momento.

Sin embargo, había mucho más que eso, y él lo sabía. Había visto el terror reflejado en sus ojos verdes. Blanche comenzó a recobrar el color de las mejillas. Entonces, ella miró más allá y de nuevo el miedo se reflejó en su rostro. Él alzó la vista y vio a todos los hombres de la reunión a su alrededor.

—¡Échense atrás! ¡Necesita aire!

Los hombres obedecieron al instante.

Blanche intentó sentarse, y él la ayudó.

—¿Me he desmayado? —preguntó con la voz ronca.

—Eso parece. Quedaos quieta un momento, por favor.

Ella respiró.

—Lo siento muchísimo —murmuró. Y Rex vio que derramaba una lágrima.

—¡No os atreváis a disculparos ahora! —le ordenó él. Miró a su capataz, Jack Hardy—. Pide que traigan el carruaje de los Harrington.

Hardy se apresuró a obedecer.

Aunque estaba muy preocupado, Rex sonrió de una manera reconfortante a Blanche.

—Descansad un momento, por favor —murmuró, y le quitó la lágrima con la yema del dedo índice.

Ella sonrió débilmente.

—La iglesia estaba abarrotada. No podía respirar.

Él se limitó a asentir. Todas las ventanas de la iglesia estaban abiertas, y no faltaba aire.

—¿Os sentís mejor?

Blanche asintió. Tenía mejor aspecto y había recuperado el color.

—Estoy bien, de verdad.

Él vaciló.

—Señor.

Un minero le tendió la mano.

Con ayuda del hombre, Rex incorporó a Blanche. Alguien le entregó la muleta, en la que se apoyó de inmediato. Se negaba a soltar a Blanche. ¿Acaso ella sufría de claustrofobia?

—Blanche, ¿os desmayáis a menudo?

—No.

A Rex no le gustó aquella respuesta.

—Voy a mandarle aviso al doctor Linney para que vaya a Bodenick.

—Estoy bien, sir Rex —dijo ella. Se apartó de él, y Rex no tuvo más remedio que permitirle que se alejara—. ¿Ha sido mi imaginación, o todo el mundo estaba enfadado?

Él se sorprendió.

—Normalmente, estos debates son muy acalorados. Cada tema que se trata puede ser asunto de vida o muerte. Estos hombres trabajan mucho, en condiciones duras, y normalmente la compensación es pequeña. Sí, estaban enfadados, ¿pero quién puede culparlos por ello?

Ella se estremeció.

—¿Os harán daño?

Él no entendió la pregunta. ¿Temía ella por su seguridad?

—Yo pago bien a mis trabajadores. Además, mantengo mis minas bien iluminadas y ventiladas. Las vigas se inspeccionan todas las semanas. Prefiero perder beneficios que vidas. Confío en los hombres que trabajan para mí.

Ella lo miró fijamente, como si no pudiera decidir si debía creerlo o no.

Rex sonrió.

—Era una asamblea, lady Blanche. Un debate. Nunca hemos tenido una confrontación violenta desde que abrí las minas de Bodenick, hace seis años. El objetivo de estas reuniones es evitar enfrentamientos.

Blanche se estremeció de nuevo.

—Creía que la violencia era inminente —dijo en voz baja—. Creía que podíais estar en peligro, que los dos estábamos en peligro. Pero, ¿me lo he imaginado?

—Creo que sí.

En aquel momento llegó el carruaje de la casa Harrington y se detuvo al lado de la iglesia.

—Estáis muy agitada. Iré en el coche de vuelta a Land's End con vos, si no os importa.

—Claro que no. Sin duda, mi coche es mucho más cómodo que el lomo de un caballo.

Él sonrió.

—Siempre he preferido el lomo de un buen caballo.

La ayudó a subir al carruaje, y cuando estuvieron acomodados, ella le dijo:

—Siento muchísimo haberos causado alarma.

—¡No os disculpéis por un desmayo! —exclamó él.

Ella lo miró a los ojos.

—Sabéis que no soy una histérica.

—Claro que lo sé. Nunca he conocido a una mujer tan equilibrada como vos, Blanche. Sois elegante en todas las ocasiones.

Ella seguía mirándolo con atención, como si verdaderamente fuera importante lo que él decía. Al cabo de un instante, sonrió y se relajó. Volvió la cabeza y miró por la ventanilla.

Él la imitó para darle la oportunidad de recuperar la calma. Había algo que no iba bien. Aquello había sido producido por algo más que un miedo espontáneo a una habitación llena de gente. Rex se sentía muy preocupado.

Durante la media hora que duró el trayecto de vuelta a Bodenick, ninguno habló. Ambos estaban absortos en sus pensamientos. Un poco antes de llegar, ella murmuró:

—Os debo una explicación.

No era cierto. No se la debía. Sin embargo, Rex quería escucharla. Sin embargo, aquella explicación podía esperar.

—¿Por qué no descansáis hasta que lleguemos a Bodenick? Hablaremos más tarde, cuando os sintáis mejor.

—Vos me habéis contado vuestros secretos. Yo también desearía contaros algo.

—No tenéis por qué revelarme nada, Blanche. Estoy preocupado por vuestro desmayo, pero eso no significa que tengáis que desnudar vuestra alma.

—No tengo claustrofobia —dijo ella—. Me habéis visto muchas veces en bailes abarrotados. Hay un problema, sir Rex, pero yo no me había dado cuenta de que persistía. No me había vuelto a desmayar desde los nueve años.

Él se sintió tenso. ¿De qué trataba todo aquello?

—Pensaréis que estoy loca.

—Sé que no es cierto.

—No me gustan las multitudes porque mi madre murió en un disturbio cuando yo tenía seis años.

Él no lo sabía. Se irguió en el asiento.

—Lo siento.

—No me incomodan los bailes, porque todo el mundo es muy agradable en una fiesta —dijo Blanche, y se mordió el labio—. Yo estaba con ella. Era el día de las elecciones.

Él se quedó anonadado... y horrorizado, porque a menudo los días de elecciones eran de violencia y tumultos. Eran una excusa para que turbas enfurecidas de gente pobre se agrupara y atacara a los ricos. Los días de elecciones, las ventanas de Harmon House se cerraban con tablones de madera, como todas las demás del vecindario. Los días de elecciones, los inocentes podían resultar golpeados, pisoteados hasta la muerte, ahorcados. Y las turbas no distinguían entre quienes eran de los suyos, o ricos y privilegiados. A menudo, también había víctimas muy pobres.

Blanche sonrió con una expresión sombría.

—Por supuesto, yo no me acuerdo. No recuerdo nada de aquel incidente ni de aquel día.

—Es una bendición que no recordéis nada de la muerte de vuestra madre.

—Cuando cumplí trece años, le pedí a mi padre que me contara la verdad. Me dijo que mi madre se había tropezado y se había caído, y que se había golpeado tan fuertemente la cabeza que había muerto —dijo ella, y se encogió de hombros—. Yo sé que ese día hubo muchos disturbios.

Él se dio cuenta de que el padre de Blanche le había mentido. Ella también lo sabía. Rex se inclinó hacia delante y le tomó la mano. Aquél fue un gesto atrevido, pero demonios, no le importaba.

Ella abrió los ojos desmesuradamente.

—¿Qué estáis haciendo?

Rex sonrió.

—Ojalá lo hubiera sabido. Pero vuestra desconfianza y vuestro rechazo hacia las multitudes tiene sentido. Dejad el pasado en el pasado, porque no podéis cambiarlo. Y no me refiero a los mineros, Blanche. Ellos son hombres respetables y buenos, lo juro. No quieren haceros daño a vos, ni a nadie.

Por fin, ella sonrió.

Rex añadió con gravedad:

—Yo no permitiría que sufrierais ningún daño.

Sus miradas quedaron atrapadas.

—Os creo —dijo ella con un suspiro.

Rex se percató con claridad del cambio que había sucedido entre ellos. Ella le había confesado un detalle muy íntimo de su vida, permitiéndole conocer algo que le permitía conocer a muy poca gente, como había hecho él, quizá sin deliberación, la noche anterior y la tarde de su llegada. Se estaba formando un vínculo entre los dos, un vínculo de respeto, de admiración y de amistad, y de algo más. Rex estaba seguro de que ella sentía atracción por él, como él sentía atracción por ella.

No podía salir nada bueno de aquello.

Le soltó la mano.

Blanche se sintió aliviada cuando, por fin, Meg se marchó. Desde que sir Rex le había contado que había sufrido un desmayo, la doncella había estado revoloteando a su alrededor. Una vez sola, con un buen fuego en la chimenea de su habitación, se acercó a la ventana y miró hacia el océano.

El cielo estaba cubierto y gris. Iba a empezar a llover.

Se sentía inquieta. No estaba segura de si debía haberle hablado a sir Rex sobre el disturbio que había acabado con la vida de su madre, pero no quería que él creyera que era una mujer histérica. Su admiración y su amistad se habían convertido en algo muy importante para ella. ¿Y por qué se había desmayado, si no había vuelto a sucederle desde que tenía nueve años? ¿Había tenido de verdad la impresión de que hubiera podido recordar lo que ocurrió durante aquel disturbio de habérselo propuesto?

El incidente de la iglesia la había dejado muy confusa. ¿Por qué había sufrido aquel ataque de pánico? Durante un momento, le había parecido que veía de verdad a unos hombres blandiendo horcas.

No quería recordar nada del día en que había muerto su madre. Si aquellos hombres tenían horcas, no quería saberlo. Los monstruos que poblaban su mente debían permanecer encerrados para siempre. No podía entender por qué había perdido el control, pero sabía que en aquel momento lo había recuperado.

Y tampoco parecía que sir Rex la tuviera en peor concepto por aquel desmayo tonto. Ella siempre se había sentido orgullosa de su naturaleza tranquila, y no quería que él pensara que era frívola o nerviosa.

Alguien llamó a la puerta, y Blanche supo de antemano quién era. Se volvió desde la ventana, sonriendo.

—Por favor, adelante.

Sir Rex se detuvo en la entrada del dormitorio mientras Meg pasaba con una bandeja en las manos. Al instante, sus miradas se encontraron, y él sonrió. Sin embargo, Blanche se dio cuenta de que tenía una expresión preocupada.

—He sabido que sólo tomáis una tostada para desayunar. Anne ha preparado un refrigerio. Os sentiréis mejor después de comer algo.

Ella le sonrió. Tenía el corazón tan ligero que creía que se le iba a escapar del pecho.

—Ya no soy una niña pequeña para que se me pueda obligar a comer.

Meg dejó la bandeja en la mesa que había junto al sofá, y él le sonrió, mostrándole un hoyuelo que se le formaba en la mejilla.

—Ya no sois una niña, pero coméis como un pájaro. Como un gorrión, en realidad. Lady Blanche, estoy preocupado por vos. Por favor, complacedme ahora.

—¿Vais a acompañarme? —le preguntó ella, con la esperanza de que él aceptara la invitación.

Él se sorprendió y apartó la mirada.

Blanche notó que se le aceleraba el pulso. Nunca había sido artera, pero la seductora invitación que le había hecho se le había escapado de entre los labios antes de que pudiera evitarlo; quizá, porque deseaba mucho su compañía. Entonces, vio a sir Rex acercar la silla del escritorio al sofá.

—Por supuesto —dijo—. A nadie le gusta comer solo —añadió, e hizo un gesto hacia el sofá.

El corazón de Blanche voló. Él siempre cenaba solo, y parecía que llevaba haciéndolo durante años. Ella se acomodó en el sofá y le dio las gracias a Meg por la bandeja al tiempo que sir Rex se sentaba.

Mientras mordisqueaba un sándwich, Blanche pensó en que había estado entre sus brazos pocas horas antes. La noche anterior, su abrazo había sido poderoso, tan masculino que casi la había asustado. Aquel día, sin embargo, él había sido maravillosamente tierno. Era un hombre bueno, y se merecía mucho más que la vida que llevaba. No se merecía estar solo.

Sin embargo, ella iba a cambiar aquello. Tenía planes bien organizados.

Se dio cuenta de que él la estaba observando y le devolvió la mirada con una sonrisa.

—Me parece que no os he dado las gracias apropiadamente por haberme salvado hoy.

—No hay nada que agradecer, y sí me habéis dado las gracias.

—Hay mucho que agradecer —respondió ella.

—¿Me estáis diciendo que pensabais que iba a dejaros inconsciente en la calle?

Blanche soltó una carcajada.

—Quizá deba ir a casa y acabar con los rumores.

Él vaciló, y después se rió.

—Sí, vos tenéis el coraje y la audacia necesarios para hacerlo.

Blanche se quedó inmóvil. Nunca había oído reírse a sir Rex con alegría. El sonido era cálido y bello.

Sin embargo, a él se le borró la sonrisa de los labios.

—¿Tengo algo raro en la cara?

Ella se dio cuenta de que se había quedado mirándolo sin aliento.

—Soy la mujer menos audaz del mundo.

Sir Rex volvió a sonreír.

—Os subestimáis. Sin embargo, no es necesario que me defendáis ante la buena sociedad, lady Blanche. Hace mucho tiempo que dejó de importarme lo que piensa la aristocracia.

A Blanche sí le importaba. Despreciaba los cotilleos. Y el primero que iba a atajar era el de su querida amiga Felicia.

—No estáis comiendo.

—Nunca he tenido un gran apetito.

—Eso es evidente. ¿Montáis a caballo?

Aquella pregunta sorprendió a Blanche.

—Monto bastante bien, aunque no tanto como vos, por supuesto.

Una sonrisa preciosa, completamente seductora, se liberó.

—Venid conmigo mañana. Cabalgaremos por los páramos, y os enseñaré las ruinas de un castillo normando. Estaréis muerta de hambre —añadió— cuando volvamos.

A ella se le aceleró el pulso, y sintió una calidez extraña por todo el cuerpo. Le gustaba aquel hombre. Le gustaba mucho. Y en cuanto estuviera a solas, escribiría a Bess y le pediría consejo. Si Bess había pensado una vez en emparejarlos, probablemente seguiría creyendo que era buena idea.

–Me estáis observando fijamente.

Ella se ruborizó.

–Vos debéis de estar acostumbrado a que las damas os miren.

–¿Eso es un cumplido?

–¡Por supuesto! –¿acaso había pensado él que lo estaba insultando? A ella se le pasó por la mente que los extraños podían observarlo a causa de su pierna–. Sois un hombre muy guapo y, seguramente, las mujeres os miran. Sé que Felicia os ha admirado, y he oído que otras damas también.

–Ah.

Ella se quedó sin saber qué decir.

–Quería haceros un cumplido, sir Rex.

Él frunció los labios.

–No me importa lo que piensen las damas de la alta sociedad.

–La mayoría de los hombres estarían complacidos...

–Yo no soy la mayoría de los hombres. Me importa lo que penséis vos. ¿Qué pensáis vos?

Blanche se quedó boquiabierta. ¿Le estaba preguntando si ella lo encontraba guapo? Y, de ser así, ¿qué debía responder?

La mirada de sir Rex era inflexible. Tenía una ligera sonrisa en los labios.

–Estáis buscando un halago, sir Rex –dijo ella, con nerviosismo.

–Cierto –respondió él, y se relajó en su asiento–. No es muy caballeroso por mi parte, ¿no?

–No, no lo es.

Él sonrió.

Ella le devolvió la sonrisa. Parecía que habían llegado a un terreno nuevo, incluso más cercano.

–Me encantaría ir a montar a caballo por los páramos –dijo Blanche suavemente–. Con vos.

—Bien. Entonces, está decidido. Siempre y cuando el tiempo lo permita, claro.

Ambos miraron hacia la ventana. El cielo se oscurecía rápidamente. Blanche rezó por que hubiera despejado a la mañana siguiente y el tiempo fuera soleado.

—Cambiando de tema, he conocido a vuestros vecinos.

La sonrisa de sir Rex se desvaneció.

—O, más bien, he conocido a vuestra vecina, la señora Farrow de Torrence Hall.

Su sensación de bienestar se desvaneció también. La expresión de sir Rex se había vuelto impenetrable, y peor todavía, se negaba a hablar.

—Es una joven encantadora. Tuvimos una conversación muy agradable. No sabía que teníais vecinos a menos de media hora de camino en carruaje —le dijo. Sin embargo, la falta de interés de sir Rex era evidente—. ¿Sir Rex? ¿No deseáis hacer ningún comentario?

—No en especial —respondió él. Se puso en pie y ajustó la muleta—. ¿Qué pretendéis, lady Blanche?

Ella se puso tensa.

—No pretendo nada —mintió.

Él esbozó una sonrisa irónica.

—Veo que mi vecina ha sido una fuente de información.

Blanche pensó en dejar aquella cuestión de inmediato, pero él necesitaba tener algo de vida social.

—Es muy curioso —dijo—. Lleva cinco años casada y viviendo en este distrito, pero nunca ha cenado en Bodenick.

—En efecto —respondió él con aspereza—. ¿Lo habéis olvidado? Soy un ermitaño, y prefiero la compañía del alcohol a la de las jóvenes agradables.

Ella sintió una profunda consternación y se puso en pie, tambaleándose.

—¿Es que yo no soy agradable? ¿Y joven? ¡Y vos mismo me habéis pedido que os haga compañía!

Él alzó la mano izquierda.

—Eso es injusto.

—No quiero ser injusta. Sólo me pareció que podía planear una velada agradable para todos nosotros.
—Entiendo.
—No creo que lo entendáis, pero no me había dado cuenta de que el mero hecho de mencionar a vuestros vecinos pudiera provocar una crisis.
Sir Rex se puso tenso.
—No es así.
—¿Es que no puedo comentar que he conocido a una vecina que me ha agradado?
—Por supuesto que podéis.
—¡Quizá también os interesaran a vos!
—Lo dudo.
Blanche tuvo ganas de zarandearlo. Deseaba decirle que, si siempre se comportaba como un ermitaño, lo considerarían como tal. Sin embargo, él ya lo sabía, y no le importaba. Ella era la que se preocupaba por las piedras que le lanzaban.
—¿Y ahora qué? Me estáis mirando fijamente de nuevo. ¡Me he ganado vuestro desagrado! —exclamó él.
Parecía que le importaba mucho que ella le tuviera respeto, pensó Blanche.
—Sí, estoy decepcionada.
—¿Tan importante es para vos que conozca a mis vecinos?
Ella se mordió el labio. No quería hacerse esperanzas.
—En realidad, sí.
—¿Por qué?
—Porque creo que vuestra vida podría mejorar con algunas relaciones sociales.
Él la miró como si se hubiera vuelto loca.
—Deseáis mejorar mi vida.
—Sí.
—¿Por qué? Sólo sois mi invitada. ¿Por qué os molestáis?
—¡Nos hemos hecho amigos!
Él respiró profundamente, con resignación.
—Está bien. Invitadlos.

No parecía que estuviera enfadado, pero se dio la vuelta para marcharse de la habitación.

Blanche corrió hacia él y le bloqueó el paso. Sir Rex se detuvo bruscamente y se tambaleó, y ella lo tomó por el brazo, instintivamente.

—He perdido el equilibrio, pero no porque me falte la mitad de la pierna.

Ella suspiró.

—Si pensáis enfurruñaros como un niño, no invitaré a cenar a los Farrow.

—Entonces, ¿ahora debo prometeros que seré encantador?

—Sí.

—Muy bien. Entonces, seré encantador, lo prometo.

Blanche sonrió, entusiasmada.

—Me atrevo a decir que disfrutaréis de la velada.

Él apretó la mandíbula.

—Al menos, con vos en la mesa, no será una noche infernal.

Ella sacudió la cabeza.

—¡Qué drama! Ahora, soy yo quien os hace una promesa, sir Rex.

—Estoy esperando.

—Si no os divertís, nunca más interferiré en vuestra vida.

Él alzó la barbilla.

—Entonces, me divertiré.

Blanche se sobresaltó.

—Y, a propósito, sois muy audaz —dijo él.

Después, hizo una reverencia y se marchó.

CAPÍTULO 8

Querida Bess:
Espero que, al recibir esta carta, los niños y tú os encontréis muy bien.
Me temo que necesito que me des consejo. Llevo en casa de sir Rex de Warenne una semana, como debes saber. Fue muy angustioso descubrir que Penthwaithe no forma parte de mi herencia. Estoy segura de que ahora estás sonriendo con petulancia, así que debo preguntarte si pensaste en serio que debo emparejarme con sir Rex.
Es un hombre de muchas cualidades. Tiene fuerza e integridad de carácter, con lo que puede gestionar la fortuna Harrington. Sus atributos compensan con mucho sus defectos. Creo que hemos formado una buena amistad basada en el afecto y el respeto mutuos. Y me atrevo a decir que me resulta muy atractivo. Bess, estoy pensando en pedirle que contraigamos matrimonio.
Por favor, respóndeme rápidamente y dime cuál es tu parecer. Y si aún piensas que una unión basada en la amistad, el afecto y la fuerza de carácter es la más adecuada, por favor dime exactamente cómo debo proceder.
Finalmente, no tengo ni la más mínima idea de si él será receptivo a mi proposición. No me gustaría sufrir su rechazo.

Por fin, Blanche detuvo la pluma con un nudo de miedo en el estómago. Oh, odiaría que él la rechazara. Preferiría seguir así, como amigos, que proponerle que formaran un matrimonio y sufrir un rechazo doloroso.

Además, había pasado por encima sus defectos. Sin embargo, no era necesario que Bess lo supiera todo. Por mucho que la quisiera, Blanche sabía que a su amiga le encantaba cotillear. Temblando, mojó la pluma en el tintero.

Tu amiga leal,
Blanche Harrington.

Al terminar, se recostó en el respaldo de la silla, aliviada por haber escrito al fin aquella carta. El correo era rápido. Bess recibiría la carta en dos días, y si respondía con urgencia, Blanche podría tener la respuesta en cuatro días.

Tenía la esperanza de que su amiga le dijera que siguiera adelante con su plan. Sin embargo, antes de que tuviera ocasión de reflexionar más sobre el tema, oyó un escándalo en el patio.

Había hombres gritando en la calle.

—¡Que alguien abra la maldita puerta!

Blanche se puso en pie de un salto y corrió hacia la ventana, pero para cuando miró al patio, estaba vacío.

—¡Lady Harrington! ¡Lady Harrington! —gritó su doncella desde el piso de abajo.

Alarmada, Blanche salió corriendo de la habitación. Mientras bajaba los escalones a toda prisa, vio a unos hombres en el vestíbulo, formando un círculo, y sintió miedo. Supo que algo terrible le había ocurrido a sir Rex.

—¡Apártense! —gritó.

Los hombres se hicieron a un lado y ella vio a sir Rex tendido en el suelo, con la camisa blanca manchada de sangre. Estaba inconsciente. ¡No podía estar muerto!

Blanche se arrodilló a su lado mientras observaba su palidez. Y entonces, vio la fuente de la que brotaba la sangre. La camisa estaba rasgada, y él tenía un corte muy profundo en el pecho. Blanche pasó del miedo al terror. Miró hacia arriba y vio a Meg.

—Tráeme unas sábanas limpias para cortar la hemorragia —le dijo con calma. Se sacó el bajo limpio de la combinación y lo apretó rápidamente contra la herida.

Había muchísima sangre.

—Hardy, ¿verdad? —le preguntó a uno de los hombres, sin apartar la vista del pálido rostro de sir Rex.

—Sí, señora.

—Vaya a avisar al médico más cercano ahora mismo —dijo. Después de oír que varios hombres salían corriendo del castillo, le hizo un gesto a un muchacho—. Joven, quiero que apriete con tanta fuerza como sea posible mi combinación contra la herida, mientras yo le tomo el pulso a sir Rex —le dijo.

El chico se puso de rodillas y se hizo cargo de la tarea de taponar la herida.

Blanche puso las yemas de los dedos en la carótida de Sir Rex y le encontró el pulso enseguida. Era más débil de lo que a ella le hubiera gustado, y muy rápido, peligrosamente rápido. Su corazón trabajaba furiosamente para bombear sangre a todo el cuerpo, después de haber perdido tanta. Ella le acarició la cara, para que supiera de algún modo que estaba allí y que iba a cuidarlo.

—¿Anne?

—Sí, milady —susurró Anne, y se adelantó. Estaba tan blanca como una sábana.

—Pon agua a hervir y tráemela. Trae también hilo y aguja. Y necesito jabón, agua templada, trapos limpios y whisky. Mucho whisky.

Anne se apresuró a cumplir sus indicaciones. Meg llegó con las sábanas limpias. Blanche miró hacia arriba y vio a cinco hombres.

—¿Qué ha ocurrido? —preguntó con la voz ronca.

—Estaba trabajando con un semental joven, milady. Normalmente, es un caballo muy tranquilo. Debió de asustarse por algo. Todo ocurrió muy deprisa. El caballo dio una coz y sir Rex la esquivó, pero el suelo estaba embarrado y resbaló. El caballo salió corriendo y... un caballo nunca pisotearía a una persona, milady, ¡nunca!

—Maldita sea —gritó Blanche—. ¿Me está diciendo que lo ha pisoteado un caballo?

—Le hizo un corte con uno de los cascos, milady.

Blanche estaba furiosa, pero luchó por conservar la calma y sonrió al mozo, que estaba temblando de preocupación.

—¿Cómo te llamas?

—Jimmy.

—Ahora, yo me haré cargo de todo. ¿Puedes ir a buscar a Anne y ayudarla a que me traiga todo lo que le he pedido?

Cuando el mozo salió corriendo, ella levantó el bajo de su combinación, que estaba de color rojo, empapado en sangre; antes de sustituirlo por la sábana de hilo, observó con atención la herida. El corte era profundo y necesitaría muchos puntos. Además, Blanche no creía que el médico llegara a tiempo. Tenía miedo de que la herida se infectara, porque estaba manchada de tierra.

Sir Rex gimió de dolor.

—Por favor, llévenlo al piso de arriba con cuidado —les pidió a los hombres.

No podía evitar el hecho de moverlo. Él necesitaba estar en una cama, y ella tenía que atenderlo rápidamente. Cuando los cuatro hombres lo levantaron del suelo, sir Rex gruñó, y a ella se le llenaron los ojos de lágrimas. Rápidamente, se las secó. Aquél no era momento de recuperar la capacidad de llorar, demonios, pensó Blanche, furiosa consigo misma. Sir Rex la necesitaba.

—Es un hombre grande y fuerte, milady —le susurró Meg—. Se pondrá bien.

—Ha perdido mucha sangre —respondió Blanche. Después, con firmeza, le dijo a su doncella—: Hierve mis pinzas también, para limpiar la suciedad de la herida. Cuento contigo, Meg. ¿Tienes un estómago fuerte?

Meg titubeó.

—Haré lo que pueda.

—Bien. Necesito el whisky, el jabón y el agua inmediatamente.

Blanche se levantó las faldas y subió corriendo las escaleras.

Los hombres habían depositado a sir Rex en la cama. Ella vio una botella de brandy sobre su mesilla de noche. La tomó y se sentó en el colchón. Al apartar la sábana, de la herida brotó más sangre.

—Sujétenlo —dijo.

Cuando los hombres lo hubieron sujetado, vertió el brandy sobre el corte.

Sir Rex gritó y abrió los ojos, y se incorporó con tal fuerza que ni siquiera los cuatro hombres pudieron impedírselo. Brevemente, su mirada confusa, de acusación e incredulidad, se encontró con la de Blanche,

—Habéis recibido una coz. Y lo siento, pero no he terminado.

La acusación desapareció. Él había comprendido lo sucedido.

—Demonios —dijo, y se desplomó sobre la cama con la frente cubierta de sudor.

Blanche se dio cuenta de que tenía que ser despiadada.

—Sujétenlo —repitió—. Y, por favor, no permitan que vuelva a levantarse.

Rex no dejaba de observarla.

—Por favor, no os mováis —le dijo ella, y echó el resto del alcohol sobre la herida.

Él emitió un gruñido de dolor, y después un jadeo.

Blanche tomó otra sábana limpia y la apretó contra el corte.

—Lo siento mucho —le dijo—. ¿Podéis respirar bien? ¿Os duele cuando respiráis? —preguntó. Tenía que hacerlo para asegurarse de que el caballo no lo había pisoteado y no le había roto una costilla.

Él consiguió hacer un gesto negativo con la cabeza.

—Bien. Entonces, dejaos llevar, sir Rex. Es mejor que os desmayéis.

Entre jadeos, Rex abrió los ojos.

—¿Es muy grave?

—Es un corte que necesita puntos. Además, tengo que limpiar la herida con agua y jabón.

El dolor le contrajo la cara.

—Hacedlo —le dijo a Blanche. Y se desvaneció.

Blanche se sintió aliviada. En aquel momento, Meg entró en la habitación con el agua y el jabón, y con un par de tijeras.

—He pensado que quizá las necesite —susurró la doncella.

—Sí —dijo Blanche.

Se alegraba de que Meg hubiera mantenido la cabeza clara. Les hizo un gesto a los hombres para que se apartaran y cortó la camisa de sir Rex de modo que pudieran quitársela sin moverlo. Después secó la herida; parecía que había dejado de sangrar.

—¿Cómo puedo ayudar, milady? —le preguntó Meg.

Blanche se dio cuenta de que todos la estaban mirando. Ella tenía experiencia como enfermera porque ayudaba a curar a los pobres como parte de su trabajo en Santa Ana, pero no tenía tanta experiencia como para coser aquel corte.

—¿Alguien ha cosido alguna vez una herida de este tipo?

Todos negaron con la cabeza.

—Puede esperar al médico, milady. Llegará antes del anochecer.

Blanche sintió desesperación. Se acercó al lavamanos y comenzó a lavarse concienzudamente. Meg la siguió.

—Es muy hábil con la aguja, milady —le susurró.

—Nunca he cosido a un hombre —replicó Blanche.

Meg sonrió con tristeza.

—Me da miedo esperar a que llegue el médico. Lo único

que sé es que, cuanto más tiempo esté abierta una herida, más posibilidades hay de que se infecte.

Meg asintió.

—Quizá también tenga que tomar un trago de whisky usted misma.

Blanche estaba horrorizada. Se acercó a sir Rex de nuevo.

—Limpiaré bien la herida. Si se despierta, deben sujetarlo con fuerza —les dijo a los hombres, que asintieron con gravedad.

Uno de ellos le dijo:

—Será mejor que le dé algo de whisky antes de coserlo.

Blanche estaba de acuerdo.

—Si no recobra el conocimiento, lo despertaremos antes de darle los puntos y le daremos el whisky.

Acercó la silla a la cama y comenzó a limpiar la herida.

Blanche atravesó la piel de sir Rex con la aguja por vigésimo tercera vez. No podía creer que había terminado por fin. Hizo un nudo con el hilo y consiguió mantenerse calmada durante un momento más. Meg le tendió las tijeras y Blanche cortó el hilo limpiamente. Después le entregó los instrumentos a la doncella. Sir Rex continuaba inconsciente.

Ella se quedó allí sentada, incapaz de moverse. Lo único que podía hacer era respirar profundamente.

Sir Rex llevaba horas sin sentido. Sin embargo, después de que ella le hubiera limpiado la herida, que tenía tierra, arena e incluso gravilla por dentro, sus hombres lo habían despertado y le habían obligado a beberse media botella de whisky. Ella nunca olvidaría cómo la había mirado, como si confiara en que iba a curarlo.

Comenzó a temblar incontrolablemente. Las lágrimas se le derramaron por las mejillas. ¿Cómo había conseguido limpiar y coser aquella terrible herida?

¿Y si se había dejado alguna piedrecita?

¿Y si él sufría una infección?

¡Dónde estaría aquel maldito médico!

—No pasa nada, milady. Él no siente nada —le susurró con suavidad Meg.

Blanche se puso las manos sobre la cara e intentó recobrar la compostura. Las lágrimas le quemaban en los párpados. Ella nunca había querido llorar así, y ni siquiera estaba segura de por qué lloraba. Lo peor de la crisis había pasado ya, ¿no?

Se dio cuenta de que estaba llorando de temor. No recordaba haberse sentido nunca así, ni haber derramado tantas lágrimas, pero tenía terror a que sir Rex, aunque fuera un hombre fuerte, no sobreviviera al accidente.

—Se pondrá bien, milady —dijo uno de los hombres mientras se alejaba hacia la puerta.

—Una coz no le va a hacer daño, en absoluto —añadió Hardy mientras salía.

Blanche asintió para despedirse cuando ellos se marchaban.

—Gracias —susurró.

Después se volvió hacia sir Rex, que seguía muy pálido. Los puntos estaban rojos, hinchados e irritados. Blanche le acarició la mejilla.

—Te pondrás bien —le dijo, rogando que fuera cierto.

—Ahora tiene que descansar, milady —dijo Meg con firmeza.

Blanche volvió a acariciarle la mejilla. Incluso enfermo, era tan guapo como un ángel oscuro. Los párpados le temblaron un poco cuando ella se alejó; Blanche no quería despertarlo. Cuando recuperara el conocimiento, no iba a sentirse precisamente bien: sufriría los efectos de la herida y de todo el whisky que había ingerido.

—Milady, por favor —insistió Meg.

Blanche la miró, y se dio cuenta de que Anne estaba junto a la puerta. Ambas doncellas habían sido de gran ayuda. Todo el mundo había ayudado mucho, y aquello era un testimonio del respeto que sentían por su señor.

—No sé cómo daros las gracias —susurró.

—Anne y yo haremos turnos para sentarnos junto a él. Anne puede quedarse primero, y yo os prepararé un baño caliente y os llevaré la cena —le dijo Meg.

—No, Meg. No tengo hambre y no voy a dejarlo todavía. Sin embargo, puedes traerme algo de comer y un vaso de vino, porque necesito alimentarme. ¿Y dónde está ese médico?

Anne aprovechó el momento para marcharse.

Blanche se quedó mirándola, y después le preguntó a Meg:

—¿Por qué tarda tanto el doctor?

—Estoy segura de que llegará en cualquier momento —dijo Meg—. Yo me quedaré con él. Y enviaré a Anne a su casa. Milady, al menos tómese un descanso. ¡Y mire su vestido! ¡Está manchado!

Blanche se sintió tensa. ¿Acaso pensaba Meg que ella le tenía tanto afecto a su anfitrión como para desear alejar a su amante?

—Si sir Rex tiene fiebre, necesitaremos la ayuda de Anne. Si enferma, quiero atenderlo yo. Ha sido generoso y bueno conmigo, y yo no he hecho más que molestar —dijo, y evitó la mirada de Meg. Se volvió a acariciar de nuevo, brevemente, la mejilla de sir Rex.

—Ha hecho mucho por mí. Tengo que quedarme.

Blanche se despertó. Estaba sentada en la misma silla, junto a la cama de sir Rex, y el sol brillaba con fuerza, indicando el comienzo de un nuevo día. Se había quedado dormida alrededor de la medianoche y no podía creer que hubiera permanecido tanto tiempo acurrucada en una postura tan incómoda en aquella silla, con la cabeza apoyada en la estructura de madera del respaldo. Tenía el cuello tan rígido que el hecho de erguirse le causó dolor.

Sin embargo, alargó la mano y la posó en la frente de sir

Rex. Estaba fresca. Si había tenido fiebre, había sido baja e insignificante. Sintió un inmenso alivio. No tenía aspecto de estar enfermo; había recuperado el buen color, y estaba descansando plácidamente. Blanche se frotó los ojos, que de repente se le habían humedecido, y se dio cuenta de que, a pesar de haber dormido, estaba exhausta. La ansiedad de las horas anteriores le pasaba factura.

Mientras el alivio se apoderaba de ella, contempló a sir Rex.

La sábana y la manta fina de lana que lo cubrían se le habían bajado hasta las caderas. Pensó en taparlo más, pero titubeó. Y, en aquel instante, vio con toda claridad lo masculino que era, y también que los dos habían compartido habitación aquella noche y seguían solos en aquel momento.

Con la boca seca y el corazón acelerado, movió la mirada lentamente sobre su ombligo y el cuadrado que los músculos y tendones habían grabado en su abdomen tenso y plano. Tuvo que reconocer lo que estaba haciendo: admirarlo abiertamente. Sin embargo, no podía negarse aquella oportunidad. Estaba hipnotizada ante la visión de tanta masculinidad. Tenía el torso ancho, musculoso, con un poco de vello moreno; incluso dormido, sus bíceps resaltaban. Tenía los hombros tres veces más anchos que los de ella, y quizá dos veces más anchos que las caderas, estrechas y poderosas. Blanche siguió mirando hacia abajo, y vio moverse la sábana.

Durante un instante, observó fijamente. Se había formado un abultamiento, y ella sabía lo que significaba... de un respingo, se puso en pie para marcharse. ¿Era posible semejante cosa?

De repente, él la tomó por la muñeca e impidió que se alejara.

Blanche lo miró a los ojos.

La mirada de sir Rex era fija e intensa.

Blanche se dio cuenta de que no sólo estaba despierto,

sino que además había estado contemplándola mientras ella lo devoraba con la vista, y de que estaba teniendo una reacción masculina.

–No os vayáis.

Ella respiró profundamente y se sentó. Estaba aturdida, y notaba intensamente el tacto de la palma de su mano en la muñeca. Sus miradas habían quedado atrapadas.

Tragó saliva, intentando mirarle sólo a la cara. Sin embargo, parecía que su vista tenía voluntad propia. Por el rabillo del ojo siguió viendo el estómago plano y la sábana abultada. Notó un calor intenso en las mejillas.

–¿Cómo os sentís?

Él la soltó.

–Me siento como si hubiera estado de juerga.

–Os obligamos a beber media botella de whisky. El médico no llegó. Hubo un parto complicado en Tythwrithgyn. Pero la herida está limpia y cosida, y no habéis tenido fiebre.

Él se miró el pecho. Después la miró a ella, y después, observó la falda de su vestido.

–Gracias.

Ella vaciló al darse cuenta de que había visto toda la sangre de la falda.

–Espero que le deis un tiro al caballo.

Su rostro se contrajo.

–Lo haré si lo deseáis, pero no ha sido más que un accidente desafortunado.

Blanche asintió.

–¿Os duele el pecho?

–Me duele, pero el whisky mitiga mucho el dolor. ¿Cuántos puntos he necesitado?

–Veintitrés –dijo ella.

Él asimiló la cantidad.

–¿Puedo beber un poco de agua?

Blanche se apresuró a servir un vaso de la jarra que había sobre la mesilla de noche. Debía de tener mucha sed.

—¿Podéis sentaros?

—Quizá necesite ayuda —respondió él suavemente.

Claro que necesitaba ayuda, pensó Blanche. Seguramente, usar el brazo derecho le causaba un gran dolor. Eso significaba que pasaría un tiempo hasta que pudiera utilizar la muleta. Dejó el vaso sobre la mesilla, se sentó junto a la cadera de sir Rex y le pasó el brazo por la espalda. En cuanto lo hizo, sintió la calidez de su cuerpo y su respiración.

A ella le ardió la piel. No sabía qué hacer con la mano.

Él no movió un músculo.

Blanche apoyó la mano a un lado de su espalda; su hombro quedó contra el lado izquierdo del torso de sir Rex, y su pecho, un poco más abajo, contra su costado. Blanche ya no podía respirar. Se recordó que aquello era necesario, pero estaba en brazos de un hombre casi desnudo. Y no de cualquier hombre, sino de sir Rex.

Él deslizó el brazo izquierdo a su alrededor. Era tan poderoso que ella estuvo a punto de desmayarse. Lentamente, Blanche miró hacia arriba.

Y se sobresaltó, porque él la observaba con una mirada inconfundiblemente masculina, abrasadora, y su rostro estaba a pocos centímetros del de ella. Durante un instante, tuvo la seguridad de que iba a besarla.

Y el corazón le aleteó salvajemente, esperanzadamente.

Él dijo, con la voz ronca:

—Puede que me hayáis salvado la vida.

A ella le costó un instante responder.

—¿Podéis sentaros?

Rex no contestó. Levantó la mano derecha y le acarició la mejilla. A ella se le escapó un suave suspiro. Sin apartar la mirada, él le acarició la cara, le metió un mechón de pelo tras la oreja y sonrió. Blanche inspiró profundamente, segura de que iba a besarla. Él detuvo la mano en su mejilla durante un segundo. Blanche notó que se le cerraban los ojos. Se dejó caer ligeramente contra él. El corazón se le iba a salir del pecho.

Entonces él la soltó y se incorporó sin ayuda.

Blanche se puso en pie de un respingo, ruborizada, consciente de lo que le habían hecho sus caricias. Le habían causado un dolor palpitante en el cuerpo, que iba al mismo ritmo que su corazón.

Él sonrió con una expresión sombría; se había quedado muy pálido.

—¿Por qué no me habéis dejado que os ayudara a sentaros? —exclamó—. ¿Os habéis hecho daño? ¡Dejad que vea los puntos!

En aquel momento, se olvidó del beso que había estado a punto de suceder, si acaso había estado a punto de suceder, porque temía con toda su alma tener que reemplazar un punto que se hubiera saltado.

Él se quedó inmóvil contra la almohada, y ella vio rápidamente que los puntos estaban intactos. De repente, se sintió furiosa y se le llenaron los ojos de lágrimas.

—¡Sir Rex! ¡Ya basta! ¡No tenéis idea de lo que he pasado para suturar el corte! ¡No estáis curado y, hasta que lo estéis, insisto en que seáis un buen paciente!

—Lo siento —dijo él—. Había olvidado la herida.

—¿La habíais olvidado? —repitió ella con incredulidad y furia—. ¡Pues a mí no se me olvida que he limpiado vuestra carne y os he clavado una aguja muchas veces! Hasta que estéis curado, vais a permanecer en cama, reposando, por muy difícil que os resulte. Si necesitáis sentaros, alguien os ayudará... ¡Anne os ayudará! —le gritó.

—Lo siento —respondió sir Rex—. Lo siento muchísimo. Blanche, estáis agotada. ¿Habéis pasado la noche a mi lado?

Ella se dio la vuelta para tomar el vaso de agua de la mesilla.

—Sí, me temo que sí —respondió Blanche, y se sentó a su lado en la cama, negándose a sentir otra cosa que no fuera preocupación por él. Mientras le sujetaba el vaso junto a los labios, sus miradas se encontraron. Él bebió toda el agua; después, Blanche se levantó con decisión para rellenar el vaso.

—No deseo más, gracias —le dijo sir Rex—. ¿Por qué no os vais a la cama a descansar?

—Estáis deshidratado por la pérdida de sangre y por el whisky —respondió Blanche. En aquella ocasión se puso en pie para ayudarlo a beber. Desafortunadamente, estaba a punto de llorar.

—Os he causado angustia —dijo él suavemente—. ¡Lo siento!

—Deberíais sentirlo, sí —respondió Blanche, temblando.

—Blanche... —susurró sir Rex con una sonrisa que la desarmó—. Os prometo que descansaré. Me comportaré bien. Pero sólo si vais a la cama a dormir.

—Tenéis razón. Estoy muy cansada —reconoció ella—. Meg os atenderá; Anne está ocupada en la cocina —dijo, aunque no tenía ni idea de si era cierto.

Sir Rex sonrió como si supiera que ella quería mantenerlos alejados.

—Tengo otra petición más.

Blanche se detuvo junto a la puerta.

—Como premio a mi buen comportamiento, debéis prometerme que os sentaréis a hacerme compañía más tarde —le pidió él con una sonrisa.

Ella se quedó inmóvil y sintió que los latidos de su corazón se aceleraban de una manera frenética.

—No es apropiado, ahora que estáis recuperándoos.

—No me importa que sea apropiado o no —repuso él—. Y nadie lo sabrá, salvo los sirvientes.

Blanche se quedó asombrada con su respuesta, y él esperó, sonriendo.

—Yo lo sabré.

—Pero si sufro un terrible aburrimiento, desearé dejar la cama.

—¿Estáis negociando conmigo, sir Rex?

—Estoy intentando salirme con la mía a base de encanto.

—Quizá podáis encantarme —respondió Blanche, temblando por dentro—, en unos cuantos días, cuando el médico diga que estáis listo para levantaros.

¡Sir Rex estaba flirteando con ella!
—Ese trato puedo aceptarlo —dijo él suavemente.
Ella sintió una ráfaga de entusiasmo.
—Vendré a veros más tarde. Descansad, sir Rex, por favor.

CAPÍTULO 9

Durante un momento, se sintió sorprendida al ver un león mirándola desde la puerta de su dormitorio. Vagamente, se dio cuenta de que estaba muy cansada, y vagamente, se dio cuenta de que debía de estar soñando. No podía haber un león en su habitación. Era un animal magnífico, y la estaba mirando con unos ojos familiares, con reflejos ambarinos, abrasadores. Aunque Blanche percibió una intensidad depredadora en ellos, no se asustó. En vez de eso, sintió una extraña emoción.

Entonces, la cara del león se transformó en algo bestial, parte monstruoso y parte humano, y gruñó, dejando a la vista unos colmillos enormes, blancos, brillantes. Blanche se estremeció de miedo, y vio que la sangre comenzaba a gotear de los colmillos, que pasaron a ser negros y se convirtieron en las púas de una horca... la sangre también goteaba de ellas...

Gritó y se incorporó de golpe en su cama.

Se dio cuenta de que había tenido una pesadilla. Estaba aterrorizada, y el corazón le latía con tanta fuerza que le hacía daño en el pecho. Se volvió a mirar por la ventana. Fuera lucía el sol. Era media tarde, y llevaba durmiendo varias horas. Recordó por qué: había pasado toda la noche cuidando de sir Rex.

Respiró profundamente y apartó las mantas, y recordó también que antes de acostarse Meg la había ayudado a quitarse el vestido manchado de sangre, y que se había acostado directamente con la camisola de seda y el pantalón de encaje. Se acercó rápidamente a la ventana y la abrió de par en par. ¿Por qué había tenido aquella pesadilla? ¿Y por qué era tan terrorífica?

En aquel momento se abrió la puerta de su habitación. Sir Rex estaba allí, vestido sólo con unos pantalones. Tenía una expresión de alarma.

—¿Blanche?

Durante un instante, ella lo miró fijamente, viendo de nuevo al león dorado. Después, su mente comenzó a funcionar.

—¿Qué hacéis levantado? —le preguntó en tono de acusación.

—Creía que un salteador de caminos os estaba asesinando mientras dormíais —respondió—. Vais a enfermar de neumonía si seguís junto a la ventana vestida así.

Blanche se dio cuenta de que estaba en ropa interior. Corrió hacia el armario y se puso una bata, ruborizada, preguntándose cuánto habría revelado su fina camisola.

—He tenido una pesadilla —le dijo mientras se ataba el cinturón de la bata con firmeza—. Deberías haber llamado.

—Habéis gritado como si alguien os estuviera matando —respondió él con aspereza—. Ha sido espeluznante, igual que vuestro grito de la otra tarde, en la iglesia.

Ella se puso tensa y se volvió a mirarlo lentamente. Pensó que aquel sueño la había asustado tanto como los mineros de la asamblea. Se sentía insegura e inquieta. Sin embargo, estaba más calmada en aquella ocasión, lo suficientemente calmada como para percatarse de que sir Rex seguía con los mismos pantalones que llevaba cuando había sufrido el accidente, y que estaban manchados de barro y de sangre. Sin embargo, su herida estaba adecuadamente vendada.

—¿Ha venido el médico? —preguntó.

—Sí, ha venido. El doctor Linney le dio un aprobado a vuestros puntos de sutura, y dijo que voy a recuperarme con toda seguridad.

—¿Y también aprobaría que estéis corriendo por la casa poco después de que yo os haya dado esos puntos?

—Si os oigo gritar así, vendré corriendo. No lo dudéis —respondió él con rotundidad.

Ella se abrazó a sí misma. En parte, aquello la entusiasmaba.

—Y si hubiera un salteador de caminos aquí, no podríais enfrentaros a él en vuestro estado, sir Rex.

La expresión tirante de Sir Rex se ablandó.

—Quien quiere, puede. ¿Estáis bien?

—Sí. Sólo ha sido una pesadilla. ¿Podéis volver a la cama, por favor? Necesitáis descansar.

—Por supuesto, pero antes, decidme, ¿con qué soñabais?

—¡Con leones y monstruos! —respondió ella con brusquedad. No tenía ganas de hablar de su pesadilla con nadie, y menos con él.

Él abrió unos ojos como platos.

Blanche se avergonzó.

—Lo siento. No quería gritaros.

El león de su sueño se parecía mucho a él. Estaba segura de que lo simbolizaba. En cuanto al resto, tenía que olvidarlo.

—Buenas tardes, sir Rex —dijo con firmeza para zanjar la visita.

—Por favor, dejad de disculparos ante mí cuando no hay nada por lo que disculparse —le respondió él, y con un seco asentimiento, salió sin molestarse en cerrar la puerta.

Blanche se dio cuenta de que lo había ofendido o había herido sus sentimientos al ser tan brusca. Sin embargo, no quería compartir el resto de sus secretos con él. Se acercó apresuradamente a la puerta para cerrarla, pero al verlo caminar por el pasillo hacia su habitación, notó que su paso era lento. Estaba fatigado, por mucho que hubiera querido hacer un alarde de fuerza masculina. Además, debía de causarle mucho dolor el hecho de usar la muleta. Sir Rex había sufrido una herida grave, y ella no estaba segura de que estuviera completamente fuera de peligro.

Con rapidez, se puso un vestido, unas medias y unos zapatos, se recogió el pelo y fue a su habitación. La puerta estaba abierta, pero de todos modos llamó.

Sir Rex la vio desde la cama.

—¿Puedo entrar?

Él asintió.

—Debo disculparme por ser grosera con vos cuando...

—Disculpa aceptada.

Ella lo miró fijamente. Después preguntó:

—¿El médico os ha dicho que estáis fuera de peligro?

—Dijo que era poco probable que sufriera una infección si no la había tenido ya.

—¿Y os indicó que guardarais cama?

Blanche sabía que sí. Le sirvió un vaso de agua y esperó su contestación.

Él no respondió. Tomó el vaso y le dio un sorbo. Después, inquirió:

—¿Tenéis pesadillas a menudo?

—No, nunca. Nunca he tenido pesadillas. Por lo general, duermo profundamente —respondió ella, y se encogió de hombros—. La noche ha sido muy larga. Todavía estoy cansada. He pasado mucha preocupación —le explicó con una sonrisa forzada—. Probablemente estaba soñando con vos, sir Rex, y con el hecho de suturar vuestra herida. ¡Dudo que pueda recuperarme de semejante trauma! —añadió con ligereza.

—No quiero que os preocupéis por mí —dijo él con firmeza, sin sonreír—. Me siento consternado por el hecho de que hayáis tenido que atenderme. Y, desde luego, no quiero ser la causa de vuestras pesadillas.

—No lo sois. No iba a dejar que un granjero os cosiera la herida.

—Tendré que añadir la tenacidad a vuestra lista de cualidades —dijo él suavemente.

Ella suspiró.

—Puedo admitir que soy un poco tenaz. Si tengo la convicción de que algo está bien, nada puede disuadirme.

Él sonrió.

—¿Sois también obstinada?

—No. Soy abierta y razonable.

—Entonces, no nos parecemos —comentó él, y le tomó la mano.

Ella se sobresaltó y sintió una oleada de deseo.

—¿Sois cabezota? Porque yo he visto a un hombre racional, sensato.

—¿De veras? —preguntó sir Rex, y miró a su alrededor por la habitación—. ¿Dónde? Me gustaría conocerlo.

Ella se rió.

—Bueno, es posible que seáis muy decidido, pero eso no me importa.

—¿Por qué no? A todo el mundo le importa. ¿Por qué no os importa a vos?

—Porque yo entiendo más de lo que pensáis. Y ahora... ¿tenéis hambre?

Él se limitó a observarla con los ojos entrecerrados, muy oscuros.

Ella tembló.

—Os traeré una bandeja —dijo, alterada por aquella mirada tan clara.

A medianoche, en el salón, Blanche había pensado que el deseo de sir Rex era consecuencia del alcohol. Por la mañana había pensado lo mismo. Sin embargo, en aquel momento no había explicación posible, salvo que quizá él la admirara como mujer.

—Traed comida para dos —le dijo él—, y la compartiremos.

Blanche bajó rápidamente las escaleras. Tenía una sensación de pesadez en el cuerpo, y demasiado calor como para sentirse cómoda. Por otra parte, se sentía muy contenta de que sir Rex estuviera recuperándose.

Al acercarse a la cocina, oyó una voz masculina y pensó que era la de Fenwick. Sin embargo, cuando entró, vio a Anne en la puerta trasera, hablando en voz baja con un hombre alto y rubio que llevaba ropa de trabajo. Debía de tener la edad de Anne y era muy atractivo. La doncella y él hablaban en susurros.

Blanche se quedó inmóvil. No tuvo duda de que aquel joven era el amante de Anne. Ella tenía la mano posada en su antebrazo, y la conversación era seria. Blanche se sintió consternada, porque de algún modo sentía que aquello era una traición hacia sir Rex. Él no se merecía que lo traicionaran, aunque a ella no le hiciera gracia que tuviera una aventura.

De repente, el hombre rubio la vio. Abrió mucho los ojos, lo cual confirmó las sospechas de Blanche. Él se dio la vuelta y se marchó. Anne se giró y, durante un instante, su expresión fue de ira. Después bajó los párpados e hizo una reverencia.

—Milady.

Blanche atravesó la gran cocina.

—¿Quién era? —le preguntó a la doncella con frialdad.

—El herrero. Ha venido a herrar uno de los caballos de sir Rex.

—¿Es familia tuya?

Anne alzó la barbilla.

—No, milady, no lo es. ¿Por qué lo pregunta?

—Parece que os conocéis —dijo Blanche.

Anne esbozó una sonrisa crispada.

—Acaba de llegar a Lanhadron. Apenas conozco a Paul —le dijo a Blanche. Se encogió de hombros y se alejó, lo cual fue un gesto grosero, porque Blanche no había terminado la conversación.

Blanche se sintió muy tensa. Nunca había tenido problemas con ningún sirviente. Era justa, amable y generosa con su servidumbre. Sin embargo, Anne no le había caído bien desde que había descubierto su relación con sir Rex. Pese a todo, había sido amable hasta aquel momento; que Anne se alejara de aquella manera no era amable en absoluto.

Finalmente, Blanche le dijo:

—Por favor, prepara comida para dos y llévala a la habitación de sir Rex.

Anne sonrió, o hizo una mueca, sin alzar la cara.

—¿Qué van a tomar?

—Fiambre y un poco de pan con queso. Y té.

Anne volvió a sonreír y se dirigió hacia la despensa.

—¿Dónde está Fenwick? —le preguntó Blanche, hablándole a la espalda de la doncella, muy molesta por el hecho de que la muchacha no se volviera.

Anne no se detuvo.

—Lo envié al pueblo a comprar provisiones.

Blanche estuvo a punto de ordenarle que la mirara cuando estaba hablando con ella. Sin embargo, Anne desapareció dentro de la despensa, y Blanche se quedó muy irritada.

A Anne no le impresionaba el rango, y se lo estaba dejando bien claro. No eran rivales, pero Blanche se sentía como si lo fueran. Ella no iba a competir con una sirvienta. Siguió a Anne y se detuvo en el umbral de la puerta de la despensa, que estaba oscura y fresca.

—No me gusta tener que seguirte para hablar contigo —le dijo, intentando mantener un tono de calma—. Estoy segura de que a sir Rex le demuestras mucho más respeto.

Anne había abierto una cámara de hielo, y se incorporó.

—Oh, disculpe. Pensé que quizá él tuviera mucha hambre, teniendo en cuenta lo que ha pasado —dijo con una sonrisa.

No había nada que Blanche pudiera decir ante aquello.

—Cuando vuelva Fenwick, dile que sir Rex necesita cambiarse de pantalones. Supongo que preferirá guardar cama con un pijama cómodo.

Anne la miró con una expresión de inocencia.

—Yo puedo ayudarle a cambiarse de ropa... milady.

Blanche sintió una terrible tensión. Respondió lentamente, en tono firme, pero con cuidado.

—Fenwick le ayudará cuando vuelva. Tus deberes, Anne, están en la cocina.

—Claro —respondió la muchacha—. Salvo cuando sir Rex tiene otros deberes para mí.

Blanche jadeó bruscamente. Se ruborizó y salió de la cocina apresuradamente. Al mirar atrás, vio que Anne la observaba fríamente. La doncella era espantosa. No, la situación era espantosa.

Sir Rex no debería haberse aprovechado de una sirvienta, por muy dispuesta que estuviera. Anne sólo era una doncella y la amante de su señor, y aquélla era una situación muy difícil para la muchacha. Probablemente, tenía resentimiento hacia Blanche, pero su grosería y su falta de respeto eran intolerables. Blanche estaba horrorizada.

Cuando subió las escaleras, sin embargo, se forzó a adoptar una expresión agradable. La puerta de la habitación de sir Rex permanecía abierta, y ella se detuvo allí. Él dejó a un lado el libro que estaba leyendo y sonrió. Se había puesto una camisa, pero la tenía abierta.

—Anne está preparando la comida.

La sonrisa de Rex desapareció.

—¿Qué ocurre?

—Nada —respondió ella, pensando en Anne—. Vuestro herrero ha estado aquí.

La expresión de sir Rex cambió.

—No tengo herrero. Yo mismo les pongo las herraduras a mis caballos.

Blanche se quedó mirándolo con incredulidad.

Dos días después, Blanche estaba sentada en el salón, leyendo la correspondencia que le habían enviado sus abogados. Aunque sabía que era imposible que la respuesta de Bess llegara hasta el día siguiente, se había sentido decepcionada al recibir el correo. Estaba leyendo el primero de dos informes muy extensos, cuando oyó que sir Rex bajaba las escaleras.

El corazón se le aceleró de alegría, y sonrió.

Él entró en la sala y le devolvió la sonrisa.

—Me imagino que se me permite levantarme de la cama. He sido un buen paciente —dijo.

Ella se puso en pie.

—Un paciente modelo. ¿Cómo estáis?

—Bien. Me apetece dar un paseo a caballo por los páramos. Con vos.

Ella sintió un cosquilleo en el estómago.

—Sólo hace tres días que tuvisteis el accidente —dijo con suavidad. Sin embargo, sintió una gran alegría, porque se daba cuenta de que sir Rex estaba muy bien. De hecho, estaba demasiado bien.

—He estado en cama, haciendo allí los papeleos. Me niego a convertirme en un indolente o, que Dios no lo permita, a engordar. Mi cuerpo necesita ejercicio vigoroso. Estoy bien, Blanche —dijo—. Ciertos movimientos me causan un ligero dolor en el pecho, eso es todo.

Blanche tuvo que reprimir una carcajada.

—Vos nunca vais a engordar.

—Si me quedo sentado todo el día, sí. Mirad —dijo; la tomó por el brazo y la giró hacia la ventana—. El día es perfecto.

Sus cuerpos se tocaron desde el hombro a la cadera. A ella le dio un salto el corazón. Notó un cosquilleo por toda la piel.

—Yo también necesito hacer ejercicio al aire libre —dijo.

—Bien —respondió sir Rex, y se movió—. Anne, ve a los establos y pide que preparen mi caballo, y a Isabella para lady Harrington.

Blanche se giró y vio a Anne en el umbral de la puerta del salón. Anne hizo una reverencia y se marchó.

Sir Rex le tocó el hombro a Blanche.

—¿Qué es lo que os inquieta? ¿Ocurre algo con la doncella?

Blanche esperaba no haberse ruborizado.

―¿Por qué iba a ocurrir algo con vuestra sirvienta? ―preguntó, y se encogió de hombros―. Voy a cambiarme. Metí en la maleta el traje de montar ―dijo, y con un titubeo, alzó la mirada hasta su rostro―. Me alegro mucho de que estéis recuperado, sir Rex.

Él se limitó a mirarla también, y la tensión aumentó entre ellos.

A Blanche le pareció muy dulce su yegua. Era tranquila y dócil. Sir Rex le señaló hacia delante cuando se detuvieron en una colina que se erguía sobre los páramos. El cielo estaba azul, salpicado de nubes blancas, y el sol brillaba. Parecía que el invierno había terminado en Cornualles; la temperatura era cálida y agradable.

―¿Veis esas piedras? ―le preguntó sir Rex desde su caballo gris.

―¿Las ruinas? ―le preguntó, observando una torre solitaria contra el horizonte.

―Sí. ¿Os apetece ir a medio galope?

Ella lo miró a la cara. Tenía los ojos llenos de calidez y alegría.

―Sí.

Ambos galoparon hacia las ruinas del castillo normando, que se irguió ante ellos a medida que se aproximaban. Los restos de los muros del castillo formaban una torre de tres pisos que carecía de interiores y de tejado. Detuvieron a los caballos junto a la estructura. Todo se había quedado en un asombroso silencio, como si los fantasmas estuvieran en posesión de aquel lugar.

Blanche veía más allá de las ruinas, que estaban situadas en el punto más alto de una colina. Más allá se extendía un valle boscoso y un pueblecito pintoresco.

―Es precioso.

―Sí ―dijo sir Rex―. Según el mito local, Hastings, mi antepasado, mandó construir un fuerte en este lugar. Sin embargo, Rolfe de Warenne fue enviado a hostigar el norte, y nunca volvió. El fuerte pasó a manos de otro de los tenientes de William —le explicó, y con una sonrisa, añadió—: Incluso entonces, los hombres de Warenne encontraban y reclamaban el amor verdadero. Sabéis que se enamoró de una princesa sajona que no era su esposa.

Blanche sonrió, preguntándose si aquella historia sería cierta.

—¿Y terminó junto a su enamorada?

—Sí, porque es la matriarca de nuestra familia. Se llamaba Ceidre.

—Un nombre poco corriente —dijo Blanche, observando atentamente a sir Rex.

Su humor había mejorado día a día desde el accidente, o incluso antes. Sonreía a menudo, y ella no había vuelto a ver ninguna señal de cólera o frustración en él. Además, no había vuelto a beber, salvo una copa de vino durante la cena.

Blanche seguía preguntándose quién le había roto el corazón. Si la leyenda de su familia era cierta, sufriría por ella para siempre. Sin embargo, no parecía que estuviera sufriendo en aquel momento.

Sir Rex bajó de su caballo y le tendió la mano.

—Vamos —le dijo.

Ella vaciló, pero él estaba sonriendo, y a Blanche se le estaba derritiendo el corazón.

—No voy a caerme ni a romperme —insistió él.

Blanche tomó su mano y se deslizó desde la silla hacia el suelo. Aterrizó suavemente sobre los pies y en brazos de sir Rex.

Él sonrió, como si la tuviera exactamente donde había querido.

—¿Habéis disfrutado del paseo? —le preguntó sir Rex en un susurro, con una mirada cálida y escrutadora.

Ella tragó saliva.

—Sí.

—¿Puedo regalaros a Isabelle?

Blanche se quedó perpleja.

—No tenéis por qué hacer tal cosa —dijo, con la voz entrecortada. Apenas podía pensar así, entre sus brazos.

—Pero os lleváis muy bien. Sois una pareja perfecta. Ella es una yegua preciosa, y vos... una mujer hermosa.

Blanche pensó que iba a desmayarse.

—¿Estáis flirteando, sir Rex?

—Sí, claramente sí. Pero me da la impresión de que no vais a rechazar mis flirteos. ¿Tengo razón? —susurró.

Ella asintió. No podía hablar. El deseo se había apoderado de su cuerpo.

—Quisiera besaros, lady Blanche. ¿Puedo hacerlo?

Blanche asintió de nuevo, y elevó la cara. Se dio cuenta de que estaba a punto de llorar.

—No lloréis —le pidió él—. Tan sólo permitidme que os bese.

Ella vio cómo bajaba sensualmente las pestañas; vio cómo su boca se desviaba hacia la suya. Con incredulidad, con ilusión, esperó, y sintió los labios de sir Rex rozar los suyos con la ligereza de una pluma.

Cerró los ojos ante aquella sensación, mientras él comenzaba a acariciarle con la boca, lentamente, suavemente. Blanche notó que le explotaba el corazón, y notó un pulso frenético en el cuerpo. Se aferró a sus hombros y se apretó contra él y, en cuanto lo hizo, la boca de sir Rex se hizo más firme, la presión aumentó.

Ella suspiró.

Entonces, él le abrió la boca con los labios y le pasó la mano por la nuca, y comenzó a besarla con hambre y necesidad. Una gran excitación se apoderó de ella; él la estaba besando como si no pudiera hacerlo con la suficiente hondura.

El mundo comenzó a dar vueltas.

A Blanche le faltaba el aire.

Se sintió consumida por aquel cuerpo grande, duro, masculino, por su boca, por su abrazo. Él deslizó las manos hacia abajo, casi hasta sus nalgas, y la presión que se había creado entre ellos se incrementó. Blanche supo, con asombro, que deseaba que él la acariciara para satisfacer su deseo.

Él le hundió la lengua en la boca, profundamente; emitió un sonido gutural, sexual, masculino. Blanche sollozó suavemente.

Él apartó sus labios de los de ella y la abrazó con fuerza, apretándole la cara contra su torso, posando la mejilla en la sien de Blanche. Ella notó el corazón latiéndole salvajemente en el pecho, y el corazón de él, latiendo incluso con más furia bajo su mejilla. Los dos tenían la respiración entrecortada.

Deseo, pensó Blanche. Tanto deseo...

Comenzó a llorar.

Nunca habría imaginado que llegaría aquel día.

Deseaba a sir Rex. Quería besarlo y acariciarlo, y quería que él la besara y la acariciara también. Y quería mucho más, por muy escandaloso que fuera.

—Blanche —le dijo él en voz baja, y le hizo inclinar la cabeza hacia atrás—. ¿Por qué lloráis? —preguntó al verla, con alarma.

Ella no vaciló en responder, mientras las lágrimas se le derramaban por las mejillas.

—No sabía que un beso podía ser así.

Él se sorprendió. Después, dijo:

—Yo tampoco.

CAPÍTULO 10

A sir Rex le estaba resultando muy difícil permanecer allí como un caballero. Nunca hubiera soñado que Blanche lo miraría con confusión, con los labios hinchados y el pelo revuelto. Nunca hubiera soñado que la besaría. Nunca había deseado a una mujer tan desesperadamente como la deseaba a ella.

Una suave brisa le sopló algunos mechones de pelo rubio platino contra las mejillas a Blanche. Él sonrió, como si no acabaran de besarse apasionadamente, como si no quisiera volver a abrazar su cuerpo pequeño y suave y hacer mucho más que besarla.

—¿Seguimos? —le preguntó, señalándole las ruinas.

Ella tragó saliva y suspiró, y abrió los labios suaves. Él recordó nítidamente su textura húmeda y su sabor dulce. Todo había cambiado desde aquel día en la iglesia; Rex sabía cuándo una mujer era receptiva hacia él, y aunque no sabía señalar el momento preciso en que Blanche Harrington había empezado a sentir atracción, había sucedido. A cada momento que pasaba, estaba más seguro de ello.

Había tenido la intención de que el beso que compartieran fuera casto, pero al rozar sus labios la pasión había estallado sin control, hasta que la había tomado con hambre y necesidad. Y ella le había devuelto el beso, no tan desenfrenadamente, pero con el ardor suficiente. Además, había derramado lágrimas entre sus brazos.

En aquel momento, Blanche asintió y sonrió temblorosamente para responder a su sugerencia de que caminaran entre las ruinas. Y él sonrió también, interiormente; siempre había sabido, de algún modo, que era una mujer apasionada, aunque hiciera gala de un aplomo infalible en todas las ocasiones.

Sin embargo, aquel comentario suyo le había parecido extraño:

«No sabía que un beso podía ser así».

¿Qué había querido decir, exactamente?

Blanche hizo una pausa y miró hacia la torre. Le sonrió dubitativamente, por encima del hombro.

—Si hay fantasmas en esta torre, no pueden ser vuestros antepasados.

Él se maravilló una vez más de lo elegante y encantadora que era, incluso después de aquel paréntesis.

—Mis antepasados hostigarían el norte, si se han molestado en quedarse en este mundo.

Ella se agachó, recogió una florecilla de color morado y se la llevó a la nariz, pequeña y delicada.

—El tojo casi nunca florece hasta mediados de verano —dijo sir Rex—. Éste es un cambio raro en el tiempo.

Ella lo miró con las mejillas sonrosadas.

—¿Se escaparán los caballos?

—No.

—¿Creéis que esta torre está encantada?

—No creo en los fantasmas.

Ella asintió.

—Yo tampoco.

Blanche siguió caminando hacia el muro de la torre. Eso le proporcionó a sir Rex la oportunidad de admirar libremente su rostro y su figura. Pero, en cuanto ella volvió a mirarlo, él bajó la vista. Debía controlar mejor su deseo, pensó. Un beso entre dos adultos de su edad no significaba nada, no quería decir que ella quisiera ir más allá con él.

—Estáis muy pensativo —comentó Blanche suavemente.
—He estado admirando el paisaje —respondió sir Rex.
Ella se ruborizó.
—Tengo una edad un poco avanzada —dijo.
—Lo he dicho en serio.
Sir Rex quiso acercarse a ella más rápidamente de lo que hubiera debido, y la muleta se le golpeó contra una piedra. Se tropezó, pero consiguió guardar el equilibrio. Ella lo agarró por el brazo, asustada.
—Me he caído cientos de veces aprendiendo a usar esta muleta —dijo él.
—Caerse no tiene que ser agradable.
—No lo es, pero tampoco lo es perder la pierna.
—Debe de ser difícil caminar en este tipo de terreno.
—Es difícil, pero no imposible. Blanche.
Ella se sobresaltó al oír aquel uso tan familiar de su nombre.
—Lo he dicho en serio. Yo no hablo a la ligera. No me gusta flirtear. Estaba admirando vuestra silueta.
—No sé qué decir... gracias —Blanche apartó la mirada, pero estaba sonriendo—. Soy una boba, pero me siento halagada todo el tiempo. Agradezco vuestra admiración, sir Rex.
Eso era lo que él esperaba.
—Voy a ser increíblemente atrevido —dijo, y aunque vio que ella abría mucho los ojos, prosiguió—: No entendí lo que queríais decir antes. Habéis dicho que no sabíais que un beso podía ser así. ¿Qué significa?
—¿De veras queréis hablar de ello? —preguntó Blanche en voz baja.
—Sí. Ambos somos adultos, y es evidente que nos profesamos afecto. No hay nada malo en darse un beso, ni siquiera un beso apasionado.
—Pero darse un beso y hablar sobre ello son dos cosas distintas.
Ella tenía razón. Aquél era un tema íntimo. Sin embargo,

Rex tenía que saber si había querido decir que él le había hecho sentir más que cualquier otro hombre.

—Os he admirado durante mucho tiempo. Hace mucho tiempo que quería besaros.

—Oh... no lo sabía. ¿Es cierto?

—Sí —dijo él.

—Pero... apenas hablábamos, y siempre fueron conversaciones muy breves.

—Ahora ya sabéis que no me gusta mucho codearme en sociedad. Y la verdad es que los rumores son ciertos. No tengo encanto, soy un zafio.

—¡No! Conmigo habéis sido encantador.

—Es muy fácil ser encantador con vos. Vuestra gentileza lo facilita.

—Ojalá os tuvierais en mejor concepto.

Él la miró con sorpresa.

Entonces, sin apartar la vista de su rostro, ella continuó:

—Y ojalá la mujer que os rompió el corazón nunca lo hubiera hecho.

Él parpadeó, asombrado.

—Perdonadme, pero no tengo roto el corazón.

—No estoy de acuerdo —repuso ella en voz baja—, por cómo hablasteis del amor la otra noche.

—Hace mucho tiempo me enamoré, pero ella me traicionó. Aquello terminó hace años. No recuerdo lo que os dije esa noche, pero sé de veras que no tengo el corazón roto.

—Dijisteis que al amor se le da excesiva importancia.

—No lo recuerdo —repitió él, aunque sí había recordado sus palabras.

Ella se miró el regazo.

—Bueno, como estoy entrometiéndome, ésa es una respuesta conveniente. Pero para mí es evidente que ésa es la razón por la que vivís aislado en el fin del mundo.

La expresión de sir Rex al oírla fue de incredulidad.

—¡Soy el segundo hijo de un conde! Elegí unirme al ejército de Su Majestad. Como sabéis, lady Blanche, me concedieron esta finca como recompensa. Claro que vivo aquí. Me he quedado para conseguir que Land's End prospere.

Ella se ruborizó, y él percibió el brillo de la tenacidad en su mirada.

—Pero podríais ir a la ciudad más a menudo, reconocedlo.

Sir Rex suspiró.

—Sí, lo reconozco. Podría ir más a menudo a la ciudad, pero la verdad es que no me gusta alternar en sociedad, aparte de estar con mi familia. Lo siento. Y por eso dicen que soy un zafio.

—Sí, la gente sabe que no os cae bien, que los despreciáis, y en respuesta os arrojan piedras —dijo ella con calma.

Sir Rex tuvo que sonreír. Sin embargo, se sintió aliviado por que hubieran dejado el tema odioso de su sufrimiento por amor.

—¿Es tan horrible que quiera vivir en un lugar apartado y ganarme la vida honestamente?

Ella le agarró por el antebrazo, y él se puso rígido.

—Es admirable en muchos sentidos —respondió Blanche.

Después se miró la mano, posada en su manga, y la quitó.

Sir Rex tuvo que controlarse para no tocarla. Y después se rindió. Con las yemas de los dedos, le rozó la mejilla. Sus miradas se encontraron nuevamente.

—Explicadme lo que queríais decir. Creo que lo he entendido mal.

—Me temo que no recuerdo el tema.

Entonces, sir Rex se inclinó hacia ella.

—¿Queréis que os ayude a recordarlo?

Miró fijamente sus labios, y después, sin poder contenerse, deslizó la mano por su nuca y la besó. Al hacerlo sintió una salvaje necesidad de poseerla y le abrió los labios con la boca para poder hundir su lengua profundamente en ella, sabiendo cómo sería poseerla con su cuerpo masculino, embistiendo una y otra vez.

Ella jadeó, y después le devolvió el beso, usando la lengua.

Él se dijo que debía mantener el control, pero no pudo hacerlo y la abrazó con fuerza, adentrándose más en su boca, hasta que ella estuvo temblorosa entre sus brazos. Rex se apartó, aturdido, mareado, murmurando su nombre.

—Blanche...

Sus ojos verdes se clavaron en los de él.

Rex quería más. Era un hombre y sentía una gran atracción por ella. No podía remediarlo. Sin embargo, suspiró y le preguntó:

—¿Os he refrescado la memoria?

—No lo sabía —balbuceó Blanche, con los ojos llenos de lágrimas.

Él se sobresaltó, porque ella comenzó a llorar de nuevo. Se rozó los labios, como si estuviera anonadada.

—¿Por qué lloráis? ¿Os he hecho daño?

Ella negó con la cabeza mientras se secaba las lágrimas de las mejillas.

—¿Cómo vais a hacerme daño con un beso como éste? No. Sólo me habían besado dos veces —explicó—, y aquellos besos fueron castos, casi por deber. Yo no tenía idea de que...

Él estaba perplejo.

—¿Qué?

Blanche se encogió de hombros, miró a un lado y cerró por un instante los ojos.

—¿De veras deseáis saberlo?

—¿Sólo os han besado dos veces?

—No deberíamos hablar de esto.

Él comenzó a deducir cosas; ella no había tenido ningún amante; el hombre que la había besado había sido su hermano Tyrell. Hacía mucho tiempo, casi ocho años, Tyrell y ella habían estado comprometidos durante pocos meses.

—Ty estaba enamorado de Lizzie.

—Sí —dijo ella, y lo miró con consternación—. Los dos estábamos cumpliendo con nuestro deber. No había atracción.

Él siguió mirándola. Ty sólo la había besado dos veces, de manera casta. Blanche Harrington no había sabido lo que era un beso de verdad hasta un momento antes.

Y no había conocido el placer y el éxtasis que un hombre podía proporcionarle en la cama.

No tenía idea de todo el placer que él podría proporcionarle en la cama... él sería el primero para ella.

Miró hacia abajo, a la hierba, temblando. Tuvo una salvaje sensación de triunfo. Ya sabía por qué Blanche Harrington, algunas veces, parecía nerviosa e inocente como una niña de quince años.

Y, Dios Santo, en la ciudad había doscientos veintiocho granujas esperando a tenerla entre sus garras. Aquella idea le ponía enfermo.

No permitiría que ni uno solo de ellos saqueara aquel tesoro. Sin embargo, ¿cómo iba a protegerla? Era como una oveja en un bosque infestado de lobos.

—¿Por qué estáis tan consternado?

Rex la miró mientras se recuperaba rápidamente de su asombro. Hablaría con ella de su futuro más adelante. Y encontraría una manera, quizá con ayuda de la condesa, de proteger los intereses de Blanche. Por el momento, se concentraría en la revelación que ella acababa de hacerle.

—Lo siento —le dijo con suavidad—. Pensé que una mujer tan bella como vos habría disfrutado de algunas relaciones discretas.

—Yo no me tomo a la ligera la pasión.

Rex sintió que se le hinchaba tontamente el corazón.

—Yo tampoco.

Ella lo miró con incredulidad.

Al instante, él se dio cuenta de que Blanche nunca lo creería. Sin embargo, ella no entendía la diferencia entre la pasión y la lujuria, y aquél no era el momento ni el lugar para explicarle esa diferencia.

—¿Os molesta que Tyrell me besara?

Él intentó sonreír.

—La primera vez que os vi, en Adare, pensé que mi hermano estaba loco por ser tan indiferente. Supuse que habría compartido algunos momentos con vos. No había pensado realmente en ello... hasta ahora.

Ella se relajó.

—Él estaba tan enamorado de Lizzie...

—Lo sé. La verdad es que... me siento honrado por que me hayáis concedido tales libertades.

Blanche se sonrojó. Vaciló durante un instante. Después, dijo:

—Ya era hora, ¿no creéis? Alguien tenía que besarme por fin.

—Sí, es cierto.

—Además, me ha parecido perfecto que fuerais vos.

—¿Milady? ¿Necesita algo? —le preguntó Meg.

Blanche se giró. Habían vuelto del paseo una hora antes, y desde entonces, ella estaba recorriendo su habitación de lado a lado, pensando frenéticamente. Miró a su doncella y le dijo:

—Entra, Meg. Necesito tu consejo.

Meg obedeció rápidamente y cerró la puerta.

—¿Quiere mi consejo? —le preguntó con incredulidad.

—Sí.

—¿Se encuentra bien?

Blanche respiró profundamente.

—No puedo esperar más la respuesta de Bess. Le envié una carta esperando que me diera su parecer. ¡Meg! Estoy pensando en proponerle a sir Rex que se case conmigo.

Meg comenzó a sonreír.

—¿De veras, milady?

—¿No te asombra?

—Me sorprende un poco, pero me parece que se guardan afecto. Además, él es guapo y sólido. De todos los pretendientes de la ciudad, ninguno es tan sólido como sir Rex.

Blanche volvió a respirar profundamente.

—Eres muy inteligente —le dijo a su doncella.

—Entonces, ¿va a proponerle un matrimonio? —le preguntó Meg con entusiasmo, sonriendo.

Blanche se encogió de hombros.

—Ya sabes que bebe... y odia la ciudad. En ciertas cosas somos opuestos el uno al otro.

—Muchos hombres beben. Siempre y cuando no la trate mal, siempre y cuando pueda gestionar su patrimonio, ¿qué importancia tiene eso? Además, creo que se siente solo. Yo no lo he visto beber últimamente. Y si no le gusta la ciudad, él puede pasar más tiempo en el campo mientras la señora está en Londres, recibiendo visitas. Muchas parejas viven separadas algunas temporadas.

—Sí, es cierto. No sería raro que lleváramos vidas separadas —dijo Blanche, aunque le disgustaba aquella idea. Sin embargo, sería necesario en una unión así. Sabía que sir Rex nunca pasaría toda la temporada de eventos sociales en Londres con ella—. Ni siquiera sé si va a aceptarme.

—La mira como si fuera una princesa de cuento —dijo Meg con una sonrisa—. No sé por qué iba a rechazar su oferta.

A Blanche se le ocurrían unas cuantas razones, incluyendo el hecho de que la mujer de la que había estado enamorado le había roto el corazón. Además, él era un de Warenne. Su negativa había sido, evidentemente, una falsedad. Sin embargo, su matrimonio no iba a estar basado en el amor. Se apoyaría en la amistad, en la conveniencia y en la economía, entre otras cosas. Blanche se humedeció los labios, que aún tenía hinchados por los besos de sir Rex. Aquel matrimonio también se basaría en el deseo.

—Me besó.

Meg reprimió una sonrisa.

—Fue maravilloso —dijo Blanche, y se dio cuenta de que estaba llorando otra vez.

Sin embargo, eran lágrimas de alegría, y quizá de alivio. Con aquellos besos se había sentido consumida por el deseo, como se habría sentido cualquier mujer. Aunque pensaba que nunca podría ser tan apasionada como él requería, ya no pensaba que debieran tener habitaciones separadas.

—Nunca pensé que desearía los besos apasionados de un hombre —añadió en un susurro.

—Quizá esté enamorada —sugirió Meg—. Milady, es la dama más buena que he conocido. De todas las señoras, usted debería casarse por amor.

Blanche se quedó mirando a su doncella con el corazón encogido. Meg tenía que estar delirando, porque ella no era capaz de amar. ¿Verdad?

—Cuando sir Rex entra en una habitación, me siento muy alegre de verlo. Cuando no está, pienso en él de todos modos. Me he preocupado por él, por su vida, por su pasado, por su soledad... ¡y tuve mucho miedo cuando ese caballo lo coceó!

—Eso me parece amor —dijo Meg alegremente.

Blanche la miró, pero en realidad veía a sir Rex. Le bailaba el corazón, y se llevó una mano al pecho. Sir Rex le importaba mucho, no podía negarlo, pero, ¿era amor? ¿Se estaba enamorando después de tantos años?

¿Era como las demás mujeres, después de todo?

Se atrevió a hacer algo más que tener esperanza; rezó por ello. Deseaba con todas sus fuerzas ser una mujer normal, capaz de sentir emociones profundas. Sin embargo, aquella idea también le causaba temor, porque temía el rechazo de sir Rex. Empezó a temblar de incertidumbre, porque, una vez más, estaba deslizándose por un precipicio. Sin embargo, ¿no se había sentido así desde el momento en que había llegado a Land's End?

¿Qué debía hacer? ¿Qué podía hacer? Sir Rex se había convertido en alguien muy querido para ella.

Y, mientras temblaba, sumida en la confusión, las sombras invadieron su mente. Se puso tensa porque sabía lo que había en aquella negrura. Un monstruo la estaba esperando, un monstruo que quería su muerte.

Un cuchillo le atravesó la cabeza.

Sintió un dolor tan fuerte que cayó de rodillas, sujetándose la cabeza, cegada por el sufrimiento.

Meg gritó y se acercó corriendo a ella.

Todos los pensamientos sobre sir Rex se desvanecieron. Se sentía como si se le hubiera partido la cabeza en dos. Y vio al monstruo, medio humano, medio animal, con los dientes amarillos y los ojos llenos de odio. Tras él había una multitud vaga de otros seres monstruosos. El cuchillo se le hundió de nuevo en la cabeza, a través de la sien derecha. Blanche gritó y se tapó los oídos con las manos.

Meg la abrazó.

—Milady, ¿qué ocurre? Oh, Dios, ¿qué está ocurriendo?

El monstruo la miró y blandió en el aire una horca ensangrentada.

El pánico la atenazó. No podía respirar. Todo daba vueltas a su alrededor; vio a Meg, que la miraba, y después vio a sir Rex, que la miraba con una expresión de alarma. Quería rogarle que la salvara, pero cuando abrió la boca para hablar, todo se sumió en la oscuridad.

CAPÍTULO 11

–El doctor Linney ha llegado –anunció sir Rex desde la puerta del dormitorio.

Blanche se sentó en la cama, completamente vestida, encima de la colcha. Sir Rex la había depositado allí mientras estaba inconsciente, y después la había despertado con un frasco de sales. Entonces se había ido rápidamente en busca del médico, menos de una hora antes.

Blanche le sonrió débilmente.

–Debía de estar cerca.

–Sí –respondió sir Rex mientras entraba.

Tenía una expresión de inquietud. Parecía que estaba angustiado, consternado. ¿Acaso pensaba que ella estaba loca? Blanche quería reconfortarlo, pero no podía. Se había desmayado por segunda vez en menos de una semana, y ella también se sentía alarmada. ¿Qué le estaba ocurriendo?

Dios Santo, ¿acaso estaba empezando a recordar de verdad algo de aquel disturbio? Las imágenes habían sido reales, aunque muy breves, pero ella no quería recordar absolutamente nada de aquel día.

El doctor Linney siguió a sir Rex al interior de la habitación. Era un hombre bajo, pulcro, que sonreía alegremente.

–Ojalá nos estuviéramos conociendo en otras circunstancias, lady Harrington –le dijo.

—Gracias por venir —respondió ella.

—Me parecieron admirables los puntos de sutura que hizo el otro día —dijo él en tono calmado.

Sin embargo, Blanche no podía relajarse.

—Si alguna vez quiere ser enfermera, sólo tiene que decírmelo.

Finalmente, ella sonrió. Entonces miró a sir Rex. Él tenía una expresión tan tensa que parecía que iba a rasgársele la piel. A ella se le borró la sonrisa de los labios. ¿Acaso estaba tan enferma?

—Sir Rex me ha dicho que se ha desmayado dos veces en pocos días. ¿Por qué no me explica qué ha sucedido?

Ella apartó la mirada de sir Rex.

—No hay mucho que contar. Me desmayé a principios de semana, cuando entré en la asamblea que los mineros celebraban en la iglesia. No podía respirar. Siempre me han desagradado las multitudes.

El médico asintió.

—¿Y hoy?

Las imágenes se sucedieron en su mente: el paseo por los páramos, su primer beso verdadero, el deseo y su frenético debate sobre si debía o no debía proponerle a sir Rex que se casaran. Y los monstruos que se habían apoderado de su cabeza portando horcas ensangrentadas. ¿Qué iba a contarle al doctor Linney? No estaba claro que aquéllos fueran recuerdos del pasado. Su padre nunca le había dicho una palabra sobre una muchedumbre armada con horcas. Y no había mencionado la sangre.

Su madre había resbalado y se había golpeado fuertemente la cabeza...

Blanche cerró los ojos. Se había atrevido a hablarle a sir Rex sobre aquel disturbio y su miedo a las multitudes, pero nunca iba a contarle la verdad completa. No podía permitir que él supiera que tenía deficiencias de carácter y que había vivido una existencia desprovista de emociones hasta recientemente. Tampoco quería que el médico lo supiera. Eran asuntos muy privados.

Sin embargo, tenía miedo. No quería que aquellas imágenes violentas volvieran a asaltarla, y temía cuál podía ser su significado. Temía también aquel dolor de cabeza terrible. Y, si los monstruos no eran recuerdos, ¿qué eran? Y si eran reales, ¿por qué regresaban en aquel momento precisamente?

Blanche sonrió forzadamente al médico. Le contaría lo que pudiera, con la esperanza de que los dolores tuvieran una explicación médica.

—Sir Rex y yo habíamos estado paseando por el campo —dijo, consciente de la mirada escrutadora de su anfitrión—. Fue un paseo muy agradable. Después volvimos a casa, y a la media hora, cuando yo estaba en mi habitación charlando con Meg, mi doncella, sentí un horrible dolor de cabeza. Era como si me la atravesara un cuchillo. Después me caí, porque no podía soportar el dolor. Vi a Meg y a sir Rex, y luego todo se volvió oscuridad.

—¿Ha tenido un dolor de cabeza similar alguna vez?

—Alguna vez he tenido una jaqueca, pero pocas veces. Esto no ha sido una jaqueca. Era mucho más fuerte.

—Y, en general, ¿cómo es su salud?

—Buena. Nunca me pongo enferma.

—Apenas come —intervino sir Rex—. Sólo toma una tostada para desayunar. Y salimos a cabalgar antes de comer.

Blanche lo miró.

—Esto no es culpa vuestra.

—Quizá el desmayo se debiera al hambre —dijo el doctor Linney—. Algunas señoras no comen lo suficiente. Usted es una mujer esbelta, lady Harrington. No necesita pasar hambre.

—Nunca he tenido un gran apetito —respondió Blanche—. No sigo ningún régimen.

—Su padre murió hace seis meses —dijo sir Rex—. Yo conozco a lady Harrington desde hace años. Él era su única familia, y estaban muy unidos. Desde entonces, se ha visto asediada por los pretendientes, porque tiene una gran fortuna. Vino a Land's End a descansar, pero me temo que mi casa no ha estado muy tranquila.

—¿Sugiere que lo ocurrido durante estos meses le está pasando factura?

—Es sólo una sugerencia, porque yo no soy médico.

—¿Hay algo más que desee añadir, lady Harrington? —le preguntó el médico a Blanche.

Blanche titubeó. ¿Tendría razón sir Rex? Ella se había tomado con calma la muerte de su padre. No había derramado ni una lágrima. Había querido llorar, pero no había sido capaz. ¿Acaso su muerte le había causado una gran tensión? Tener que soportar a doscientos veintiocho pretendientes también era una carga, y además, estaba muy preocupada por su futuro. Hasta aquel momento siempre había tenido una vida serena, desapasionada, pero de repente se veía arrastrada por un remolino de pasión. Sin embargo, ¿se atrevería a confesar el desconcierto que sentía últimamente? ¿Era aquella tensión lo que le había provocado los desmayos?

¿Y era parte de aquella tensión el hecho de elegir a sir Rex como futuro marido?

—¿Lady Harrington?

Blanche se miró las manos, y sintió toda la atención de sir Rex fija en ella, como si él se hubiera dado cuenta de que no iba a revelar lo que debía.

—No, no hay nada más. Sir Rex tiene razón. He tenido mucha tensión durante estos últimos meses, y ahora, en ciertos sentidos, es mayor.

El médico dijo entonces que iba a reconocerla, y le indicó a sir Rex que debía salir de la habitación. Él obedeció de mala gana. El doctor Linney le tomó el pulso a Blanche, la auscultó y después le hizo algunas preguntas relativas a su salud. Cuando terminó, cerró su maletín y sonrió.

—No le encuentro nada malo, lady Harrington. De hecho, su salud es excelente.

Blanche sonrió sin ganas.

—Creo que sir Rex tiene parte de razón. La tensión de estos últimos meses le ha pasado factura. Esa tensión, junto a sus hábitos de alimentación, han ocasionado los desmayos.

Blanche asintió. Esperaba con todas sus fuerzas que tuviera razón. Esperaba con todas sus fuerzas no volver a ver a aquellos monstruos.

Sir Rex llamó a la puerta y abrió.

—Pase. Ya veo que ha estado esperando ansiosamente, como un marido a su esposa. —dijo Linney, con los ojos brillantes de diversión, mirando a uno y después al otro.

Sir Rex se acercó rápidamente a Blanche.

—Dice que los desmayos se han debido a la tensión —le explicó ella.

Él emitió un gruñido.

—Quizá esté comenzando a tener migrañas. Esperemos que no. No voy a preocuparme por ello, ya que el dolor vino y se fue. Le recetaré un remedio para que pueda relajarse y descansar. Sir Rex puede enviar a un sirviente a la botica.

Parecía que sir Rex estaba furioso.

—Mientras, mejore su alimentación, querida, y descanse. Le dejaré un par de dosis de láudano por si acaso vuelve a tener dolores. Intente no angustiarse —le dijo el doctor, dándole unos golpecitos en el brazo.

—¿Es ése su diagnóstico? —inquirió sir Rex.

—Parece que su salud es buena —respondió el médico—, pero avíseme si sufre otro ataque.

Sir Rex lo acompañó a la puerta, y después volvió junto a Blanche.

Ella se sintió tensa.

—Os llevaré a Londres. Allí podéis acudir a otro médico. El dolor que describisteis no es una migraña.

—Yo... me siento mejor. El doctor Linney tiene razón, probablemente. He estado muy nerviosa y...

—Yo he aumentado vuestra tensión. No lo neguéis. Os asusté en el salón la otra noche, y hoy os he presionado.

—No digáis que lo que hemos compartido esta mañana me ha provocado un desmayo horas después de suceder. He disfrutado mucho hoy.

—No estáis bien, Blanche. Sois una mujer delicada, demasiado buena, que se da generosamente a todo el mundo salvo a sí misma. Os preocupáis por todos, ¿no es así? Incluso me habéis cuidado, cuando podría haberlo hecho un sirviente. ¿Quién os cuidó a vos cuando murió lord Harrington? ¿Y quién os cuidará ahora?

—Tengo muchos criados.

Él la miró fijamente.

—Vuestro padre murió, y después sufristeis el asedio de un montón de granujas. Vinisteis aquí y yo insistí con mis insinuaciones. No me sorprende que os desmayarais. Creo que yo he sido la gota que ha colmado el vaso, porque no podíais tolerar más presión.

Blanche notó que le latían las sienes, pero con un dolor normal, no aquel dolor brutal y terrorífico de antes. Quería decirle la verdad. Sí estaba sufriendo una gran tensión, pero no por las razones que él pensaba. Era la tensión de tantas emociones, cuando no estaba acostumbrada a sentirlas. Era la presión que le producía tomar una decisión que iba a cambiarle la vida entera. Si él no la rechazaba.

—Anne está preparando una bandeja con la cena —dijo Rex. Se dio la vuelta para marcharse, pero entonces volvió a su lado bruscamente—. Vos me cuidasteis cuando yo estaba enfermo, y ahora me toca a mí. ¡No protestéis! Descansaréis unos cuantos días y nos olvidaremos de esta tarde.

Ella no quería olvidarla.

—Sir Rex, esto no es culpa vuestra. No soy tan frágil como para romperme porque me miren mal.

—Siento algo en vos que no había percibido nunca. Siempre he notado vuestra vulnerabilidad, pero hay más. Y es fragilidad. Me he dado cuenta de que, bajo vuestra fachada de elegancia y perfección, sois muy frágil. ¿Me equivoco?

Ella no pudo responder, porque sabía que en el fondo él tenía razón. Si perdía la compostura, contrariamente a lo que acababa de decirle a sir Rex, podía romperse. Los monstruos se lo demostraban.

—Eso me parecía —dijo él—. Ahora, dejad que os suba una bandeja, y comed algo. Complacedme en esto, por favor.

Ella le acarició la mano.

—Sir Rex... no os preocupéis tanto. Estoy bien.

Él no respondió.

—Me siento muy mal por molestaros. Meg puede...

—No me estáis molestando. No me molestaríais en ninguna circunstancia. Pese a mi comportamiento, pese a todo, vos me cuidasteis cuando tuve el accidente, y quizá me salvarais la vida. Blanche, tengo una gran deuda con vos. Dejadme que os la pague.

Ella lo miró con fijeza.

—Por favor. Dejad que os cuide.

Finalmente, Blanche asintió.

—Gracias.

—¿Cómo estoy? —preguntó Blanche a la mañana siguiente.

—Nadie pensaría que ayer estaba enferma —respondió Meg, mientras ella se miraba al espejo—. Está muy bella, milady.

Blanche comenzó a temblar. Iba a proponerle a sir Rex que se casaran.

Era casi mediodía. La dosis de láudano había resultado ser exactamente lo que necesitaba, porque había dormido durante toda la noche sin moverse. Y, en cuanto se había despertado, había pensado en su anfitrión.

Se había bañado y se había puesto un elegante vestido de color lila. Después se había peinado y se había puesto un collar de amatistas y diamantes. Se había arreglado con esmero; sir Rex le tenía afecto, la deseaba, y ella ansiaba que él aceptara su propuesta.

—Estoy muy nerviosa —susurró.

Como si le hubiera leído el pensamiento, Meg respondió:

—Será un buen marido, milady. ¡Se preocupa tanto por vos!

—Sí, es cierto. He decidido que seré franca. En la mayoría de los sentidos encajamos. Éste será un matrimonio de conveniencia y amistad, y ¿qué tiene de malo?

Meg le dio unos golpecitos en el brazo.

—Sea usted misma, milady. Dígale que él le importa.

Blanche le devolvió la sonrisa con el corazón acelerado.

—Ya veremos cómo sale. ¡Deséame suerte!

Después, bajó al salón y se detuvo en la puerta. Sir Rex estaba sentado en el sofá, mirando hacia la salida como si hubiera notado que ella iba a acercarse. Entonces, él se percató de su vestido, de su peinado, y la miró a la cara. Lentamente, se levantó y se apoyó en la muleta.

—¿Volvéis a la ciudad?

—¡No!

El alivio se le reflejó en el rostro.

—Os habéis vestido como si fuerais a salir por Londres.

Ella se ruborizó.

—¿De veras? Meg me sugirió el vestido lila, no sé por qué.

Él entornó los ojos.

—En realidad —dijo ella—, me estaba preguntando si teníais un momento. Hay un asunto del que quería hablar con vos.

—Por supuesto. ¿Estáis mejor, entonces?

Ella asintió y cerró la puerta. Después se acercó, consciente de que él había presenciado aquella acción poco usual. Sir Rex la miraba con recelo.

—He dormido muy bien, y estoy maravillosamente. Incluso he tomado una tortilla para desayunar.

Él asintió.

—Estáis nerviosa, y no entiendo por qué. ¿Acaso queréis hablar de un asunto de negocios?

Ella sonrió. Normalmente, el matrimonio era un acuerdo de negocios.

—Sí... más o menos.

Él no dijo nada.

Blanche tomó aliento.

—¿Qué ocurre?

—Hay algo de lo que quiero hablaros, pero no sé si seré capaz. Nunca he hablado de ello.

—Os ayudaré si puedo. ¿Queréis pedirme ayuda para un negocio?

—No exactamente. Aunque en cierto sentido, sí.

—Eso me lo aclara todo —ironizó sir Rex.

—Sir Rex —dijo ella con una sonrisa—. Ayer teníais razón. He soportado mucha presión, pero no tenía nada que ver con el paseo que dimos por los páramos.

Él la miró con suma atención. Su mirada no vaciló ni una vez.

—Entonces, ¿qué es lo que os causó esa tensión por la tarde?

—He estado pensando en mi futuro. He meditado mucho, y he debatido mucho interiormente. Es ese miedo acerca del futuro lo que me causó la tensión, sir Rex. Creo que ése es el motivo por el que me desmayé, o al menos, en parte.

—¿Adónde queréis llegar?

—No voy a elegir a ninguno de los pretendientes que tengo actualmente. Ése fue el consejo que me disteis cuando llegué a Land's End, y voy a seguirlo. Sir Rex, creo que entre nosotros ha surgido una amistad poco corriente durante estos días, aunque nos conociéramos desde hace años.

—Sí, estoy de acuerdo.

—Sé que me profesáis cierta estima, y yo también os tengo afecto, pero eso ya lo he dicho.

—¿Qué es lo que queréis decir?

—He llegado a conoceros, y sé que tenéis magníficas cualidades... sois inteligente, sagaz, trabajador y honesto.

Él abrió los ojos de par en par.

—Me ha impresionado vuestra gestión de la finca y de vuestro patrimonio. Y, por todo ello, he pensado mucho en...

—¿En qué? Estoy perdido.

—En el asunto del matrimonio.

Sir Rex se quedó petrificado.

—Creo que podríamos encajar, y me preguntaba si aceptaríais una proposición de matrimonio por mi parte.

Él abrió la boca, pero no pudo pronunciar una sola palabra.

—Veo que os habéis quedado muy sorprendido...

—¿Estáis sugiriendo un matrimonio entre nosotros?

—Sí —respondió Blanche, consciente de que se había ruborizado intensamente. ¡A sir Rex le había parecido una idea espantosa!

—Vos y yo —preguntó él, en tono áspero.

—Sí —repitió ella, consternada por su reacción—. Vos necesitáis una esposa, y yo un esposo. Vos necesitáis una fortuna, y yo necesito a alguien que pueda gestionarla, que tenga integridad y un carácter sólido. Claramente, un matrimonio así, de conveniencia y economía, con el valor añadido de la amistad, sería beneficioso para los dos.

—Un matrimonio de conveniencia y economía —repitió él con incredulidad.

—Tenemos necesidades que se complementan —dijo Blanche.

—¿De veras? Si yo hubiera querido casarme con una mujer rica, lo habría hecho hace mucho tiempo.

Por un momento, Blanche se quedó mirándolo sin dar crédito, angustiada. Después, se tambaleó.

—¿Me estáis rechazando?

—¿Habéis pensado detenidamente en esto? —repuso él. Parecía que estaba enfadado.

—Por supuesto que sí —respondió Blanche, temblando. Sir Rex estaba contrariado, enfadado. La estaba rechazando.

—Yo prefiero el campo, y vos la ciudad. Vos sois una gran anfitriona, y yo un ermitaño. ¿Se supone que tengo que mudarme a Londres? ¿Cuánto tiempo duraré presidiendo vuestra mesa en el lugar reservado para el anfitrión del evento?

—Muchas parejas llevan vidas separadas —dijo ella, intentando contener las lágrimas.

—Vidas separadas —repitió sir Rex con incredulidad—. Entiendo. Yo gestionaré vuestro patrimonio. Vos viviréis en la ciudad, yo viviré aquí.

Ella se quedó rígida.

—He cometido un terrible error —susurró. Se dio la vuelta para marcharse, tambaleándose, cegada por las lágrimas.

Sin embargo, cuando iba a llegar a la puerta, él la adelantó y le cortó el paso.

—Blanche, ¡no os marchéis ahora! ¡No podéis impresionarme con una propuesta como ésta y después iros sin más! —exclamó él.

—Pero parece que os ha desagradado mucho mi proposición, cuando en Londres hay más de doscientos caballeros que estarían entusiasmados y halagados al recibir semejante ofrecimiento.

—Ellos son cazadores de fortunas. Yo no. ¿Acaso habéis malinterpretado nuestra amistad, o mis insinuaciones? ¿Creéis que soy un granuja que os susurraría palabras de amor al oído para quedarse con vuestra fortuna?

—¡Claro que no!

—Entonces, explicadme lo que estáis pensando, porque yo no lo entiendo. Si lo que queréis tener es un matrimonio de conveniencia con vidas separadas, ¿por qué no me pedís sencillamente que gestione vuestra fortuna a cambio de una compensación? Después de todo, resultará más barato para vos, y me ahorraría el desprecio de vuestras amistades.

—Mis amigos no os despreciarán.

—Yo nunca podré ser un buen anfitrión en soledad.

—No os estoy pidiendo que viváis en la ciudad. Pensé que vos pasaríais la mayoría del tiempo en el campo, y que de vez en cuando iríais a Londres, cuando lo requiriera la situación.

—Ah, el golpe de gracia. Vidas separadas, ¿y camas separadas?

Ella se ruborizó.

—No creo que el tema del dormitorio sea apropiado en este momento.

—Yo creo que es muy apropiado, teniendo en cuenta la pasión que compartimos ayer.

Ella se puso tensa.

—Quiero tener hijos, sir Rex.

La mirada dura de sir Rex se volvió escrutadora. Siguió un terrible silencio. Finalmente, él dijo:

—Entiendo.

Se apartó de la puerta.

Ella se apoyó contra la pared sin mirarlo. Nunca hubiera pensado que su proposición de matrimonio provocaría una discusión tan furiosa.

—Mi intención no era insultaros —susurró al recordar el consejo de Meg—: Os tengo demasiado afecto como para desear ofenderos o haceros daño.

Él se volvió a mirarla. Tenía la expresión llena de angustia.

—Lo pensaré. No me esperaba una proposición vuestra. Tampoco había pensado en casarme. Estoy seguro de que podéis concederme uno o dos días para meditar sobre semejante propuesta. A menos, claro, que queráis retirarla.

—No voy a retirarla, sir Rex. Sin embargo, me gustaría preguntaros si he malinterpretado nuestra amistad.

Quizá sus sentimientos de afecto no eran mutuos. El corazón se le encogió dolorosamente.

—No —dijo él.

—Entonces, no entiendo esta conversación. No os entiendo, sir Rex.

—No, no podéis. Debo preguntaros qué tipo de futuro vamos a compartir. No porque tenga reservas con respecto a vos, sino porque tengo muchas reservas con respecto a mí mismo.

CAPÍTULO 12

Cuando Blanche salió del estudio, Rex cerró la puerta y se quedó mirándola ciegamente mientras su mente daba vueltas.

Nunca hubiera esperado una proposición de matrimonio de Blanche Harrington. Tenía que estar loca para pensar que podía ser un marido adecuado. Ella era demasiado buena para él, y podía encontrar a alguien que estuviera a su altura.

Rex tenía la respiración entrecortada. Estaba muy afectado. Un matrimonio con una mujer así era un sueño hecho realidad, pero él ya no albergaba aquellos sueños. Nunca más.

Temblando, se volvió hacia la ventana y miró hacia el exterior. Allí, en el campo, se llevaban bien, y claramente la amistad que había crecido entre ellos la había hecho pensar de una manera tan insensata. Sin embargo, ¿en Londres? Allí no se llevarían bien. Él la decepcionaría.

¿Y un matrimonio de conveniencia? ¿Un matrimonio basado en la economía, y vidas separadas?

Su incredulidad se intensificó. Él no quería un matrimonio auténtico, así que mucho menos uno de conveniencia. Sólo un tonto pensaría en llevar una vida separada a la de una mujer como Blanche Harrington. Y él no era tonto. Si aceptaba su oferta, desearía estar con ella tanto como fuera posible. Lo había averiguado durante aquellos últimos días.

Intentó analizar la situación con algo de calma. Él despreciaba la sociedad, siempre lo había hecho. No era ningún secreto, todo el mundo lo sabía. Eso nunca iba a cambiar. Era un hombre sencillo de gustos sencillos. ¡Y Blanche también lo sabía! No estaba pensando con claridad.

Sí, eran amigos. Y sí, entre ellos había pasión. Sin embargo, la amistad y el deseo no garantizaban un futuro exitoso. Él no podría vivir en la ciudad, no podría agradar a los aristócratas de la buena sociedad de Londres. No era un buen conversador, ni encantador, ni ingenioso. Además, todo el mundo sabía la verdad sobre él.

Y odiaría su vida si viviera en la ciudad. Ya estaba amargado, y no imaginaba cómo serían las cosas si se amargara más. Sin embargo... no podría odiar su vida por completo, porque ella sería un punto de luz en una existencia que, de otro modo, sería oscura. Blanche sería como un sorbo de agua en mitad del desierto.

De repente, se imaginó como señor de Harrington Hall, conversando con su mayordomo en la biblioteca, caminando por sus incontables habitaciones y pasillos, para encontrarse con Blanche, su esposa, mientras ella hablaba plácidamente con sus visitas en el salón. Y sonrió. Se le aceleró el corazón.

La verdad era que daría el brazo derecho por casarse con una mujer como aquélla, y ya había perdido un miembro.

Pese a todo, Rex no se engañó a sí mismo. Si se atrevía a aceptar su proposición, llevarían vidas separadas. No podría soportar pasar más de un mes en Londres. Pensó minuciosamente en ello: él viviría la mayor parte del tiempo en el campo, y Blanche sería su mujer y viviría en la ciudad. Su vida sería muy parecida a la que llevaba en aquel momento. Se enviarían cartas, por supuesto. Y probablemente, él viviría para aquellas cartas. Estaba acostumbrado a la soledad, pero ya sabía que, cuando Blanche se marchara de Land's End unos días después, ese sentimiento de soledad aumentaría. ¿Cómo iba a enfrentarse al hecho de que ella volviera a Londres después de que se hubieran casado, y después de haber compartido una casa y la clase de asuntos que compartía un matrimonio? ¿Y después de haber compartido la cama?

Blanche quería tener hijos.

Rex se apoyó contra la puerta. Él podría ser el padre de sus hijos, y aunque no quisiera menos a Stephen, y aunque la pérdida de ese hijo siempre lo angustiaría, sabía que tener una familia sería una gran alegría.

Estaba a punto de desmoronarse. Aquel matrimonio sería difícil, y por cada placer habría dolor, no lo dudaba.

Blanche Harrington era la mujer ideal, perfecta. Sería una esposa ideal, perfecta. Sin embargo, aquella pareja era imperfecta. Él nunca había pensado en casarse; los hombres de Warenne se casaban por amor. Rex se había dado cuenta, muchos años antes, de que el amor no era para él, y por eso había querido seguir soltero. El amor requería confianza, y aquella palabra no era parte de su vocabulario. Se había borrado de él en la primavera de mil ochocientos trece. Pero Blanche Harrington era diferente... Rex ya confiaba en ella. Siempre había confiado.

Lo cual significaba que estaba en peligro de enamorarse. Y eso sabía que no debía hacerlo.

¿Cómo iba a aceptar su oferta?

¿Cómo iba a rechazarla?

Blanche volvió a su habitación apresuradamente, muy afectada, al borde del llanto. La reacción de sir Rex le había hecho mucho daño.

—¡Milady! —gritó Meg, horrorizada.

—Estoy bien, Meg. De veras —mintió Blanche.

Ante la mirada de asombro de Meg, se cubrió la cara con las manos.

—Mi oferta le ha causado consternación, ira. Y no sé por qué.

—Oh, venga a sentarse —le dijo Meg, y la llevó hasta la silla más cercana.

—En realidad, no me ha rechazado. Está pensando en mi proposición de matrimonio.

—¡Lo siento mucho! Yo pensaba que la quería...

—Sir Rex no se ha comportado como un hombre enamorado, y me temo que va a rechazarme —dijo Blanche, y al hacerlo, sintió un dolor en el pecho, cerca del corazón.

—Voy a prepararos una taza de té —dijo Meg, que se había enfadado—. No tenéis por qué soportar semejante grosería, ni semejante tensión.

Acababa de pronunciar aquellas palabras cuando Blanche sintió aquella cuchillada de dolor en la cabeza. Gritó y se tapó los oídos con las manos.

—¡Milady!

Blanche no la oía. No podía. Se encogió, sin poder respirar a causa del dolor.

Entonces apareció el monstruo, pero su rostro se había convertido en el de un hombre delgado, demacrado, furioso, que la miraba con odio.

—¡Iré a buscar a sir Rex!

Blanche no podía hablar. El monstruo le estaba sacando el cuchillo, lentamente, de la cabeza. Ella comenzó a respirar profundamente, a medida que el dolor se mitigaba, hasta que sólo fue una sombra. Se irguió, temblando.

El monstruo tenía cara.

«No quiero recordar nada más». Le dio un vuelco el estómago, y se dio cuenta de que iba a vomitar.

Entonces se dio cuenta de lo que había dicho Meg, y de adónde iba.

—¡Meg! ¡Vuelve! ¡Estoy bien!

Meg volvió por el pasillo y entró en la habitación con la cara muy pálida.

Blanche comenzó a respirar con normalidad.

—Ven —le dijo—. El ataque ha pasado.

Meg tenía los ojos llenos de lágrimas.

—Milady, estáis enferma.

No estaba enferma. Era algo peor. Sus peores miedos se estaban haciendo realidad. Estaba recordando detalles del disturbio.

Estaba segura de que había sido aquel hombre, o uno de ellos, el que había asesinado a su madre. Se puso muy tensa; su madre había muerto al golpearse la cabeza contra el suelo. No había sido asesinada. No entendía por qué había pensado algo así.

Esbozó una sonrisa.

—El doctor Linney tiene razón. Es una migraña. No soy la primera mujer que sufre dolores de cabeza. No hay necesidad de preocuparse.

Entonces, Meg dijo lo que ella estaba pensando.

—Quizá deberíamos volver a la ciudad. Creo que llevamos demasiado tiempo en el campo.

—Es posible que tengas razón —respondió Blanche.

Cerró los ojos, porque su corazón estaba protestando y se dio cuenta de que no quería irse. Sin embargo, aquella tensión era intolerable. Y era más intolerable, incluso, el que se hubieran desvelado algunos de sus recuerdos perdidos.

—Milady —le dijo Meg, susurrando—, sir Rex me ha pedido que os reunáis con él en el jardín.

Blanche se incorporó en el diván, donde había estado tumbada, y miró al fuego. ¿Había tomado la decisión tan rápidamente? Él le había dicho que necesitaría uno o dos días, pero, sin embargo, sólo había tardado unas horas. Blanche miró a Meg con gravedad.

—Va a rechazarme.

—Si es así de obtuso, mejor será librarse de él. ¡Usted puede encontrar a alguien mucho mejor! —le dijo Meg con enfado.

—Creía que te caía bien.

—¡Ya no! ¡No, después de lo que la está haciendo pasar! Es egoísta por elegir su vida solitaria de melancolía en vez de una vida con usted. Creía que era un caballero. Los caballeros cuidan a sus mujeres.

—Yo no soy su mujer.

—Pues él se ha comportado como si lo fuera.

—Me dijo que su decisión no era por mí, sino por sus dudas acerca de sí mismo. Tiene miedo de fallar en sociedad, de no estar a mi altura como anfitriona... Quizá sea mejor así. Quizá tenga razón, y de todos modos, no puedo obligarle a contraer matrimonio si no está interesado —dijo Blanche—. Será muy embarazoso permanecer aquí, así que deberías empezar a hacer las maletas.

—Oh, milady...

—Es mejor así.

Blanche salió de la habitación y bajó las escaleras lentamente. Salió al jardín y se dio cuenta de que el día se había puesto gris y pesado, como su corazón. Iba a llover. Qué apropiado.

La silueta de sir Rex se recortaba contra el color gris acero del océano, y contra el horizonte pálido. A medida que ella se aproximaba, se le encogió el corazón, y supo con seguridad que el rechazo de sir Rex no iba a cambiar el afecto que sentía por él. Era un hombre formidable, guapo, poderoso. Se dio la vuelta con una mano metida en el bolsillo de la chaqueta de lana marrón, y la otra apoyada en la muleta. A distancia, sus miradas se encontraron.

Él se acercó a ella desde el borde del acantilado y entró en el jardín. Blanche se detuvo, incapaz de dar un paso más. Cuando sir Rex llegó junto a ella, tenía una expresión sombría.

—Me habéis dejado anonadado —le dijo a Blanche.

—Ye me he dado cuenta —respondió ella.

—Blanche, me siento honrado por el hecho de que penséis que soy un candidato adecuado para vos.

—No me parece que os sintáis honrado. Me parece que estáis consternado y enfadado, pero no honrado. Sé que estáis a punto de rechazarme.

–No. Me siento honrado. Y he sentido muchas cosas esta tarde, pero la consternación no ha sido una de ellas. En realidad, deseaba hablar con vos un poco más de este asunto.

–¿Estáis jugando conmigo, sir Rex? –preguntó ella al oírlo.

–No, por supuesto que no. Nunca haría algo así. Todo lo que dije antes lo dije en serio, y ahora me gustaría añadir que creo que vos sois demasiado buena para un hombre como yo. No obstante –dijo, para evitar sus protestas–, desearía aceptar vuestra propuesta si habéis pensado de verdad acerca de lo que significaría un matrimonio entre nosotros dos.

Ella se quedó perpleja.

–¿No vais a rechazarme directamente?

–No. Sin embargo, no quiero aceptar vuestra propuesta y decepcionaros después.

–No me decepcionaréis.

–¿Estáis segura? Sé que en Land's End nos hemos llevado muy bien, pero, ¿habéis pensado cómo será que vivamos juntos, aunque sólo sea durante un mes, en la ciudad? ¿Me habéis imaginado presidiendo vuestra mesa durante una cena? ¿Seréis infeliz cuando yo regrese al campo? ¿Os molestará, os decepcionará? ¿Y qué haréis si oís chismorreos a vuestra espalda, cotilleos que me condenen, o que nos condenen incluso a los dos?

Blanche estaba asombrada.

–¿Acaso queréis protegerme?

–Claro que sí. Deseo protegeros de un futuro de infelicidad, de mí.

–¿Y cómo podéis predecir un futuro así? Yo creo que será un futuro agradable.

–Si pudiera predecir un futuro agradable, no dudaría en aceptar. Prefiero vuestra felicidad a la mía.

–Estoy empezando a darme cuenta dijo ella. Entonces, ¿de veras sentís por mí algo del afecto que yo siento por vos? –le preguntó, llena de esperanza.

—Yo no miento. Dije que sentía afecto por vos, y es cierto.
—Os he visto en vuestros peores momentos, sir Rex.
—Estaba a punto de sacar eso a colación. ¿Acaso podéis culparme de que vuestra propuesta me haya sorprendido tanto, cuando me habéis sorprendido con la doncella, y bebiendo a solas a medianoche? Esa noche yo estaba borracho, mis comentarios eran inapropiados, y algunos de ellos muy provocativos. Y, en vez de condenarme, me ofrecéis el matrimonio.
—He comenzado a comprenderos, sir Rex.
—¿De veras?
—Sí, y no podéis negar que la guerra y una mujer son las responsables de gran parte de vuestro sufrimiento.
—No voy a admitir algo así. Ambos tenemos derecho a guardar ciertos secretos. No quisiera decepcionaros —dijo él firmemente—. No quiero que, dentro de uno o dos años, me encontréis a solas con mis demonios y me despreciéis, y tengáis que lamentar este día.
—Yo nunca podría despreciaros.
—¿En serio?
—¡Por supuesto!
Él asintió.
—Blanche, no puedo prometeros que seré capaz de estar en Londres tanto tiempo como a vos os gustaría. No puedo prometeros que no me atacará el insomnio, y que no beberé a solas por la noche. Tampoco puedo prometeros que seré amable ni agradable si vos os acercáis a mí en esos momentos.
Ella se mordió el labio. El corazón le latía aceleradamente. Sir Rex estaba a punto de aceptar su ofrecimiento, pero insistía en dejar claros cada uno de sus defectos.
—Soy consciente de que si me acerco a la guarida de la fiera, puedo sufrir un mordisco. Sin embargo, creo que vuestros ladridos son peores que vuestros mordiscos.
—Entonces, ¿no puedo disuadiros? ¿Sois consciente de las dificultades que nos esperan en un matrimonio así?
—Sí, y no, no podéis disuadirme —respondió ella.

—Entonces, debo haceros una última confesión.

Blanche se sobresaltó. Sintió miedo. ¿No había habido ya suficientes confesiones? ¿Qué iba a admitir en aquel momento?

Él se humedeció los labios con nerviosismo.

—Entenderé perfectamente que retiréis vuestra oferta cuando sepáis lo que tengo que deciros.

—Me estáis asustando.

—No puedo seguir adelante sin revelaros esto. Blanche, tengo un hijo.

La sorpresa de Blanche no tuvo límites. ¡Nunca había oído nada al respecto, no se lo esperaba!

—Vive con su madre, según un acuerdo al que llegamos hace casi una década —dijo, con una expresión de profunda infelicidad.

Entonces, ella lo supo: su sufrimiento no era a causa de la guerra, sino de aquella mujer, la madre de su hijo, y de su hijo.

—No hay más herederos —prosiguió sir Rex—. Hace mucho tiempo me di cuenta de que ellos pueden ofrecerle a mi hijo una vida y una herencia que yo no tengo.

—¿Es que a vuestro hijo lo está criando otra pareja?

Él asintió.

—Se llama Stephen, y tiene nueve años —dijo.

De repente, se puso muy rígido y se volvió. Su perfil se había convertido en una máscara de control. Blanche se percató de que estaba luchando contra una profunda tristeza.

A Blanche se le rompió el corazón. Él sufría por aquel niño, a quien no podía reconocer ni criar. Quiso consolarlo, pero no se atrevió; se daba cuenta de que si se atrevía a tocarlo, él se desmoronaría. Sabía que no debía comprometer su orgullo.

Él respiró profundamente.

—Un día, heredará un gran título, uno de los más altos del país, y una gran fortuna —dijo, mientras se volvía lentamente hacia ella.

—Habladme sobre él —susurró—. ¿Es moreno, como vos? ¿Es rubio?

—No puedo. Creo que estoy haciendo lo mejor para mi hijo. Él no sabe que soy su padre. Y nunca lo sabrá, hasta que no herede.

—Lo que estáis haciendo es muy generoso —dijo ella—, y es lo que haría cualquier buen padre.

Él asintió secamente.

—Gracias. Nadie lo sabe. Es un secreto que he soportado yo solo. Ya es lo suficientemente difícil aceptarlo como para que lo sepa mi entrometida y dogmática familia.

—Por supuesto. Vuestro secreto está a salvo conmigo.

—No veo horror en vuestra cara. Y tampoco veo que me condenéis.

—No voy a condenaros por tener un hijo ilegítimo. Dios Santo, la mitad de la buena sociedad de Londres está llena de hijos ilegítimos.

—Sin duda, sois la mujer más generosa a la que he conocido.

—Esto no es cuestión de generosidad, sir Rex. Los amigos no se juzgan, no se acusan ni se condenan. Los amigos son leales.

—¿Queréis reflexionar sobre vuestra proposición? Acabamos de tener una conversación muy sincera. Creo que deberíais pensar en todo ello.

—No tengo nada sobre lo que reflexionar —respondió ella, y le tomó la mano—. Mi afecto permanece intacto, al igual que mis esperanzas de tener un futuro en común con vos. No me habéis disuadido.

Él asintió, y se llevó su mano a los labios. Cuando le besó el dorso, ella se sintió mareada de entusiasmo.

—Hay algo que puedo prometeros —dijo sir Rex—. Siempre tendréis mi lealtad en todos los sentidos. Haré todo lo que esté en mi mano para defenderos y para proteger vuestros intereses. Y nunca seré infiel.

Ella pensó en Anne, y titubeó. ¿Cómo iba a permitir que le hiciera semejante promesa?

—¿Qué? —preguntó él con viveza—. ¿Acaso dudáis de mí? Los hombres de la familia de Warenne son famosos por sus aventuras de solteros, y también por su ridícula fidelidad como maridos.

—Lo sé —susurró ella—. Siempre he sabido que le seríais fiel a vuestra esposa.

—Os seré fiel a vos —dijo él firmemente—. Quiero ser fiel.

—¿Y si os resulta imposible cumplir vuestra promesa?

—¿Qué significa esa pregunta? ¿Estáis sugiriendo que voy a tener aventuras? ¿Por qué iba a querer ser infiel? ¿Queréis decir que me vais a negar la entrada a vuestro dormitorio?

Ella se liberó de su mano y se alejó unos pasos. ¡Ojalá pudiera confesarle toda la verdad! Le debía la misma clase de confesión que él acababa de hacerle. Ojalá pudiera contarle la verdad sobre su vida, y lo rara que era, comparada con otras mujeres. Si pudiera explicarle que nunca había sentido lo que había sentido aquella semana, la angustia y la alegría, el deseo y la desesperación, que todo aquello eran emociones nuevas para ella, entonces quizá él pudiera comprender que ella no era una mujer apasionada. Que, en algún momento, iba a decepcionarlo ella a él, y no al revés.

Pero no podía revelárselo. Era demasiado humillante.

—¿Es que pensáis echarme de vuestra cama después de concebir un hijo?

—No —susurró ella—. No tengo esa intención.

—Entonces, ¿qué queréis decir?

—He vivido en contacto con la sociedad toda mi vida. Mis mejores amigas tienen aventuras amorosas. Yo lo entiendo y no las condeno por ello, aunque mi carácter no sea como el suyo —dijo, con la esperanza de que él pudiera comprenderla.

Rex sacudió la cabeza con confusión.

Y ella encontró otra manera de explicárselo.

—Pasaremos meses separados el uno del otro. Si llega el momento, y vos sentís que necesitáis una amante, prefiero no saberlo; pero, si me entero, miraré hacia otro lado.

—Eso es lo más generoso y absurdo que he oído en mi

vida. Si me caso, seré fiel, y no me importa cuáles sean las circunstancias maritales. No me importa que pasen años antes de que cohabitemos. De hecho, la mera idea de la infidelidad en el matrimonio me resulta repulsiva.

Ella alzó la vista. Supo que sir Rex no la traicionaría, pasara lo que pasara en el dormitorio. Aunque ella lo decepcionara, sería fiel. Blanche tuvo que secarse los ojos.

—No sé si estáis desolada o entusiasmada —le dijo él.

—Estoy abrumada —respondió Blanche, tomándole ambas manos—. Sé que pensáis que sois un héroe muy oscuro, pero sois un héroe, simple y llanamente.

—Quizá sea un héroe de guerra, pero no soy un héroe oscuro ni de ninguna otra clase —repuso sir Rex. Y después añadió—: ¿Estáis segura de que no queréis ir a vuestra habitación, o volver a Londres, para pensar en todo lo que acabamos de contarnos?

Ella negó con la cabeza.

—Quiero quedarme aquí, con vos.

Sir Rex asintió.

—Tenaz —dijo—. Y obstinada.

Blanche casi sonrió.

—En este momento me siento muy obstinada.

—Entonces, me doy por vencido. Vuestra tenacidad es más grande que la mía. Deseo aceptar vuestra generosa oferta. Seré vuestro esposo, y haré todo lo que esté en mi mano para que este matrimonio sea sólido y agradable.

Blanche lo agarró por los hombros con el corazón acelerado, y sonrió.

—Oh, ¡estamos comprometidos!

Él hizo que elevara la barbilla y fijó la mirada en su boca.

—Haré todo lo posible por agradaros —añadió suavemente—. En todos los sentidos.

Ella supo lo que él quería decir exactamente. Y el deseo fue instantáneo, fue una respuesta que apenas podía creer. Sin embargo, toda aquella semana había sido como un sueño salvaje.

—¿Puedo?
Ella asintió y sonrió.
—No necesitáis pedirlo más, Sir Rex.
Él esbozó una media sonrisa y la besó. Y mientras lo hacía, susurró:
—Rex. Aunque todavía no es oficial, debes llamarme Rex.

CAPÍTULO 13

Sir Rex había acudido a la llamada de un mozo de los establos, y Blanche caminó hasta el borde de los jardines y se acercó al acantilado para mirar al mar, cuyas olas rompían estrepitosamente contra las rocas. Ella tenía una sonrisa resplandeciente. Era muy feliz; Sir Rex la había aceptado.

Nunca se había sentido tan entusiasmada. ¿Quién hubiera imaginado que su vida iba a cambiar tanto y tan rápidamente desde su llegada a Land's End?

¿Y qué debía hacer en primer lugar? Tenían que organizar la boda, y aunque no habían hablado de ello, Blanche sabía con seguridad que él preferiría una celebración íntima, con la familia y algunos amigos. Y además, ella tenía que escribir a Bess inmediatamente; su amiga iba a desmayarse y a saltar de alegría. Y, por supuesto, tenía que ofrecerles a los Farrow la cena que había prometido. No había mejor oportunidad que aquélla para que sir Rex y ella anunciaran su compromiso.

Blanche se dio la vuelta para volver a la casa mientras pensaba febrilmente en la ceremonia de la boda, la recepción y la cena, y en la carta que debía escribirle a Bess... Sin embargo, al pasar junto a la torre, la sonrisa se le borró de los labios y aminoró el paso. ¿Qué estaba haciendo? ¿En qué estaba pensando? Sir Rex había aceptado su proposición, y tenían que comenzar con los preparativos de la boda, pero, ¿debía empezar a recibir a los vecinos en casa tan rápidamente? Él le había dejado bien claro que no tenía interés en hacerlo. El hecho de pensar en un evento social había sido una reacción instintiva. Blanche se dio cuenta de que estaba impaciente por decirle a todo el mundo que sir Rex era su prometido.

Volvió a sonreír. Su prometido. Le gustaba mucho el sonido de aquellas palabras. Y, por Dios, ¿sería el amor lo que se estaba apoderando de su corazón? Se llevó las manos a las mejillas. Primero, confusión y deseo, y después, con toda seguridad, amor. Después de tantos años, había ocurrido el milagro. Se había convertido en una mujer normal, con pasiones normales, y estaba a punto de llevar una vida normal.

Era muy feliz.

Y el miedo la atenazó.

Sintió terror. Blanche se quedó rígida mientras todos sus sentimientos de ternura desaparecían y un miedo intenso la invadía. No tenía por qué sentir temor, y no sabía de dónde había salido aquel miedo enorme. Entonces, lo vio, y lo supo.

Gritó al sentir que un cuchillo se le hundía en la cabeza, mientras un monstruo delgado se cernía sobre ella con un objeto letal en la mano, algo negro, metálico, con púas. Los ojos del monstruo resplandecían de odio. Alargó los brazos hacia ella.

Blanche sintió que se ahogaba de terror. Vio a cientos de hombres, entre las sombras, detrás del monstruo, a su alrededor, gritando con rabia y odio, con picas y cuchillos. Oyó los relinchos de un caballo. Blanche se volvió. Al animal le habían cortado el arnés y estaba en el suelo, agitando las patas bajo los golpes de la multitud. La sangre corría...

Blanche se tapó los oídos con las manos, sollozando. Aquello no era real. ¡Era un recuerdo! No supo cuánto tiempo estuvo luchando por creerlo, pero se vio luchando contra los hombres, los sonidos, los olores, el miedo. Las sombras la rodearon, y ella les dio la bienvenida. Quería sumirse en la oscuridad. Quería la inconsciencia.

Sin embargo, las sombras se alejaron. Se dio cuenta de que estaba tendida en el suelo y de que la multitud se había desvanecido. No obstante, los recuerdos habían quedado grabados en su mente, y no tuvo duda de que había visto lo que había sucedido aquel horrible día. Parpadeó y miró al cielo gris, y se dio cuenta de que había empezado a llover. Tenía la ropa húmeda.

—¿Milady?

Blanche vio unos ojos oscuros y se dio cuenta de que Anne estaba sobre ella, mirándola fijamente.

Blanche se incorporó y se sentó en el suelo, consternada. ¿Cuánto había visto Anne? ¿Cuánto tiempo llevaba allí, observándola, mientras ella revivía el pasado? Sabía que su padre le había mentido acerca lo que había ocurrido. Se imaginaba por qué, y podía perdonarle por ello, pero no quería recordar nada más. No debía volver a sentirse como una niña perdida entre la muchedumbre.

—¿Quiere que avise a sir Rex? —le preguntó Anne.

—¡No! —exclamó Blanche. No quería que sir Rex la viera así. ¿Cómo podía estar sucediéndole aquello en aquel preciso momento?

¿Por qué?

Blanche volvió a mirar a Anne. La doncella estaba inmóvil, mirándola, con una expresión de indiferencia. Y Blanche se dio cuenta de que Anne estaba contenta. Supo que la doncella la odiaba, que la envidiaba y que deseaba verla caer. Después de haber presenciado aquella escena, Anne sabía más de lo que debería.

—¿Quiere que avise a su doncella, entonces? —preguntó Anne.

—No. Ayúdame a levantarme —le dijo Blanche, se incorporó para tomarle la mano a la criada.

—La ayudaré a entrar —dijo Anne, y con un brillo en los

ojos, añadió—: Antes de que el señor la vea en semejante estado.

Blanche se giró para mirar a la sirvienta.

Anne sonrió.

Rex entró en su estudio, intentando dominar sus emociones. Era imposible. Se sentía ligero y alegre. Se sentía feliz. Era feliz. No recordaba la última vez que se había sentido tan bien.

Se recordó que aquel matrimonio no iba a ser fácil, pensara lo que pensara Blanche. Ella era optimista, y él estaba contento por ello, pero sabía que debía ser cauto. No quería decepcionar a su mujer.

Con una sonrisa, se sentó en su escritorio. Su esposa. Iba a casarse con Blanche Harrington y apenas podía creerlo.

Era hora de intentar mejorar.

Y tenía que compartir aquellas buenas noticias. Tomó papel y pluma y comenzó a escribirle una carta a su hermano Tyrell. Mientras lo hacía, volvió a sonreír. Ty se quedaría anonadado. Ojalá pudiera verle la cara cuando leyera las noticias que él iba a enviarle a Londres.

Cuando firmó la carta y la agitó suavemente para que la tinta se secara, se sentía como si estuviera flotando. Ty quedaría asombrado, sí, como el resto de la familia. Y toda la ciudad.

La sonrisa se le borró de los labios. Los cotilleos se dispararían con su compromiso; no le importaba. Hacía mucho tiempo que había aprendido a hacer caso omiso de las palabras maliciosas. Blanche había dicho que a ella tampoco le importaba, pero él no la creía, y nunca la creería. Las señoras eran más sensibles que los hombres. Rex tenía que encontrar la manera de protegerla de los rumores dañinos.

La mejor forma sería reaparecer en la ciudad como si se hubiera reformado milagrosamente. No estaba seguro de que pudiera llevar a cabo semejante actuación, pero iba a intentarlo.

Metió la carta en un sobre, le puso la dirección y la selló.

—¿Señor?

Alzó la vista al oír la voz de Anne. Ella estaba en la puerta, sonriéndole, y al instante, él recordó todos los momentos que habían pasado juntos en el dormitorio. Toda su ligereza de ánimo se esfumó. Acababa de prometerse con Blanche, y la presencia de Anne en su casa era muy embarazosa. Se puso en pie y esbozó una sonrisa forzada.

—Pasa, por favor.

Ella entró, con una mirada inquisitiva.

—Estoy a punto de preparar la cena, y me preguntaba si le apetecería un estofado de carne —dijo Anne con una sonrisa.

Él salió desde detrás de su escritorio.

—Tenemos que hablar.

Los ojos de Anne se ensancharon ligeramente.

Él ya no intentó sonreír más.

—Lady Harrington y yo acabamos de prometernos.

Ella se quedó helada. Después, adoptó una expresión de vago interés.

—Enhorabuena, milord.

—Anne, por favor. Hemos sido amantes, y esto debe de ser un golpe para ti. Ésa no es mi intención. Has sido una sirvienta leal, y yo he disfrutado mucho de nuestra relación, pero todo debe cambiar ahora.

—Por supuesto —dijo ella inclinándose y apartando la mirada.

—Voy a tener que despedirte —le dijo él—, pero lo haré dándote el sueldo de un mes completo y una carta de recomendación.

A él le pareció que ella sonreía con ironía. Era difícil distinguirlo, porque Anne estaba mirando al suelo.

—Sé que debes de estar afligida.

Ella alzó la vista.

—Siempre he sabido que un día se casaría, milord. Todos los hombres lo hacen —respondió con una sonrisa—. Nunca pensé que podría continuar aquí de esta manera.

—No parece que estés triste, ni siquiera enfadada.

—No soy una mujer tonta, señor. Me alegro por usted, pero me gustaría preguntarle si lady Harrington está enferma.

Él se puso tenso.

—Es delicada. Muchas damas lo son. ¿Por qué lo preguntas?

Anne se encogió de hombros.

—He oído hablar de sus desmayos, eso es todo.

Él tuvo la impresión de que mentía, y de que sabía algo que él ignoraba.

—¿Hay algo más que quieras decir? ¿Algo que quizá yo debiera saber?

—Por supuesto que no, milord. ¿Desea que me quede para ayudar en la casa hasta que encuentre otra persona?

—Eso es muy generoso por tu parte, Anne. Sin embargo, creo que es mejor que te marches enseguida. Fenwick y Meg tendrán que arreglárselas durante un tiempo —le dijo él. Después titubeó; ella alzó los ojos y lo miró directamente a los ojos—. Me alegro de que seas tan sensata. Eres una mujer apasionada y me esperaba una escena.

—No me sorprende. He notado que habéis admirado a lady Harrington varias veces.

Él entrecerró los ojos. Ella siguió mirándolo atrevidamente, y él supo que era mejor terminar con la entrevista.

—Voy a darte un cheque —le dijo.

Se sentó tras el escritorio, tomó los cheques de un cajón y escribió una suma generosa. Ella lo tomó y se lo guardó en el escote.

—Soy una mujer apasionada, como ha dicho.

Él se puso tenso.

—Y los dos sabemos que usted es un hombre apasionado. No me importaría que nos despidiéramos apropiadamente, sir Rex. Disfrutaría mucho.

Su voz era ronca y sensual. Cuando le puso la mano sobre el torso, él le dijo suavemente:

—Lo siento, Anne. No puedo. Ese comportamiento sería vergonzoso. Por mi parte, no por la tuya.

—No es vergonzoso sentir deseo, sir Rex —susurró ella—. Y aún no está casado.

Él se quitó su mano del pecho, molesto.

—¿Por qué no vas a recoger tus cosas?

Entonces ella se quedó mirándolo fijamente, y aunque él no pudo ver sus emociones reflejadas en su rostro, las sintió. Sintió la malicia que le parecía haber visto.

Sin embargo, ella hizo una reverencia y se dio la vuelta para salir.

Y entonces, él vio a Blanche en la puerta. Los estaba mirando con los ojos muy abiertos, pálida, despeinada.

Rex se quedó horrorizado.

Anne se apresuró a salir del estudio. Pasó junto a Blanche de camino a la puerta, y Blanche se ruborizó.

—No quería interrumpir —dijo.

—¡No es lo que crees! —exclamó él mientras se acercaba rápidamente—. ¡Blanche!

—No —dijo ella, y se retiró unos pasos. Sin embargo, sonrió—. Quiero decir que... no estamos casados, y ella tiene razón. Tienes todo el derecho a...

—¡Y un cuerno! —gritó Rex, y la agarró por ambos brazos—. He hecho una promesa. Es efectiva desde el momento en que la hice. ¡No pienso romperla! No voy a negar que la sirvienta se ha insinuado, pero yo acababa de despedirla.

—Si deseas estar con ella, lo entenderé.

—¿Es que no has oído lo que te he dicho? Blanche, he despedido a Anne. Ha ido a recoger sus cosas.

—Oh.

—Yo no la deseo. Te deseo a ti.

Ella sonrió de nuevo, con incertidumbre.

—Me estoy comportando como una tonta.

—No. Ya te he decepcionado.

—No, Rex. He reaccionado con exageración... he tenido otro dolor de cabeza.

Él se quedó helado.

—¿Ha sido muy fuerte?

Ella sonrió rápidamente, falsamente.

—No tan malo como los demás, pero me he quedado un poco angustiada. Y la presencia de Anne aquí ha aumentado mi confusión.

Él asintió.

—Espero que lo digas en serio, porque a mí no me tienta la doncella. ¿Cómo iba a tentarme, si te tengo a ti?

—Me alegro de que la hayas despedido.

—Vayamos al salón. Veo que te has mojado con la lluvia. Nos sentaremos junto al fuego y podemos hablar de eso que querías contarme —dijo él, sonriendo.

—¿Es que se me nota tanto? —le preguntó ella con otra sonrisa.

—Sí. Pero me imagino de qué se trata. Quieres hablar de nuestra boda.

—¿Y qué mujer no desea planear su boda?

—Estaré de acuerdo con lo que tú quieras.

—¿Tan fácil?

—Tan fácil.

—Me gustaría que tú también disfrutaras de nuestra boda.

Él tuvo que sonreír, y la tomó de la mano.

—Oh, y disfrutaré. Cuenta con ello.

Sus ojos se cruzaron.

—Estaba pensando en una celebración pequeña. Sólo asistirían mis amigas más íntimas y tu gran familia.

Él se alegró.

—¿Estás intentando agradarme? Porque si es así, lo has conseguido. Sin embargo, esperaba que tú quisieras celebrar una gran boda.

—No. Pensamos lo mismo —dijo ella.

—Eso parece.

Rex no pudo resistirse. Ella estaba tan encantada como una niña. Él le tomó la cara entre las manos y la besó. Quería que fuera un beso suave, pero en cuanto sus labios se tocaron, Rex sintió una explosión de deseo. Aquella gran mujer iba a ser su esposa. Quería poseerla allí mismo, y proporcionarle un gran placer. La soltó.

A ella le brillaban los ojos. Su sonrisa era tímida, pero de satisfacción.

Rex pensó que había estado a punto de estropearlo todo un momento antes; sin embargo, milagrosamente, no lo había hecho. Porque parecía que Blanche confiaba en él, y parecía que siempre pensaba bien de él, pasara lo que pasara. Era demasiado generosa.

Y él debía corresponderla.

—¿Has hecho planes ya para la cena que vamos a ofrecerles a los vecinos? —le preguntó despreocupadamente.

Ella abrió los ojos de par en par.

—Estaba pensándolo, pero decidí que no había prisa. No tenemos por qué comenzar a recibir gente tan pronto...

—Pero yo quiero hacerlo. Como tú has dicho, ya es hora. Y además, ahora tengo anfitriona —dijo él, y volvió a tomarla de la mano, sólo porque deseaba sentir su tacto.

—Bueno —dijo ella tímidamente—, sé que los Farrow estarían encantados de recibir una invitación. Podríamos invitar también al doctor Linney y a su esposa, para ver cómo van las cosas.

—Como tú quieras. Sólo tienes que decirme cuándo será, y cómo quieres que me vista, y estaré allí para saludar a nuestros invitados.

«Nuestros invitados». Aquellas palabras resonaron en su mente agradablemente.

Blanche se quedó pensativa.

—Tendré que pedirle a Anne que ayude con la cena. Meg no sabe cocinar, y Fenwick tendrá que servir la mesa.

Él sabía que Anne no debía quedarse, ni siquiera una noche más.

—¿No podemos buscar a otra persona del pueblo?

—Puedo intentarlo. Pero, Rex, le has pagado generosamente y ella conoce muy bien la cocina. Sus guisos son pasables.

Él titubeó. Entonces, Blanche dijo:

—¿Por qué no esperamos hasta después de la boda para comenzar a recibir invitados?

A él le encantó aquella idea, pero quería complacer a Blanche con una cena agradable.

—Le diré a Anne que tiene que quedarse hasta después de la noche de la cena.

Blanche había decidido que se arreglaría para su primera cena con su prometido. Se había puesto un vestido de noche de color marfil y rosa, y estaba observándose ante el espejo, temblando de impaciencia como si fuera una niña de dieciséis años. Tenía el corazón alegre.

Y entonces, el monstruo apareció ante ella, enseñándole los dientes amarillos, húmedos.

Un caballo comenzó a relinchar de angustia y de tormento, desde muy cerca.

Blanche gritó y se tapó los oídos con las manos. Toda su felicidad se desvaneció y sólo pudo sentir terror. Sabía que aquel hombre la estaba buscando y que, sin duda, iba a atraparla. En aquel momento era una niña pequeña que estaba muy asustada. ¿Dónde estaba mamá?

«Se han llevado a mamá, la han sacado del carruaje».

El monstruo de ojos claros intentó agarrarla. Ella saltó y corrió, no por la habitación, sino a través de la multitud, en una calle de Londres, resbalándose por el empedrado lleno de sangre. A medida que corría, los relinchos del caballo se difuminaban. La imagen del hombre se desvanecía. Cuando miró hacia atrás, ya no era real, sólo era otro recuerdo espantoso que tenía grabado para siempre en la mente. Blanche se dio cuenta de que estaba aferrada a la barandilla, al final del pasillo, jadeando, con el corazón acelerado. Tenía las mejillas llenas de lágrimas, y no se atrevía a soltar la barandilla para enjugárselas. No sabía cómo había salido de su habitación y había llegado a las escaleras.

—¿Blanche?

Ella se estremeció al darse cuenta de que sir Rex estaba abajo, esperándola. Sin embargo, él sonreía. No había visto su ataque de locura. Y, mientras ella lo miraba, aterrorizada, a los ojos, el miedo disminuyó. Él llevaba una chaqueta blanca propia de una velada de noche, y Blanche nunca lo había visto tan guapo. Tuvo la sensación de que era muy importante bajar a su lado. Él era como un puerto seguro, un destino, un lugar al que debía acudir.

Sin embargo, tenía todo el derecho a saber lo que le estaba ocurriendo.

Blanche bajó las escaleras cambiando rápidamente de expresión e intentando que se le calmara la respiración para que él no sospechara que algo iba mal.

—Veo que los dos hemos pensado en arreglarnos —dijo ella. No debía decirle lo que acaba de ocurrir. ¡Pensaría que estaba loca de remate! Blanche se avergonzaría profundamente.

Él la miró con toda atención.

—¿Algo va mal?

Blanche titubeó. ¿Cómo no iba a decírselo? Si aquellos ataques no cesaban, él se merecería algo mucho mejor de lo que ella podía ofrecerle.

—Tienes aspecto de estar asustada —le dijo él con suavidad.

Ella se puso muy tensa. Y mintió, cuando nunca había sido mentirosa, porque no se atrevía a perder a sir Rex.

—Estoy un poco nerviosa por la cena.

Él sonrió, pero la sonrisa no le alcanzó la mirada.

—A veces, me da la sensación de que guardas secretos.

—No tengo ningún secreto que merezca la pena guardar.

—No lo decía de un modo ofensivo —dijo él rápidamente—. Blanche, ¿tienes algún problema?

—No sé qué quieres decir —replicó Blanche—. El único problema que tengo es la complicada fortuna que mi padre me dejó en herencia, y que está a punto de pasar a tus manos, lo cual hará que mi vida sea mucho más fácil.

Él sonrió con incertidumbre.

—Espero que podamos ir pronto a la ciudad. Sé que desearás hacer el anuncio de nuestro compromiso y planear la boda, aunque sea sencilla.

Ella no pudo sonreír en aquella ocasión.

—Odias la ciudad, ¿y ahora quieres ir inmediatamente?

Él se encogió de hombros.

—La condesa se pondrá muy contenta al saber la noticia.

Blanche lo miró fijamente.

—Muy bien. La verdad es que quiero que vayas a un médico allí. Estoy preocupado por ti.

—Estoy bien, Rex —mintió ella—. No hay necesidad de volver a la ciudad, y menos por lo que acabas de decir. ¡Me muero de hambre! ¿Estará lista la cena? —preguntó, y se alejó de él.

Y, por el rabillo del ojo, vio su mirada oscura, escrutadora.

«Sabe que estoy mintiendo», pensó ella con abatimiento. «Sabe que me ocurre algo horrible».

Entonces, se dijo que aquélla no era manera de comenzar un matrimonio. En el fondo de su corazón, sabía que sir Rex no se merecía una esposa enferma o loca. En último caso, lo dejaría antes de que hubieran comenzado.

CAPÍTULO 14

Un poco después, a las cinco y media, Blanche bajó a la cocina. Los invitados iban a llegar en poco tiempo, y ella tenía un mal presentimiento. Al entrar en la cocina, percibió el aroma del pescado.

Se quedó consternada.

—¡Anne!

Con irritación, se acercó a las fuentes de asar que estaban sobre la encimera. Estaban llenas de filetes de bacalao y patatas. Ella le había indicado a la doncella que debía cocinar gallinas de Cornualles y piernas de cordero. Se acercó al horno, que estaba caliente; sin embargo, dentro no había nada. Sobre el fuego de la cocina encontró más patatas y judías verdes.

—¿Anne?

Al mirar a su alrededor, vio a Anne por la ventana. La criada estaba fuera, hablando tranquilamente con el herrero. Blanche salió.

—¡Anne! ¡Quisiera hablar contigo en este momento!

Anne y el joven se volvieron a mirarla. El herrero sonrió entonces y se quitó la gorra de lana. Blanche asintió con tirantez. Anne se acercó, sin prisas.

—¿Dónde están las gallinas y el cordero? —le preguntó Blanche.

—Milady, disculpe, pero le dije a su doncella que no había gallinas en el mercado, y no tenemos cordero.

—Meg no me había dicho nada.

—Debe de habérsele olvidado.

—¡El bacalao es una comida muy corriente! Nadie ofrece bacalao en una cena formal.

Anne la miró con indiferencia.

—¿Es ésta la cena? Pedí también una ensalada de verduras frescas.

—Me temo que sólo hay judías verdes y patatas. Y el bacalao.

—¿Es que estás intentando sabotear la cena?

—¿Y por qué iba a hacer algo así? Sir Rex ha sido muy generoso conmigo, milady, y muy, muy amable.

Blanche se quedó mirándola, segura de que Anne le estaba restregando su aventura con sir Rex por la cara.

—Entonces, ¿quieres sabotearme a mí?

—A mí nunca se me ocurriría enfadar a una gran dama como usted, lady Harrington —dijo Anne. Aunque sus palabras eran burlonas, su tono de voz era inocuo.

—¡Me parece que quieres hacerme daño por casarme con sir Rex! —exclamó Blanche.

—No. Me alegro por ustedes, y si desea que la cena se sirva a las siete, lo mejor será que yo vuelva a la cocina.

Blanche se sintió muy tensa al ver que Anne se daba la vuelta y se alejaba sin más explicaciones, dejándola plantada fuera de la cocina.

Entonces, se frotó las sientes, porque tenía dolor de cabeza, y eso le daba miedo. Esperó con angustia el ataque de otro recuerdo, pero sólo vio las imágenes que había visto antes. Cuando se dio cuenta de que no sentía la cuchillada de dolor en el cráneo, y supo que no iba a tener ningún recuerdo nuevo, se relajó un poco. Quizá, finalmente, estuviera mejorando.

Sin embargo, en aquel momento no se reconocía. Se

había vuelto una persona volátil en vez de calmada y racional. ¿Acaso Anne era hostil hacia ella? ¿Quería sabotear aquella cena? ¿O acaso Blanche estaba nerviosa y desequilibrada y sus sospechas eran infundadas? No podía distinguirlo.

Temblando, entró en la casa y subió corriendo las escaleras. De repente, estaba segura de que aquella cena no iba a salir tan bien como ella hubiera querido.

Se quedó inmóvil. ¿Por qué había pensado algo así? Ella había dado cenas miles de veces y tenía mucha práctica. Era una conversadora muy habilidosa y sabía cómo conseguir que sus invitados se sintieran cómodos. Claro que la cena saldría bien. Nadie comentaría nada de la pobreza del menú y ella se aseguraría de que se sirviera mucho vino. No había por qué preocuparse.

Meg llamó y entró en la habitación. Blanche le preguntó, mientras la doncella la ayudaba a terminar de arreglarse:

—Meg, ¿por qué no me dijiste que no había gallinas en el mercado y que no teníamos cordero?

Meg la miró con sorpresa.

—Milady, no lo sabía.

—¿Anne no te pidió que me dijeras que había un cambio en el menú?

—No, no. De hecho, ni siquiera he hablado hoy con ella.

Blanche se quedó perpleja.

Entonces, Meg dijo suavemente:

—Es maliciosa, milady. No me gusta y no confío en ella.

—Sí —dijo Blanche—. Creo que tienes razón. Pero no importa. Sobreviviremos a la cena de esta noche. Si estaba pensando en frustrar mis planes, está bien, lo ha conseguido, pero es sólo una cuestión de molestia. Sus días en Land's End están contados, y ella no va a cambiar el hecho de que ahora la señora soy yo.

Meg sonrió.

—No puede cambiar el hecho de que va a ser usted la esposa de sir Rex.

Blanche pensaba que la velada estaba siendo un éxito, pese a la modesta comida. Los Farrow estaban tan encantados de estar en Bodenick que hicieron varios cumplidos sobre la cena. El doctor Linney era un hombre afable, y su mujer una parlanchina. La señora Linney no dejaba de conversar sobre la elevada familia de sir Rex. Ya había hablado con entusiasmo del conde y su heredero, aunque no conocía al hombre en persona, y estaba hablando de la condesa.

—Y, por supuesto, todo el mundo sabe que la condesa es tan encantadora como generosa. Es célebre por sus obras de caridad. Debéis imitarla, sir Rex. ¡Deseo conocerla cuando venga de visita! Me quedé muy desilusionada al no encontrármela ni siquiera por las calles de Lanhadron. Nos avisaréis la próxima vez que venga, ¿verdad, sir Rex? —preguntó la regordeta dama con entusiasmo.

Sir Rex había sido amable, aunque reservado, durante toda la cena. Blanche se dio cuenta de que era sólo un hombre discreto que no gustaba de las conversaciones frívolas. Y no importaba, porque la señora Linney y el señor Farrow habían mantenido viva la tertulia.

—Haré lo que pueda.

—Oh, eso no es suficiente, ¿verdad, Margaret? Lady Harrington, ¿no estáis de acuerdo? Sir Rex debe informarnos cuando la condesa esté en Bodenick, para que podamos visitarla adecuadamente. Nos recibirá, ¿verdad?

—Estoy seguro de que lo hará encantada —respondió sir Rex, mirando a Blanche, al otro extremo de la mesa. Sonrió, y ella le devolvió la sonrisa.

—La condesa es una dama extraordinaria —dijo Blanche—. Pese a su elevado rango, no tiene ningún aire de superioridad, y nunca rechazaría a los vecinos de sir Rex. De hecho, cuando yo vuelva a la ciudad, le diré que espere su visita la próxima vez que esté en Cornualles.

La señora Linney sonrió.

—Sois una dama maravillosa, lady Harrington. Ya entiendo por qué sir Rex está tan prendado de vos.

Blanche se sobresaltó, un poco sorprendida, y se hizo el silencio. Sir Rex volvió a mirarla, con una expresión divertida. Paul Farrow terminó galantemente con el momento.

—Yo también estoy prendado de lady Harrington. Habíamos oído hablar mucho de vos, milady, pero nunca nos imaginamos que cenaríamos con una anfitriona tan elegante. ¡Y tiene que felicitar al chef!

Sir Rex dijo suavemente:

—Yo estoy embelesado con lady Harrington.

Blanche se ruborizó de placer. La señora Linney se quedó muy sorprendida. La expresión de su marido fue de satisfacción, y los Farrow se miraron, no por primera vez durante la cena. Blanche estaba segura de que la pareja sospechaba que sir Rex y ella se profesaban afecto.

Margaret Farrow dijo rápidamente:

—No nos habéis dicho cuánto tiempo vais a quedaros en el campo con nosotros.

—No he hecho planes para regresar a la ciudad todavía —dijo Blanche, sin dejar de sonreírle a sir Rex—. Nunca había estado en Cornualles, y me encanta el clima.

Margaret se limitó a sonreír, porque en aquel momento estaba lloviendo.

Hubo otro pequeño silencio. Entonces, la señora Linney dijo:

—Yo no soporto este clima, para ser sincera. Salvo en el verano, claro. Debéis volver en verano, lady Harrington.

Blanche y sir Rex intercambiaron una mirada.

—Ésa es mi intención —dijo ella.

Y él lo entendió.

—En realidad, hay una noticia que nos gustaría anunciar.

Todos se miraron, y Blanche sonrió. Sir Rex dijo:

—Lady Harrington ha aceptado convertirse en mi esposa. Aunque no es oficial y todavía no hemos firmado los contratos, estamos comprometidos.

Hubo un estallido de exclamaciones. Los dos hombres se volvieron hacia sir Rex para felicitarlo, y las señoras miraron a Blanche.

—Ya me parecía que había algo –dijo Margaret, sonriendo–. Oh, es maravilloso. Seremos vecinas, al menos durante una temporada al año.

—Y podéis visitarme en Harrington Hall –le dijo Blanche mientras se tomaban de las manos.

Margaret asintió alegremente.

—Nunca pensé que vería este día –le dijo la señora Linney, inclinándose hacia ella–. Pensaba que seguiría soltero para siempre. ¡Oh, qué afortunado es sir Rex por haberse comprometido con una dama tan buena como vos!

—Yo soy la afortunada –dijo Blanche con una sonrisa.

—Él tiene sus malos humores –le advirtió la señora Linney.

—No me importa –respondió Blanche.

—Os habéis comprometido con un héroe de guerra –dijo Paul–. Mi primo dice que sacó al duque de Clarewood a espaldas del campo de batalla, con sólo una pierna. Si no fuera por sir Rex, Clarewood estaría muerto –afirmó con una sonrisa.

Blanche se puso tensa y miró a sir Rex. Él había bajado la mirada, y tenía color en las mejillas.

Al instante, Paul Farrow comprendió su error.

—Sir Rex, disculpadme. Mi primo estaba también en el Undécimo Regimiento de Dragones, pero no debería haber mencionado nada de esto.

Sir Rex tomó un sorbo de vino tinto. Miró a Paul y se encogió de hombros.

—He hecho todo lo posible por olvidar la guerra. Ocurrió hace mucho.

—No es de extrañar –dijo Paul nerviosamente–. Fue una

guerra horrible, pero gracias a Dios, ganamos, y gracias también a héroes como vos.

Blanche se puso en pie bruscamente, con ansiedad, porque sir Rex estaba mirando la copa como si fuera una bola de cristal que le revelaba imágenes del pasado.

—¿Por qué no pasamos las damas al salón? Los caballeros puede disfrutar de los cigarros y el brandy aquí.

El doctor Linney le guiñó un ojo.

—Una excelente sugerencia. Ya llevo retraso para mi copa de brandy.

Mientras Margaret y la señora Linney se levantaban, Blanche se acercó a la cabecera de la mesa.

—Le diré a Fenwick que sirva el brandy —le susurró a sir Rex.

Él no la miró.

—Gracias.

Ella se angustió. Fueran cuales fueran los demonios que lo obsesionaban de la guerra, supo que en aquel momento lo tenían entre sus garras. Se volvió hacia las damas.

—Iré al salón en un momento.

Después, Blanche fue a la cocina, donde Meg estaba ayudando a Anne, y Fenwick estaba sentado en la encimera con un periódico.

—Anne, la cena ha sido un éxito. Enhorabuena.

Anne dio un respingo.

Blanche le pidió entonces a Fenwick que sirviera el brandy a los caballeros, y se marchó de la cocina. Antes de entrar al salón, se dio cuenta de que las mujeres estaban cuchicheando e, instintivamente, se detuvo. ¿Por qué hablaban en susurros? ¿Qué era lo que no querían que oyera?

Se acercó sigilosamente a la puerta y escuchó.

—Me siento tan inquieta, ¡y tan angustiada por ella! —susurró la señora Linney.

—Estoy segura de que no es cierto —respondió con firmeza Margaret.

—La hermana de su madre está empleada en casa de Squire Deedy. Es cierto. La pobre lady Harrington no tiene idea de que sir Rex está teniendo una aventura con su doncella... ¡ante sus narices! ¡Es vergonzoso, vergonzoso!

Margaret se quedó callada. Blanche no daba crédito a lo que estaba oyendo. Entonces, Margaret afirmó:

—No me lo creo.

Blanche se apoyó contra la pared, aterrada y abatida. Sir Rex le había advertido que habría rumores contra ellos, y tenía razón. Sin embargo, no había imaginado que fueran rumores tan maliciosos, y peor aún, ciertos. Se echó a temblar. Por primera vez en su vida, no supo qué hacer.

No tenía manera de acabar con semejantes murmuraciones. Y si la señora Linney lo sabía, lo sabría la mayoría de la gente del distrito.

Tenía el corazón encogido. Ella podía soportar aquel rumor odioso, pero sir Rex no tenía por qué aguantar más cotilleos a su espalda. Antes habría entrado elegantemente en el salón, fingiendo que no ocurría nada. Sin embargo, en aquel momento, incapaz de sonreír, entró en la estancia con toda decisión. Ambas mujeres se volvieron hacia ella. La señora Linney, sonriendo, y Margaret con expresión de inquietud. Cuando la vieron, las dos se quedaron pálidas. Blanche se dio cuenta de que debía de tener una expresión fiera.

—No me gustan los chismes en mi casa —dijo Blanche sin ambages.

La señora Linney palideció incluso más.

Ella se volvió hacia Margaret.

—No es cierto —dijo Blanche, formulando la mentira más grande de su vida—. Sir Rex ha tenido problemas con Anne desde el principio, y ella es quien ha extendido esos rumores para vengarse de él, aunque él haya sido generoso con ella —dijo, y se encaró con la señora Linney—. Sir Rex es un caballero, y no permitiré que nadie diga lo contrario. Mi futuro marido nunca tendría relaciones con una sirvienta.

—Lo siento —balbució la señora Linney—. No quería ser grosera.

Blanche se la quedó mirando y tomó aire para calmarse, pero no pudo sonreír.

—Le agradecería que acabara con esos rumores, señora Linney.

—Haré lo que pueda —dijo la señora lentamente—. ¡Sabéis que negaré todo este asunto! Después de todo, ahora hemos hecho amistad.

Blanche sabía que no podría convencerla de la inocencia de sir Rex, pero la señora Linney no era tonta. Quería otra invitación a Bodenick, y no la conseguiría si no accedía a la petición de Blanche.

—Gracias. Y, sí, yo valoro mucho nuestra nueva amistad. Por eso estoy segura de que este feo asunto se olvidará enseguida.

Margaret la miró con preocupación.

—¿Queréis sentaros, milady? ¿Pido un té?

Blanche sonrió. Margaret Farrow era una joven decente y amable.

—Me he angustiado con esa difamación, pero ahora estoy mejor.

Entonces, se dio cuenta de que sir Rex estaba en la puerta, justo donde ella había estado escuchando unos momentos antes. Blanche supo, por su expresión sombría, que lo había oído todo.

Él entró en el salón.

—Sé que estás cansada, y sugiero que terminemos la velada prematuramente —dijo con tirantez. Blanche sospechó que estaba intentando controlar su furia.

—¡Por supuesto! —exclamó Margaret nerviosamente—. Lady Harrington tiene muchas cosas en la cabeza, y debe de estar abrumada —dijo, y se volvió hacia Blanche—. Si puedo ayudar en algo, lo haré encantada. Por favor, no dudéis en avisarme. Y muchísimas gracias por la cena. Ha sido una velada muy agradable.

Blanche le dio las gracias mientras los caballeros entraban al salón. La señora Linney la tomó de ambas manos.

—Espero no haberos ofendido. Me siento muy contenta por sir Rex y por vos. Os visitaré esta semana —dijo, y añadió rápidamente—: si no os importa.

Blanche sonrió forzadamente.

—Por supuesto que no. Buenas noches.

Un momento después, vio cómo Fenwick cerraba la puerta después de que saliera el último de los invitados. Mientras sir Rex entraba en la sala, ella sonrió.

—Ha sido una cena muy agradable, ¿verdad? —dijo con despreocupación, con la esperanza de que él asintiera.

Él la miró con gravedad.

Ella notó que su ansiedad se incrementaba.

—Ha ido bien —repitió.

—¿De veras? —preguntó Rex con ironía.

Al instante, Blanche supo que estaba de muy mal humor.

—¡Siento que hayas tenido que oír eso! ¡Pero has sido un anfitrión perfecto!

—No, tú has sido, y eres, una anfitriona perfecta. Pero accediste a casarte conmigo... y esto es lo que has conseguido. Verdades horribles.

—Pero yo ya he aceptado esa verdad. Lo hemos superado. Y de algún modo, entre nosotros se ha creado un vínculo de afecto, pese a ciertos desafíos.

Él la miró de reojo.

—Te concedo una cosa: Margaret Farrow es una joven muy amable, y espero que os hagáis amigas.

Blanche sintió un ligero alivio.

—Y Paul es un hombre muy simpático...

—Es débil e incapaz. Puedo tolerarlo por una noche, si estoy obligado.

Aquello era una grosería, pensó Blanche.

—No quiero discutir por esta velada, ni por ninguna otra cosa. Estoy cansada.

Él se acercó al bar. Allí se sirvió un brandy. No parecía

que estuviera borracho, pero a ella le preocupó que bebiera mucho. Sir Rex se giró.

—Te advertí que no tolero semejantes tonterías.

—¿Estás enfadado conmigo por haber querido celebrar esta cena? ¿O estás enfadado contigo mismo por haber satisfecho tus necesidades con una sirvienta?

Él se puso muy rígido. Su expresión fue de incredulidad.

—Así que, finalmente, me condenas.

—No. Sólo sé que, de no haber ocurrido esa aventura, no habría rumores maliciosos.

Sir Rex la miró con dureza.

—No estoy condenándote —dijo ella desesperadamente—. ¡Y creo que esta velada ha sido un éxito!

—Tienes razón. Debería haber tenido una aventura con la señora Farrow. O con una de sus amigas. Eso sí habría sido aceptable.

A Blanche se le llenaron los ojos de lágrimas.

—Y lamento mis necesidades. Y más que eso, lamento que no me preocupe desafiar a la sociedad. Lamento mi indiferencia por los cotilleos. Pero ahora me importa. Ahora me importa lo que digan y lo que piensen los demás. Me importa por ti.

Ella se secó una lágrima.

—No es relevante. Siempre ha habido rumores. Primero murmurarán sobre nosotros, porque seremos fuente de especulaciones y diversión. Sin embargo, en uno o dos años, se fijarán en otros.

Él se aproximó a la chimenea y, de un trago, terminó su copa de brandy.

Blanche titubeó. Estaba muy cansada, y detestaba aquella confrontación, pero también deseaba consolarlo. No quería irse a dormir dejando sin resolver aquel conflicto.

—¿Rex? La velada ha sido agradable, pese a la metedura de pata de Paul, hasta que la señora Linney comenzó a chismorrear.

Él se volvió lentamente hacia ella.

—Tienes razón. Sin embargo, yo tengo muchos esqueletos en el armario, y todas las noches podrían terminar así. ¿Estás segura de que ésta es la vida que deseas? Porque sólo tienes que decir una palabra y te liberaré de tu compromiso.

Blanche se quedó rígida. Se había llevado una desagradable sorpresa. No sabía qué hacer ni qué decir.

Él emitió un gruñido.

—¡No! —dijo ella rápidamente—. No malinterpretes mi titubeo. Quiero casarme contigo. Sin embargo, Rex, cuando estás así, me confundo, y no sé qué decir ni qué hacer. ¡No sé si debo tomarte la mano o huir de ti!

—Entonces, deberías pensar muy bien en el futuro que estamos planeando, porque nunca te prometí que no me encontrarías meditando a medianoche.

Blanche se mordió el labio con consternación.

Él se rellenó el vaso y se fue a su estudio. Blanche dio un respingo cuando la puerta se cerró de golpe.

Entonces, ella comenzó a temblar. ¿Cómo habían llegado a aquel punto, en el que una palabra o un movimiento en falso podían separarlos? Ella se estaba enamorando de sir Rex. ¿Acaso él quería que ella terminara con el compromiso? ¿Y cómo iban a arreglárselas para convivir si una simple cena podía alterarlos así?

Sintió una profunda tristeza. Sabía que no podía perderlo. Se le rompía el corazón al pensarlo. Iría a buscarlo a la torre y le diría lo mucho que él le importaba. Sin embargo, la angustia se intensificó. Fue contundente, paralizante e insoportable. En aquel momento, Blanche supo que no era la pena por la posibilidad de perder a sir Rex. Era mucho más.

La imagen de su padre se le apareció en la mente. Y fue seguida por la imagen del retrato de su madre, que continuaba colgado sobre la escalera de Harrington Hall.

Entonces, Blanche gimió, sujetándose el pecho. No había derramado una sola lágrima cuando su padre había muerto, y no recordaba en absoluto a su madre, y mucho menos su muerte, pero en aquel momento, de repente, tuvo ganas de llorar y gritar de rabia. La sensación de pérdida era aguda. La sensación de estar perdida era incluso peor.

—¿Blanche?

Ella se volvió hacia sir Rex, que se acercaba rápidamente a ella.

—¡No llores! Por, favor, ¡no llores! —le rogó, espantado.

Ella quería decirle que no era culpa suya, pero no pudo. Quería rogarle que la ayudara a encontrar la felicidad y la alegría, y a escapar de la angustia, pero no pudo. Lo único que podía hacer era sacudir la cabeza, incapaz de hablar, e intentar entrar en el círculo de sus brazos, contra su cuerpo poderoso, a un lugar en el que se sentía segura. Él la abrazó con fuerza.

Las imágenes se sucedieron en la mente de Blanche; el caballo muerto, con los ojos abiertos y vidriosos, y su cuerpo golpeado y ensangrentado, el hombre monstruo, con sus dientes amarillos, las púas de una horca, y la cara de mamá, perfecta, sonriendo como había hecho para el pintor de su retrato.

Su padre había muerto seis meses antes y ella ni siquiera recordaba un momento con su madre. ¿Por qué tenía que sufrir en aquel momento? ¡Era demasiado para poder soportarlo! Todo estaba ocurriendo al mismo tiempo, y ella no podía hacerles frente a tantas emociones. Comenzó a entender lo que le estaba pasando: al llegar a Land's End, se le había despertado el corazón. Primero había sentido confusión, después deseo, después amor. Su corazón era un órgano completo que latía y funcionaba, y no experimentaba sólo cosas positivas, sino también dolor, pena, ira.

En aquel instante, hubiera dado cualquier cosa por la existencia plácida que había llevado durante casi toda su vida.

—Blanche —susurró él, acariciándole la espalda y abrazándola con fuerza—. ¡Lo siento! ¡Perdóname!

Ella giró la cara rozando la piel caliente de su cuello y su mandíbula. Respiró su esencia masculina y le acarició la piel con los labios, y sintió que su propia carne se encendía salvajemente; la pena se mitigó, y en su lugar sintió una terrible urgencia. Blanche se aferró a sus hombros, maravillándose de su anchura y su fuerza, y notó que a él se le tensaba el cuerpo.

Era tan grande, tan fuerte, tan embriagador... Blanche le pasó las manos por los bíceps, que al instante se contrajeron bajo sus palmas. Ella movió la boca, tímidamente, contra su garganta, y lo oyó suspirar. El corazón le dio un salto, y comenzó a sentir un latido bajo las varias capas de ropa.

—Blanche —susurró él, tomándola por la cintura.

Ella alzó la vista.

—Hazme el amor.

Él abrió los ojos de par en par.

Blanche se quedó inmóvil, con el corazón acelerado.

Él le acarició la mejilla.

—Estás muy angustiada. No lo dices en serio.

—Sí —respondió ella—. Tengo veintisiete años y todavía soy virgen. Sin embargo, mi cuerpo me ruega que sienta el tuyo.

A él se le oscurecieron los ojos. Entonces, la agarró por la nuca y se la acercó para besarla.

Cuando sus labios se unieron, ella notó que él se estremecía, y supo que estaba ejerciendo un gran control sobre sí mismo. Lo besó con fuerza, deseando que él abriera la boca. Cuando lo hizo, Blanche se dio cuenta de que se le escapaba un gemido, suave, femenino, sin aliento.

El beso se hizo más profundo. Blanche cayó sobre el sofá, y sir Rex encima de ella, mientras sus bocas se derretían. Se dio cuenta de que él le abría los muslos. Y sintió su virilidad, dura y grande, contra la pierna y la pelvis, a través de la falda de su vestido.

Rex interrumpió el beso, y ella respiró profundamente. El corazón le latía con tanta rapidez que casi la asustaba.

—Es tarde —dijo él con la voz ronca, pero le besó la garganta, y después, por debajo del collar de diamantes, y después, el escote que revelaba su vestido.

Blanche jadeó de placer, asombrada por las sensaciones arrebatadoras que le producían sus labios entre los pechos, y su miembro contra el muslo.

—No, no es tarde. Sir Rex... llevadme arriba.

CAPÍTULO 15

Rex vaciló. Tenía aquella mujer pequeña, delicada y frágil, que iba a ser su esposa, entre los brazos. Apenas podía pensar con claridad. Le estaba resultando muy difícil controlarse.

Ella le sonrió temblorosamente.

«Quiere ir arriba. Quiere que hagamos el amor. ¿Por qué no?».

–Blanche... no hay nada que me apetezca más que llevarte a mi cama. Pero no quiero que te arrepientas de esto mañana.

Ella sacudió la cabeza y le acarició la mejilla sin decir nada.

A él se le aceleró el corazón. Se inclinó y volvió a besarla sin poder contenerse. Le hizo abrir los labios y jugueteó con su lengua. Quería saborear hasta el último centímetro de ella, no sólo su boca. Cambió de postura y presionó directamente entre sus muslos. Ella jadeó suavemente y se arqueó para recibir todo el placer que él pudiera darle.

Su deseo masculino aumentó. Era decidido, depredador. Ella era virgen. Estaba muy dispuesta. Iban a casarse pronto. Blanche quería tener hijos con él, y quería que él la hiciera suya...

Apartó su boca de la de ella y, con una sonrisa, le dijo:

—Ven. Ven conmigo.

Ella suspiró. Rex vio mucha confianza e inocencia en su rostro, y sintió euforia.

¿Por qué no? Él era un hombre, y ella era la mujer a la que deseaba. Era la mujer a la que siempre había deseado. Todavía no podía dar crédito a lo que estaba sucediendo, pero la urgencia de poseerla estaba acabando con cualquier duda.

Mientras subían las escaleras, la miró.

—Puedes cambiar de opinión en cualquier momento —le dijo en un susurro.

—No quiero cambiar de opinión.

—En cualquier momento —repitió él, mientras seguían caminando hacia su dormitorio—. Pero más pronto sería mejor que más tarde.

En la puerta, Blanche miró su cama con dosel, y negó con la cabeza.

Entonces, Rex cerró la puerta y la abrazó. Ella temblaba, pero no tanto como él.

—Te deseo tanto —murmuró, acariciándole la mejilla—. Me siento como un muchacho de nuevo. Blanche, no te haré daño, te lo prometo.

—Me gusta que seas tierno —susurró ella.

Él vaciló, porque no estaba seguro de su capacidad para la ternura, pero el mensaje de Blanche estaba claro: no quería un encuentro frenético, y él no la culpaba. Sonrió y le acarició los labios con la boca. Después la guió hacia el lecho.

Había un pequeño fuego en la chimenea, así que no encendió ninguna otra luz. Rápidamente se quitó la chaqueta y se desabotonó la camisa. Después tumbó a Blanche suavemente en el colchón y le besó el cuello y el lóbulo de la oreja. Ella se estremeció y suspiró.

Al instante, aquella urgencia resurgió en él. En su mente lo principal era la impaciencia, el preciso momento en que estuviera dentro de su cuerpo. Sonrió y la besó suavemente, acariciándole la cintura y los brazos. Ella suspiró de nuevo.

—Quiero acariciarte todo el cuerpo —le susurró él, deslizando la palma de la mano temblorosa sobre su corpiño y su pecho. Mientras lo hacía, le cubrió de besos la garganta y el torso. Ella se echó a temblar y comenzó a retorcerse, dejando caer la cabeza hacia atrás.

Él pasó las manos hacia la espalda y comenzó a desabotonarle el vestido. Blanche abrió los ojos de golpe y él sonrió. Ella miró hacia el fuego, y Rex comprendió lo que quería decirle.

—Eres muy bella —le susurró—, y quiero mirarte.

—Sir Rex, ¿cómo voy a ser bella si soy ya vieja? —protestó ella con seriedad.

A él le hizo reír aquella protesta.

—No eres vieja, y quiero que dejes de pensar —le dijo, mientras le rodeaba la cintura con los brazos y la besaba profundamente—. Quiero que sientas.

Le bajó el vestido hasta la cintura e intentó no inhalar con brusquedad. Sin embargo, su camisa era transparente, y el corsé de color marfil. Le pasó las manos por el pecho, y sin querer, emitió un gruñido. Su excitación se disparó.

Blanche cerró los ojos. Él no podía pensar y no quería hacerlo. Le bajó la camisa por encima del corsé y le lamió uno de los pezones. Ella jadeó.

Rex enloqueció. La empujó contra la almohada mientras intentaba desabrocharle el corsé. Ella jadeó de nuevo. Él apartó las ballenas, la abrazó y le lamió el otro pecho. Ella se estremeció convulsivamente.

Blanche tenía el corpiño y la camisa alrededor de la cintura. Él le levantó la falda y la combinación y la despojó de las bragas de seda; después, le deslizó la mano por el muslo, suave y esbelto. Ella gimió cuando, finalmente, le rozó el sexo. Estaba cálida, hinchada y húmeda.

—Blanche, querida...

Entonces, Rex deslizó la mano con firmeza sobre ella,

extendiendo sus pliegues, y ella se retorció entre jadeos y se arqueó. Él no titubeó. Se inclinó hacia abajo y pasó la lengua por su cuerpo. Ella se quedó rígida, sin duda, por la impresión, pero él apretó más íntimamente, y Blanche volvió a estremecerse.

—Déjame a mí —le susurró él—. Relájate, Blanche, y deja que te dé placer.

Hubo un silencio. Él notó que su cuerpo quedaba laxo, y la oyó gemir.

—Oh, Dios.

Y entonces, jadeó, con un escalofrío, y él notó su orgasmo contra la lengua y la mejilla. Sonrió, mientras una sensación de triunfo lo recorría de pies a cabeza.

Cuando ella quedó inmóvil, él se incorporó y se quitó la camisa. Al volverse, vio que ella lo estaba observando y sonrió. Entonces, Blanche se cubrió el pecho con la sábana, y alargó el brazo para acariciarle el torso. Al instante, él le tomó la palma de la mano y se la apretó allí con fuerza.

Ella no dijo nada.

Rex sonrió, sujetándole la mano contra su piel desnuda, inclinándose hacia ella.

—Voy a darte placer otra vez, y otra, y otra.

Blanche inspiró profundamente.

—Rex...

Entonces, él la abrazó y la levantó contra su pecho desnudo. Ella se aferró a sus hombros. Era pequeña, perfecta; encajaba muy bien en su cuerpo grande, pensó. La sujetó con más fuerza, besándole el pelo.

—Me gustaría librarme de ese vestido —le dijo suavemente—. A menos que hayas cambiado de idea...

Ella le acarició el pecho con los labios.

—Si tú te libras de tu ropa, yo también lo haré.

Rex sonrió.

—Un trato con beneficios mutuos.

Y, como no pudo resistirse, le hizo alzar la barbilla y la

besó profundamente, y después, se inclinó y le besó el pezón. Ella se arqueó hacia él.

Él la succionó lentamente en su boca, y después dio un suave tirón.

—Oooh —susurró ella.

Él apartó las sábanas y, sin apartar los ojos de su cuerpo, le quitó las faldas. Después le quitó la camisa y la combinación.

Ella se deslizó bajo las sábanas rápidamente, pero él había visto su cuerpo esbelto, precioso.

—Estoy demasiado delgada —dijo Blanche, ruborizándose.

—Eres perfecta —respondió él mientras se quitaba la ropa. Con las manos temblando, comenzó a desabotonarse los pantalones—. ¿Te va a desagradar la visión de mi pierna amputada? —le preguntó con despreocupación, aunque, en realidad, la pregunta era muy importante para él.

Blanche abrió mucho los ojos.

—Te he visto casi desnudo, Rex.

Él arqueó las cejas.

—Tienes el hábito de apartar las sábanas cuando estás durmiendo. Te cuidé cuando tuviste el accidente, ¿no recuerdas?

Él asintió.

—Recuerdo que me desperté y te vi mirándome con una intensidad singular.

—Estaba admirando tu cuerpo —dijo ella, y se humedeció los labios. Él supo que era un gesto de nervios y de apetito, y que ella no se había dado cuenta de que lo hacía.

—Bien —dijo Rex.

Entonces se quitó toda la ropa y la arrojó al suelo. Después se tendió a su lado y la abrazó, le besó la mejilla, la sien, el pelo. Mientras lo hacía, temblaba contra su muslo sin poder evitarlo.

—Si estás preocupada... —le susurró.

—¡No! No, no estoy preocupada —le aseguró. Después se aferró a sus hombros y lo besó apasionadamente.

Él se quedó anonadado, pero sólo durante un instante. Después se hizo con el control del beso. Situó a Blanche bajo él y le apartó los muslos con la pierna; se movió contra su cuerpo, intentando no jadear, besándola profundamente. Ella le devolvió el beso, y él supo que sentían la misma urgencia.

Sin dejar de abrazarla, escondió la cara contra su cuello y comenzó a frotarse contra ella; Rex se movía lo más suavemente posible. Blanche gemía mientras su carne húmeda, caliente, distendida, se rozaba con la de él.

—¡Oh, Dios!

Rex quiso sonreír, pero no pudo. El sudor le caía por las sienes y el pecho. Empujó toda la longitud de su sexo bajo ella, varias veces, pero deseaba desesperadamente penetrar en su cuerpo.

—Quiero hacerte el amor. Quiero estar dentro de ti —le susurró, y le besó la oreja—. Pero no quiero presionarte, Blanche.

Ella lo rodeó con los brazos, y él notó que pasaba la pierna por encima de su cintura.

—¡Sí, Rex!

El deseo se multiplicó. Él se movió y entró. Su carne estaba húmeda, pero apretada. Rex apretó los dientes, intentando ir más despacio. A medida que avanzaba, la presión era mayor, tan fuerte que no pudo soportarlo. En aquel instante supo que estaba perdido.

—Demonios —jadeó, y embistió para romper su membrana. Entonces, explotó incontrolablemente. Al final de un clímax intenso, dejó de moverse, se hundió en ella, derramando mucha simiente y deleitándose en la gloria de aquella liberación.

Porque estaba con Blanche, y era glorioso.

Sin embargo, cuando las últimas convulsiones hubieron terminado, se quedó horrorizado. La abrazó con más fuerza, pero no la miró. Seguía dentro de su cuerpo, lo suficientemente erecto como para permanecer así.

—Blanche, lo siento —susurró.

Ella estaba temblando. Le pasó las manos por la espalda con una caricia temblorosa.

—¿Te he hecho daño? —le preguntó él, espantado por su eyaculación prematura. La había deseado tanto durante años... sin embargo, su actuación no había sido impresionante. Peor todavía, ella no había llegado al clímax con él.

—Sólo un instante —respondió Blanche con la voz ronca.

Y él la sintió latiendo contra su cuerpo.

Una pasión roja lo cegó. Él todavía la deseaba; lo necesitaba. Entonces, Rex comenzó a moverse lentamente, profundamente, y ella jadeó de gozo. Él sonrió y sintió una salvaje determinación, una ráfaga de triunfo. Iba a proporcionarle un gran placer, se dijo, mientras su miembro recuperaba la erección. Empujó lentamente, una y otra vez, manteniéndose elevado para poder admirarla. Ella tenía los ojos cerrados, las mejillas sonrosadas. Le faltaba el aliento y movía la cabeza de un lado a otro. Él se hundió más profundamente, más rápidamente; ella gimió, y sus miradas quedaron atrapadas.

Entonces, Rex supo que Blanche estaba viajando en espiral hacia el éxtasis. Sonrió y se retiró. Ella protestó, y él volvió a penetrar en ella, lenta y profundamente, observándola con atención. Blanche se movió entre sus brazos, y él notó que sus uñas se le hundían en la piel.

—¿Más? —le preguntó, consumido por la pasión.

Ella asintió.

Entonces se movió rápidamente, salió de ella y volvió a entrar con fuerza. Blanche se aferró a sus brazos, jadeante. Él acariciaba sus pliegues con el miembro, terriblemente hinchado, y mientras él se hundía en su cuerpo una y otra vez, ella abrió los ojos y ciegamente lo miró.

Se arqueó salvajemente, arañándole la piel, gimiendo con suavidad.

Tanta lujuria, deseo, pasión y placer lo consumieron. Rex se dobló hacia atrás, se hundió profundamente, explotó y gritó, con un sonido alto y ronco, con triunfo. La euforia fue completa.

Blanche.

Blanche volvió lentamente a la cama de Rex. Comenzó a darse cuenta de que acababa de experimentar la pasión verdadera, y se le llenaron los ojos de lágrimas de alegría. Estaba desnuda entre los fuertes brazos de su amante, con la mejilla apoyada en su hombro y la mano apoyada en su pecho. Él tenía la pierna sobre sus muslos. Oh, Dios Santo, acababa de hacerle el amor, y ella había conocido un placer sin límites.

Tenía el corazón henchido de amor. Sonriendo, sintiéndose insegura y tímida, miró lentamente hacia arriba.

Él la estaba observando con tanta ternura que la sonrisa de Blanche vaciló, y su corazón dio un salto. Rex sonrió; en sus ojos oscuros sólo había calidez.

Blanche supo que se había ruborizado, y recordó su habilidad masculina. Adoraba estar en sus brazos de aquella manera. Frotó la mejilla contra su pecho, y notó una vibración contra uno de los muslos. Sus miradas se cruzaron.

—Parece que estás satisfecha —dijo él suavemente.

—Mucho —respondió ella con las mejillas ardiendo, al notar que aquella parte tan masculina de él se ponía rígida contra su pierna.

—Me resultas asombrosa, y no puedo evitar el deseo de volver a satisfacerte.

—Tú eres asombroso, no yo.

Él se rió. Blanche nunca había oído un sonido tan cálido, tan maravilloso.

—¿Estás contento?

—Más que contento, Blanche.

Su sonrisa se desvaneció.

Blanche notó que la suya también.

—¿Qué ocurre?

Él sacudió la cabeza.

–Nunca pensé que llegaría este día, tú y yo, amantes, a punto de casarnos.

Ella le acarició la mejilla.

–Ni yo tampoco.

Entonces, vio que él tenía un arañazo en el bíceps. Abrió los ojos de par en par; se había quedado asombrada.

–No importa –dijo él–. Me agrada ver que hay una gata salvaje en ti.

Blanche no podía creer que hubiera arañado a sir Rex.

Él la abrazó con fuerza.

–Quiero volverte loca de pasión –le dijo, y le acarició el cuello con la nariz. Mientras, ella sentía su miembro contra el vientre. Se le aceleró la sangre y notó un cosquilleo delicioso entre los muslos.

–No puedo creer que haya hecho algo semejante. Lo siento.

–No te disculpes por perder la cabeza cuando estás conmigo en la cama –susurró él. Después le deslizó la mano en una caricia asombrosa por la espalda y la nalga. Ella comenzó a temblar de deseo, y le acarició el bíceps, disfrutando del tacto de su piel y sus músculos.

–Tienes un físico asombroso –susurró ella, moviendo la palma de la mano hacia su pecho. El pezón se le contrajo cuando Blanche le acarició el pectoral.

Él no dijo nada.

Blanche siguió acariciándolo, deslizando la mano hacia las costillas, y se detuvo cuando llegó a su ombligo. Incluso su abdomen era tenso y duro.

Él gimió.

Con sorpresa, ella alzó la vista y vio que él había cerrado los ojos y había echado la cabeza hacia atrás. Estaba echado contra la almohada, y su invitación era clara.

Blanche miró su miembro y sintió tanto deseo que no pudo moverse ni pensar. La respiración de sir Rex era entrecortada.

Quería acariciarle como él la había acariciado, pero titubeó.

Sin abrir los ojos, él la agarró por la muñeca y le movió la mano hacia abajo. Después la soltó.

Entonces, Blanche respiró profundamente y deslizó los dedos por la punta erecta. Él jadeó y abrió los ojos de golpe, y ella se dio cuenta de que le estaba proporcionando el mismo placer que él le había proporcionado a ella. Siguió acariciándolo por toda la longitud de su virilidad y por las pesadas bolsas que había más abajo. Él gruñó, y Blanche se rindió. Sintió todo el placer de tocar aquella piel de terciopelo, aquella calidez, aquella dureza de acero.

Él se sentó, con los ojos llenos de fuego. La abrazó y la besó. Blanche correspondió a su asalto y ambos se tendieron sobre el colchón. Ella posó la pierna sobre su cadera y le pasó la mano por la espalda hasta las nalgas duras. No quería esperar. Quería sentirlo dentro de su cuerpo. Quería ser parte de aquel hombre maravilloso. Rex lo entendió; con un suspiro entrecortado, le abrió las piernas con el muslo y penetró en ella.

Blanche sintió tanto placer y tanta urgencia que no pudo soportarlo. Se aferró a sus hombros y se arqueó contra él para acogerlo mejor. Él jadeó y vaciló; estaba tan dentro de Blanche que parecía imposible. Ella sintió su pulso, casi dentro de su útero, y notó la vibración de su propia respuesta. Él la miró mientras se retiraba lentamente, centímetro a centímetro, y Blanche sintió una oleada cada vez más intensa. Él lo supo. Se hundió de nuevo y comenzó a embestirla, y la ola rompió. Blanche sollozó de placer en aquella ocasión.

Y Rex también.

Por fin, el sol brillante la despertó.

Blanche parpadeó. Se sentía deliciosamente feliz, como si

estuviera flotando. Suspiró y recordó la noche que acababa de pasar con Rex.

Abrió los ojos y volvió la cabeza, pero el otro lado de la cama estaba vacío. Ella miró hacia la ventana y vio que el sol estaba bien alto en el cielo. Comenzó a sonreír. Oh, Dios Santo, no sabía que la pasión pudiera ser tan maravillosa; ¡sir Rex era maravilloso!

Se acurrucó en la almohada, recordó su pasión y su ternura, y recordó también sus propios estallidos de deseo y de atrevimiento. Incluso después de la noche que habían compartido, seguía sintiendo deseo y necesidad. Oh, Dios, se había convertido en una mujer apasionada.

¿Quién lo habría imaginado?

Vagamente, recordó que él se había inclinado junto a su oído y le había susurrado que tenía asuntos de los que ocuparse, pero que ella podía dormir hasta tarde. Blanche estaba segura de que le había besado el pelo antes de salir de la habitación. Se le llenaron los ojos de lágrimas. Era un hombre bueno, tierno, pero sólo ella lo sabía. Y estaba muy enamorada. Su matrimonio iba a ser un éxito, ya no tenía duda.

La alegría le invadió el pecho, y de repente, surgió la pena.

Blanche se quedó rígida. Toda la felicidad se esfumó, y sintió tal desesperanza, tal dolor y tal soledad que no pudo respirar. Al instante aparecieron una sucesión de imágenes: su padre postrado en la cama con neumonía, y su madre, en el carruaje asediado por la turba, pálida de miedo. Y los hombres que habían arrancado la portezuela...

—¡No!

¡No quería recordar aquel horrible momento!

Sin embargo, el recuerdo estaba allí, y no había forma de borrarlo. Su madre la agarraba con fuerza mientras los hombres desencajaban la portezuela para sacarlas a la calle. Blanche gritó. Estaba muy mareada. Se puso las manos en la cabeza mientras comenzaba el intenso dolor. Un cuchillo le atravesó el cráneo.

¡Tenía que parar aquello! No quería saber qué había ocurrido después. Tambaleándose, se levantó de la cama mientras su madre gritaba.

«¡No maten a mi hija! ¡Dejen a mi hija! ¡Por favor, no maten a mi hija!».

Blanche se quedó anonadada al saber que su madre había rogado que le perdonaran la vida. Una docena de hombres las separó. Había sangre por todas partes, y mamá estaba suplicando otra vez mientras se la llevaban, para que Blanche no pudiera verla...

Blanche gritó.

—¡Mamá! —se había convertido en una niña aterrorizada—. ¡Mamá!

Entonces, el monstruo de ojos pálidos apareció.

—Sal del coche, niña —le ordenó.

Ella tenía tanto miedo que no podía moverse, y la furia del monstruo se intensificó.

—No me obligues a sacarte —le advirtió.

—¡Mamá!

Y los gritos comenzaron.

Mamá gritaba mientras la torturaban brutalmente...

Él la agarró y la sacó a rastras del coche. La tiró al suelo. Mamá lloraba y gritaba, pidiendo que no le hicieran daño a su hija.

—¡Mamá!

—¡Blanche! ¡Corre! ¡Escóndete!

El monstruo iba a agarrarla para torturarla también. Blanche se retorció y se puso a gatas, arañándose las rodillas y las manos en el empedrado, y se arrastró tan rápidamente como pudo entre tantos hombres enfurecidos. Alguien le pisó la mano. El dolor explotó, y ella se desplomó. Mamá seguía gritando sin parar.

Ella se tapó los oídos con las manos. A su mamá le estaba ocurriendo algo horrible. Se acurrucó. «Por favor, ya basta», pensó con desesperación.

«Mamá, mamá, por favor, basta, por favor, basta, mamá...».

Estaba paralizada de terror. Canturreó hasta que su propia voz ahogó los gritos de mamá muriendo, y los gritos de los hombres alegrándose por su muerte.

—Por favor, ya basta —susurró ella, y de repente se dio cuenta de que el empedrado había desaparecido, y de que no tenía seis años.

Sin embargo, tenía miedo de dejar de balancearse, y siguió cantando, porque aquel cántico se había convertido en una especie de oración para ella. Sabía que era una mujer adulta, y que estaba en Land's End. Seguía teniendo tanto miedo que no le importaba. Y no quería levantarse ni moverse del rincón en el que se había acurrucado.

Los monstruos estaban acechándola en las sombras de la mañana, esperando para poder volver.

Siguió meciéndose y cantando durante un largo rato, con desesperación.

—Milady, ¿por qué no me llamó? Yo la habría ayudado a vestirse, pero el señor me dijo que no la molestara —dijo Meg.

Blanche estaba ante el armario abierto. Había sacado casi todos los vestidos y los había puesto en la cama. El señor... sir Rex. No quería pensar en él. Sabía que su cordura era muy frágil y, seguramente, temporal. Se dio la vuelta y sonrió a Meg.

Meg la miró con asombro.

—¿Milady?

Blanche nunca había estado tan calmada, tan compuesta. Había encontrado un lugar seguro y silencioso dentro de sí misma, y nada iba a cambiarlo. Sin embargo, debía dar cada paso con cuidado. Sabía que caminaba al borde de un precipicio.

—Buenos días, Meg.

La imagen de sir Rex apareció, pero ella la borró de su mente. No debía pensar en él. Iba a dolerle, y sólo Dios sabía lo que podría ocurrir si sentía dolor.

—¿Puedes terminar de hacer el equipaje? Voy a pedir que preparen el coche.

Meg se quedó inmóvil.

—Por favor, Meg, date prisa —le pidió Blanche calmadamente.

—¿Nos vamos? —preguntó la doncella—. Pero, ¿y sir Rex? Milady, ¿se encuentra bien?

—Perfectamente. Me temo que voy a romper con el señor.

Así. Era mejor no pronunciar su nombre. No podía continuar como había planeado. Ni la alegría ni la pasión valían la pena a cambio de tanto dolor y tanto miedo. Todo había empezado a su llegada a Land's End, y aunque ella no culpaba al lugar y tampoco a su anfitrión, pensaba que ambas cosas tenían mucho que ver con aquellos ataques a su cordura. Blanche había despertado como mujer en Land's End, había despertado en cuerpo y alma. Sin embargo, no podía elegir sus emociones, y de algún modo esas emociones la habían conducido a aquellos recuerdos horribles, olvidados. Los recuerdos la habían vuelto loca.

No iba a permanecer en Land's End después de haber sobrevivido a aquella mañana. Quería irse rápidamente. Fuera lo que fuera lo que había ocurrido durante aquella semana y media, había terminado. Había recuperado la calma y eso era lo que quería. De hecho, iba a permanecer en aquel limbo durante el resto de su vida.

Sin embargo, aunque no quisiera hablar con sir Rex, tenía que verlo y explicarle que su compromiso era un tremendo error. Estaba segura de que él iba a sentirse muy decepcionado con la ruptura, pero se las arreglaría, conocería a otra mujer, una más guapa, más joven y más apasionada de lo que ella podría ser nunca. Y ella volvería a su tranquila existencia de Harrington Hall. Él se casaría con una mujer cuerda, no con una loca. Blanche se dijo que también estaba haciendo lo mejor para Rex.

El corazón se le encogió de dolor. Blanche tomó un

poco de agua para distraerse de cualquier tristeza o emoción. Pensar en sir Rex era muy peligroso.

—Oh, milady, ¿qué ha sucedido? —susurró Meg.

—He recuperado el sentido común, Meg, eso es todo. No te disgustes. Estoy impaciente por volver a casa. Ya hemos estado suficiente tiempo en el campo, ¿no crees?

Meg la miró con confusión y lástima.

—Pero sir Rex... él se va a quedar destrozado.

Blanche sintió una gran tensión. No quería hacerle daño a sir Rex. Se llevó las manos a las mejillas, con la respiración entrecortada, con un intenso dolor en el pecho.

«Por favor, basta».

«Por favor, basta, basta, basta».

Respiró profundamente. Había encontrado aquel lugar calmado y gris otra vez.

—Yo hablaré con sir Rex. Date prisa, Meg.

Aquello era lo mejor para sí misma y lo mejor para él. Blanche no tenía duda.

Rex entró en su estudio y se sentó tras el escritorio, sonriendo. Su yegua favorita había parido aquella noche, pero él sabía que aquélla no era la causa de su buen humor. Miró los documentos que tenía ante sí, pero sólo vio el rostro de Blanche. Tan preciosa, tan buena, e incluso en aquel momento, tan inocente que lo había acariciado como ninguna mujer lo había hecho antes. Estaba muy contento de haber sido el primer hombre que le hiciera el amor. Y sería el último.

Estaba muy enamorado de su prometida.

La puerta del estudio había quedado entreabierta, pero alguien llamó. Al mirar hacia arriba, vio a Blanche y sonrió. Sin embargo, mientras se ponía en pie, la sonrisa se desvaneció. Ella tenía una expresión muy extraña, y durante un momento, Rex no la reconoció.

—¿Sir Rex? ¿Podemos hablar un momento? —le preguntó ella con seriedad.

Y, en aquel momento, él supo que todo se había ido abajo. Su vida estaba a punto de estallar. Sintió miedo.

—Buenos días —le dijo él, con el corazón en un puño.

Ella sonrió.

—Buenos días, sir Rex. ¿Tenéis un momento?

—Siempre tengo un momento para ti.

No estaba intentando ser galante. La miró, pero no vio una sola emoción reflejada en su rostro. Sus ojos estaban vacíos. No brillaban como los de una mujer enamorada.

Estaba arrepintiéndose.

—No eres feliz —dijo él.

Ella sonrió brevemente.

—Me he dado cuenta de que tengo que volver a Londres.

—Vas a dejarme.

Ella sonrió de nuevo. Esbozó una sonrisa falsa, como la de una muñeca de porcelana.

—Sir Rex, habéis sido un anfitrión maravilloso. No me habría esperado tanta generosidad, pero creo que ya he molestado lo suficiente.

Lo estaba dejando. Rex se sintió mareado. Se apoyó en la muleta, pero de todos modos se tambaleó.

—Me estás dejando.

Ella no volvió a sonreír.

—No quiero que tengamos un enfrentamiento. Sin embargo, he estado pensándolo y creo que este compromiso es un error. Lo siento muchísimo. Pero vos podéis encontrar a alguien mejor... la encontraréis...

—Vete —dijo él.

No podía respirar. Ante él sólo había una mujer bella que hablaba desapasionadamente, prueba de que no le importaba, prueba de que no era más que otra muñeca traicionera de la sociedad.

—¿Disculpad? —preguntó ella, sobresaltada.

—¡Fuera de aquí! —gritó Rex.

Blanche huyó.

Él se desplomó sobre el escritorio y tiró al suelo todo lo

que había sobre él. Después cayó al suelo con un rugido animal.

Y todavía estaba allí sentado, perplejo, con la cara sobre una rodilla, consumido por la rabia y el dolor, cuando oyó marcharse el carruaje.

CAPÍTULO 16

Mientras recorría los lujosos pasillos y habitaciones de Harrington Hall, Blanche se dio cuenta de que había tomado la determinación correcta al volver a casa. Aunque encontraba un sirviente casi en cada estancia, la casa estaba silenciosa y tranquila, y ella nunca había sentido tanta paz. Sin embargo, no era lo que había esperado. Había pensado que cuando estuviera allí de nuevo, recuperaría la vida que había llevado antes de ir a Cornualles. Sin embargo, su existencia anterior le estaba resultando esquiva.

Porque, aunque ya no se sentía siempre al borde de un precipicio peligroso, era consciente de que cualquier mal paso podía provocarle un terrible ataque de locura. Debía permanecer en un espacio gris, neblinoso, flotando, no sintiendo, refugiada en su compostura. Tenía miedo de experimentar el menor placer o la menor tristeza, pero aquellas emociones estaban en su corazón, gritándole, exigiéndole que las liberara. Blanche lo sabía. El esfuerzo era enorme, pero de algún modo ella había podido permanecer insensible, y no había sufrido ni un solo ataque desde que había salido de Cornualles, tres días antes. Estaba decidida a no volverse loca.

Sin embargo, los fantasmas la esperaban en cada esquina de su casa. A cada paso que daba, cada gesto que hacía y cada palabra que pronunciaba, algo parecía que conspiraba para revelar las visiones que ella deseaba evitar. Si pasaba por la biblioteca, veía a su padre inclinado sobre el escritorio, como era su costumbre cuando vivía. A Blanche se le encogía el corazón, pero conseguía dominar la tristeza. El retrato de su madre permanecía colgado sobre las escaleras. Ella lo miraba y veía a su madre como estaba en el carruaje, antes de que la arrastraran al suelo y la mataran. Aquella imagen tenía que apartarla de su cabeza.

Y, en lo más profundo de su mente, también estaba sir Rex, acechándola, amenazándola con destruir su compostura.

En aquel momento, miró por el ventanal del vestíbulo de mármol. Había ocho carruajes en la entrada de su casa, en los que los pretendientes esperaban a que el reloj marcara el mediodía, para poder visitarla. Se había sabido rápidamente que había vuelto a Londres, aunque hubiera llegado la noche anterior. Sin embargo, ella ya era consciente de que no podría elegir a un marido de entre todos aquellos hombres, y menos después de lo que había ocurrido durante las semanas pasadas. Si se atrevía a revelar la verdad, podría admitir que tenía roto el corazón. Sin embargo, no debía pensar en aquello. No podía admitir aquello con calma, sin sentir. Una sola grieta originaría cientos de fisuras. Tenía un terrible secreto, y no quería descubrírselo a los demás.

Pasó por una de las estancias más grandes de la casa, el Salón Dorado, donde podía recibir a cincuenta o sesenta invitados. Mientras lo atravesaba, el mayordomo apareció en una de las puertas.

—¿Sí, Jem?

—Milady, lady Waverly y lady Dagwood han llegado. Las he permitido pasar, suponiendo que desearía verlas antes de recibir a sus pretendientes.

Blanche se sintió complacida. Sonrió, y se dio cuenta de que aquélla era su primera sonrisa genuina desde que había salido de Cornualles. Tenía muchas ganas de ver a sus dos mejores amigas. Y, mientras pensaba en ello, la imagen de sir Rex intentó abrirse paso en su mente. Rápidamente, le negó el espacio. Pese a su voluntad, sintió un escalofrío desagradable. Antes les habría contado todo a Bess y a Felicia, pero en aquel momento no debían saber nada. El mayordomo le indicó que estaban en el Salón Azul, y después de darle las gracias, Blanche se dirigió hacia allí.

—¡Ya has vuelto! —exclamó Bess cuando la vio, y corrió hacia ella para abrazarla.

—Sí, y yo también me alegro mucho de veros —dijo Blanche, sonriendo. Después abrazó a Felicia. Su amiga tenía un brillo en la mirada que ella reconoció al instante: el brillo de los ojos de una mujer enamorada—. ¿Cómo estáis las dos? —preguntó. El corazón se le había encogido de una manera extraña. Era difícil no pensar en sir Rex, pero se alegraba mucho de que Felicia estuviera enamorada de su nuevo marido.

—Te hemos echado de menos —dijo Bess—. Blanche, ¿qué ocurrió en Land's End? ¿Le propusiste a sir Rex que se casara contigo? ¡Casi me muero cuando leí tu carta! Blanche se puso tensa y se volvió.

—Se me había olvidado esa carta tonta e impulsiva.

Bess y Felicia se miraron.

—Parecía que te habías enamorado —dijo Felicia—. ¡Bess me dejó leerla!

—No —respondió Blanche.

Sin embargo, la imagen de sir Rex la asaltó vívidamente en contra de su voluntad. Su mirada ardía de pasión y de calor cuando se tendía sobre ella, en la cama. Sintió una punzada de dolor en el alma, porque no se había permitido recordar nada durante días. Y entonces, lo vio furioso, gritándole que se fuera.

La habitación comenzó a dar vueltas. La pena se adueñó de ella. Y todo se mezcló: sir Rex, su padre, su madre... todos estaban allí.

Blanche se dio la vuelta, se puso las manos en las mejillas

y cerró los ojos, intentando luchar contra la angustia. «Ahora no, no cuando todo es perfecto. Por favor, ¡ahora no!». Creía que había encontrado un modo de conducirse por los lugares más oscuros de su vida, pero en un momento todo había vuelto a convertirse en algo amenazante y peligroso. «Por favor, ya basta», rogó en silencio.

No debía permitirse sentir. Ni entonces, ni nunca. Sir Rex era parte del pasado, como su padre y su madre, y ella no quería ni debía recordar.

Respiró profundamente.

—Blanche, ¿qué te ocurre? —le preguntó Felicia con preocupación.

Blanche recuperó la calma. Las imágenes se desvanecieron. Se dio la vuelta y sonrió.

—Escribí aquella carta precipitadamente. No voy a casarme con sir Rex.

Bess se quedó asombrada.

—Recibí tu carta hace una semana, ¿y de repente ya no te importa, cuando nunca en la vida te había interesado un hombre?

—No quiero hablar de sir Rex —dijo Blanche, con más aspereza de la que hubiera querido. Sin embargo, había vuelto la angustia, y el corazón se le había acelerado de nuevo y se negaba a obedecer a su mente. Se sentía enferma.

Bess le pasó el brazo por la cintura.

—Bueno, me parece que algo no va bien. Nunca hemos tenido secretos...

—¡No pasa nada! —gritó Blanche.

Bess se estremeció, y Felicia soltó una exclamación de asombro.

Blanche se dio cuenta de que se había desmoronado con demasiada facilidad.

—Necesito aire —susurró.

—Vamos fuera —dijo Bess rápidamente—. Felicia, ve a buscar las sales.

Blanche no se atrevía a moverse. Se frotó las sientes.

«¡Fuera!».

Nunca habría imaginado que sir Rex le gritara con tanta ira y tanto odio.

«Fuera del coche, señora, salga».

El monstruo estaba agarrando a mamá. Blanche comenzó a temblar. Mamá se aferró a su mano con tanta fuerza que le hacía daño.

«¡Fuera!».

De repente, a mamá la sacaron a tirones del coche, y unas manos también la agarraron a ella.

Mamá gritó.

«¡Blanche, corre!».

Blanche consiguió liberarse y se cayó al suelo empedrado. Mamá estaba gritando de dolor. Blanche intentó arrastrarse hacia ella, pero el suelo se movía terriblemente, cada vez más rápido, y los gritos de su madre eran ensordecedores.

Blanche se rindió y se acurrucó, paralizada por el miedo. Se tapó los oídos y comenzó a concentrarse en las alfombras que cubrían el suelo, y no en el empedrado de la calle. Bess le estaba hablando.

Ella respiró profundamente. Se dio cuenta de que el ataque estaba terminando. Estaba hecha un ovillo en el suelo del Salón Azul, tal y como se había acurrucado en la calle después de que la sacaran del carruaje. No había vuelto a recordar nada desde que había salido de Land's End, pero en cuanto había empezado a hablar de sir Rex con Bess, había sufrido una recaída.

Bess le acercó un vaso de agua.

—Toma un sorbito.

Blanche asintió, consciente de que tenía las mejillas mojadas de lágrimas. Bebió, pensando en que sus amigas debían de creer que se había vuelto loca. Lentamente, miró a Bess.

Bess la observaba con los ojos desorbitados.

—¿Estás mejor? —le preguntó en voz baja.

Blanche asintió.

—No debemos hablar nunca de sir Rex.

—Ven, vamos al sofá. Cuéntame qué ha ocurrido.

Blanche se puso de pie y miró a Bess. Había confiado en ella desde la niñez, y necesitaba desesperadamente contárselo a alguien.

—Estoy empezando a recordar el disturbio.

Bess dio un respingo. Sabía de la pérdida de memoria de Blanche.

—¿El disturbio durante el que murió tu madre?

Blanche asintió.

—Parece que estoy recordándolo todo. Es horrible, y no quiero acordarme, y estoy decidida a hacer todo lo posible por sofocar esos recuerdos.

Bess la rodeó con un brazo y la guió hacia el sofá, donde se sentaron.

—No creía que fueras a recordarlo, y no creía que tuviera importancia.

—¡Sí la tiene! ¿No acabas de ver lo que me han hecho los recuerdos?

Bess asintió.

—Estabas gritando y llorando en el suelo como si fueras una niña. Felicia se había ido a buscar las sales, y yo soy la única que lo ha presenciado —dijo Bess. Estaba pálida, y Bess nunca palidecía—. Gracias a Dios que no lo ha visto nadie más. ¿Qué te ha ocurrido?

—No son sólo recuerdos —susurró Blanche—. Estoy reviviendo el disturbio, momento por momento.

Comenzó a llorar. No había lugar para la vergüenza en aquel momento. Tenía demasiado miedo de lo que le estaba sucediendo.

Bess se quedó boquiabierta.

—No es posible.

—Sí. Es como si tuviera seis años otra vez. Esta habitación se convirtió en una calle de Londres. No te veía. ¡Estaba perdida entre la multitud!

Bess se quedó en silencio. Blanche la conocía lo suficientemente bien como para saber que estaba horrorizada y trataba de ser racional.

—Todo esto comenzó en Land's End —dijo Blanche, con una gran presión en el pecho—. Íbamos a casarnos, Bess. Me enamoré, ¡y sucedió esto!

Bess la miró con incredulidad.

Blanche sintió un agudo dolor en las sienes y se las sujetó con fuerza.

—Quiero recuperar mi vida. No quiero sentir nada. Y no quiero recordar nada más de aquel día.

Bess le acarició la espalda.

—El hecho de que recuerdes todo esto ahora es muy extraño. Sin embargo, por extraño que parezca creo que puede ser saludable. Vamos a dejar eso a un lado durante un momento. Blanche, siempre he tenido la esperanza de que te enamoraras. Tenía un presentimiento sobre sir Rex.

—No lo entiendes —dijo Blanche, angustiada—. ¡Con el amor y la pasión llega el dolor! Enamorarme fue un error. ¡Mira lo que me ha hecho!

—Pero, ¿cómo van a estar relacionadas esas dos cosas? Blanche, si te importa sir Rex...

—¡No! ¡Eso ha terminado! —gritó ella. Y el pánico comenzó.

Bess dijo, con una expresión sombría:

—Por la ciudad corre el rumor de que estáis comprometidos. Me encontré con la condesa en Bond Street, y parece que sir Rex escribió a su hermano y se lo contó.

El dolor de cabeza de Blanche se intensificó. Ella gimió.

—Voy a acordarme de más cosas, lo sé. Cada vez que me siento alegre o triste, tengo un nuevo recuerdo. Por eso rompí el compromiso. Necesito paz, no pasión. Y ahora, sir Rex me odia, ¡como era de esperar! Bess, debo terminar esta conversación antes de que sufra otro ataque.

Bess palideció.

—¿Cómo va a provocarte un ataque una conversación?

—No lo sé. Pero todo es una terrible amenaza para mi estado de ánimo —gritó Blanche.

—Nunca te había visto tan alterada. Ni tan emocional. Es algo sorprendente.

—No quiero hablar de él nunca más.

—¿Y cómo piensas que vas a poder evitar sentir, de todos modos, ahora que eres capaz de sufrir y de llorar? En cuanto comenzamos a hablar de él, te desmoronaste.

—Tengo que intentarlo —respondió Blanche entre lágrimas.

—Pero, Blanche, quizá debas enfrentarte a los recuerdos. No puedo evitar pensar que si lo hicieras encontrarías paz de espíritu y felicidad.

—Ahora eres tú la que se ha vuelto loca —le dijo Blanche a su amiga con furia—. ¡Porque no tienes ni idea de lo que le hicieron a mi madre!

Bess se puso rígida.

—Estás enfadada.

—¡Sí, claro que sí! ¡Y si no dejas este tema, voy a empezar a recordar ese día maldito!

—Está bien. Lo dejaré, aunque estoy segura de que sería lo más beneficioso. ¿Cuántas veces has tenido estos ataques?

—Cuatro o cinco veces. Al principio sólo era un recuerdo. Ahora, cada vez que me acuerdo de un detalle, me veo inmersa en el pasado.

—Quizá tengas razón. Quizá el hecho de recordar ese día sea una malísima idea —dijo Bess, y se interrumpió bruscamente.

—¿Por qué?

—No quiero que nadie, ni tu doncella, ni Felicia, te vea como te he visto yo. Nadie lo entendería. Ya sabes cómo es la gente. Nuestro círculo social no es precisamente tolerante.

—Pensarán que estoy loca y los rumores se extenderán rápidamente —dijo Blanche nerviosamente—. Y la verdad es que estoy loca. ¿No es así?

–¡No! Claro que no estás loca. Pero tienes razón. Éste debe ser nuestro secreto. ¿Sabe él lo que te está ocurriendo?

Blanche negó con la cabeza.

–Me desmayé dos veces. Creo que piensa que tengo claustrofobia y que no como lo suficiente.

–Tienes que ver a un médico. Alguien a quien podamos decirle la verdad. Alguien que pueda recetarte medicación para ayudarte a superar esos ataques. Voy a investigar. Sin embargo, hasta que localice al médico más adecuado, ¿por qué no tomas una dosis de láudano y duermes? Te sentirás mejor cuando despiertes, estoy segura –le dijo Bess, y sonrió para darle ánimos–. ¡Has pasado por muchas cosas durante estas últimas semanas! Debes de estar agotada, y descansar un poco no te vendrá mal.

Blanche miró a su amiga.

La sonrisa de Bess se desvaneció.

–¿Qué ocurre?

–Una vez oí a un médico decir que no les recetaba láudano a las mujeres embarazadas. Dijo que había un estudio que demostraba que era perjudicial para el niño.

Bess la miró con los ojos desorbitados.

–¿Qué estás diciendo?

–Cabe la posibilidad de que esté embarazada –respondió Blanche, y comenzó a llorar.

–¿Sir Rex y tú erais amantes?

–Sólo fue una noche, una noche muy larga y apasionada. ¡Oh, Bess! ¡Ojalá esté embarazada!

Bess la miraba con gravedad.

–¿Te das cuenta de lo que estás diciendo?

–Por supuesto.

–¿Puedo esperar que se lo digas a sir Rex y cambies de opinión sobre tu matrimonio con él?

Blanche sintió miedo.

–No puedo decírselo... no puedo casarme con él... porque esto empeorará.

–¿Estás segura de que tus sentimientos hacia él son la causa de estos ataques? Aunque no lo conozco bien, estoy segura de que permanecería a tu lado si tuvieras más recaídas.

—¡No! Nadie debe verme. Él no debe verme de este modo. Y él se merece una esposa cuerda, ¡no una loca! Había creído que podía controlarme, pero no es así. No voy a recibir a nadie, si puedo evitarlo, y no voy a salir a menos que no tenga otro remedio.

—Oh, Dios —dijo Bess.

—No puedo arriesgarme —gritó Blanche.

—Entonces, sería mejor que decidieras entre uno de tus pretendientes. Es evidente que si estás embarazada tendrás que casarte.

—Siempre y cuando el pretendiente sea alguien que no me importe, podré arreglármelas —susurró ella, retorciéndose las manos.

A Bess también se le derramaron las lágrimas.

—Quizá esto pase. Quizá dejes de recordar y de tener ataques. Tal vez esto no tenga nada que ver con sir Rex.

—No puedo permitirme experimentar emociones, y menos el amor —dijo Blanche.

Bess se quedó muy seria.

—Oh, Dios. Blanche, ¿qué vas a hacer? ¿Cómo vas a continuar?

—No te desesperes. De algún modo, me las arreglaré.

—¿Lady Harrington? Un tal señor Carter desea verla.

Blanche estaba en la biblioteca, leyendo documentos referentes a las empresas de su padre. Había pasado una semana desde su regreso a la ciudad. Bess había mantenido a raya a sus pretendientes, y había evitado toda conversación sobre su posible embarazo y sobre sir Rex. Blanche se había conducido con mucho cuidado, y no había sentido pena ni ira, y no había sufrido ningún ataque. En vez de eso, se había dedicado a leer y a redecorar el Salón Dorado. Los jardines también iban a ser rediseñados.

Como las cosas iban tan bien, Bess le había preguntado el día anterior si deseaba recibir invitados. Había muchos rumores. Los miembros de su círculo deseaban saber por qué había vuelto a casa y por qué se había encerrado. Bess le había dicho, de mala gana, que todo el mundo especulaba sobre ella. Algunos decían que se había comprometido con sir Rex, y que estaba planeando su boda. Otros decían que se le había roto el corazón. Y otros decían que, sencillamente, había retomado el luto. Era hora de acallar todas las habladurías.

Blanche dejó los papeles sobre la mesa y se dio cuenta de que le temblaban las manos. Temía la recepción de aquella tarde, pero se recordó que ella era una anfitriona muy buena. Le parecía bien tener una distracción. Miró a su mayordomo y dijo:

—No recuerdo a ningún señor Carter, Jem. ¿No tiene tarjeta?

—Milady, es un hombre tosco, y estaría encantado de despedirlo.

Blanche se quedó asombrada.

—¿Ha dicho lo que quería?

—Dijo que tiene un asunto urgente que tratar con usted, relativo a sus vacaciones en Land's End.

A Blanche le dio un salto el corazón.

—Échalo —dijo. Aunque, en realidad, estaba desesperada por saber lo que quería aquel señor Carter.

Jem hizo una reverencia y se marchó. Sin embargo, volvió a los pocos minutos.

—Milady, no quiere marcharse. Dice que tiene que veros, y que se quedará en la entrada de la casa hasta que lo consiga.

Blanche se puso en pie, temblando. ¿Qué podía ser tan urgente? No quería pensar que sir Rex estuviera enfermo, o bebiendo excesivamente... y no quería pensar en él ni sentir nada por él. Sin embargo, su preocupación no tenía límites.

—Dígale que pase, Jem.

Jem asintió y salió. Al poco, sonaron unos pasos en el pasillo, y cuando Blanche se dio la vuelta, vio al herrero de Anne en el umbral de la puerta.

Se sobresaltó de la sorpresa.

Carter se quitó la gorra de lana y sonrió mientras inclinaba la cabeza.

—Gracias, milady.

Blanche no se imaginaba qué podía querer el herrero. Se acercó a la puerta, sonrió a Jem y la cerró con firmeza.

—Señor Carter —le dijo cuando estuvieron a solas—. Qué sorpresa. ¿Está bien sir Rex?

Carter sonrió con malicia.

—Eso creo. Las cosas no han cambiado en el castillo desde que usted se marchó.

—¿Anne sigue trabajando allí?

—Sí.

Blanche se sintió enferma. ¿Acaso sir Rex había retomado su aventura con Anne? ¿O ella había continuado trabajando en la casa por conveniencia? Sintió unos celos terribles, un amargo desagrado. También dolor e ira. Los latidos de sus sienes se intensificaron. En una hora, Bess y Felicia abrirían las puertas de la casa para recibir a los visitantes. Tenía que averiguar lo que quería aquel hombre para despedirse de él y poder descansar.

—Parece afligida —dijo Carter con ironía.

—Si estoy afligida no es asunto suyo.

—Tiene razón. Es asunto suyo. Y por eso he venido —dijo él—. Para hablar de su asunto... con sir Rex.

Blanche se quedó petrificada.

—¿Cómo?

—Vamos, lady Harrington. Sé que compartió cama con sir Rex durante sus vacaciones, y sé que rompió con él. Parece que todavía está en el mercado para conseguir marido. No puedo culparla por preferir a otro en vez de a ese borracho —dijo Carter.

Ella se vio cegada por la furia.

—¡Cómo se atreve a hablar de sir Rex de un modo tan irrespetuoso! ¡Él es cien veces más hombre que usted, y no es un borracho! —gritó, coléricamente.

—Se emborracha todas las noches, o eso dice Anne —le respondió él, y le guiñó un ojo.

—¡Fuera! —gritó Blanche, tan furiosa que no pudo controlarse. Y sintió un intenso dolor de cabeza.

Él no se movió.

—Estoy seguro de que no quiere que sus pretendientes sepan que se ha acostado con sir Rex. Me callaré la boca, y Anne también, si nos compensa por ello.

Blanche tardó un instante en comprender lo que le pedía.

—¿Qué?

—Cien libras para cada uno, y nos llevaremos su secretito a la tumba —le explicó él con una sonrisa.

—¿Se atreve a chantajearme?

—Sí.

Blanche estaba temblando incontrolablemente.

—¡Dígaselo a todo el mundo! ¡No me importa! ¡Tengo veintisiete años, y nadie puede culparme por tener una aventura!

—Quizá su nuevo prometido sí —dijo él, y su mirada se volvió peligrosamente oscura.

—¡Fuera! —gritó Blanche.

—Lo lamentará —dijo él.

Blanche vio cómo el herrero se dirigía hacia la puerta mientras a ella se le hundía un cuchillo de dolor en el cráneo. Se agarró las sienes mientras la cabeza se le llenaba de recuerdos. Sir Rex, furioso, ordenándole que se marchara; el monstruo, sacando a su madre del carruaje; el caballo muerto y ensangrentado.

Anne lo sabía.

Anne la había visto en mitad de un ataque. Tardaría muy poco tiempo en comenzar a extender el rumor.

—¡Espere! —gritó.

Carter se volvió.

—Está bien. Vuelva mañana, y le daré el dinero en efectivo.

Él sonrió.

Se había tomado tres tazas de té relajante, y estaba rodeada de admiradores. O, más bien, de granujas que deseaban su fortuna. Antes de eso, Blanche había pasado media hora tendida en su cama, sin pensar en el chantaje, concentrándose en un estanque tranquilo, y viéndose a sí misma flotando en él. En aquel momento estaba flotando. Estaba calmada. Sabía que podría superar aquella tarde sin problemas.

—Las vacaciones en Cornualles os han sentado muy bien, lady Harrington —le dijo un joven muy guapo, alto, de pelo castaño y ojos azules. Su mirada era directa.

Blanche intentó recordar su nombre. Era el tercer hijo de un conde, y no tenía un penique. Además, era un conocido mujeriego. Bess decía, sin embargo, que aparte de eso no tenía más defectos. No jugaba y no se gastaba lo que no tenía.

—Nunca os había visto más encantadora —dijo el joven con una sonrisa, que le formó un hoyuelo en la mejilla.

Blanche le devolvió la sonrisa mientras recordaba su nombre. James Montrose. Lo miró con atención. Era realmente guapo y tenía un cuerpo bien formado, alto, musculoso. Seguramente, pasaba mucho tiempo montando a caballo. Ella no sintió nada. Ni un solo latido de deseo.

—He disfrutado del descanso —dijo—. Nunca había viajado tan al sur. Es precioso.

—¿Habéis estado en el norte? —le preguntó él con una sonrisa—. Mi padre tiene una casa de caza en las Highlands. Me encantaría llevaros allí.

—Nunca he ido más allá de Stirling —respondió Blanche. Entonces, vio a la condesa de Adare entrando en la habitación. Blanche se quedó helada. Lizzie la acompañaba, y también la hijastra de la condesa, Eleanor O'Neill.

—¿Ocurre algo? —le preguntó Montrose, volviéndose para seguir su mirada.

¿Pensarían que estaba comprometida con sir Rex? Bess había pasado una semana diciéndole a todo el mundo que no había habido tal compromiso. Su amiga le había dicho que debía insistir en lo mismo. De lo contrario, habría preguntas, preguntas que podían alterarla. Incluso en aquel momento en que nadie estaba haciendo preguntas, ella ya estaba angustiada.

Le dolían las sienes.

«Por favor, ahora no», rogó en silencio.

—¿Lady Harrington? ¿Deseáis sentaros? —le preguntó Montrose con amabilidad, en tono de preocupación.

En aquel momento, ella supo que aquel hombre no valdría.

—Estoy bien. Ha llegado lady Adare, y debo ir a saludarla.

Entonces, intentó sonreír e hizo caso omiso de la mirada del joven, que se había vuelto curiosa de repente. Ella respiró profundamente, echó mano de todo su aplomo y avanzó.

—¡Mary!

Mary de Warenne sonrió y la abrazó.

—He estado deseando que llegara el día en que recibieras visitas —exclamó—. Casi te envío una nota.

Blanche intentó sonreír mientras notaba que el corazón le latía salvajemente. ¿Pensaría Mary que estaba comprometida con su hijo? Se volvió y abrazó a Lizzie.

—¿Cómo estás, Lizzie?

—Muy bien, pero quizá no tan bien como tú —dijo Lizzie con una sonrisa.

Blanche no pudo corresponderla. Se giró hacia Eleanor, una mujer alta y rubia de ojos color ámbar.

—No sabía que habías llegado a Londres, querida. ¿Cómo estás? ¿Cómo está Sean? ¿Y los niños?

—Sean y los niños están muy bien —dijo Eleanor, y la tomó de las manos—. ¿Estás comprometida con mi hermano o no? —le preguntó con emoción.

Blanche se quedó mirándola fijamente, con el corazón tan dolorido que no podía soportarlo.

Sin soltarle las manos, Eleanor exclamó:

—Rex escribió a Ty y le dijo que estáis comprometidos. ¿Es un secreto? ¿Cuándo va a venir él a la ciudad? ¡Dios Santo! Debéis de estar enamorados; de lo contrario, ¡no conseguirías atrapar a mi dificilísimo hermano!

La pena embargó a Blanche. Ella quería a sir Rex. Siempre lo querría. Intentó respirar y soltarse de las manos de Eleanor.

—Eleanor, querida, estás agobiando a Blanche —dijo Mary en voz baja, con una expresión grave.

—Ha sido un error —dijo Blanche, con los ojos llenos de lágrimas—. Lo siento, no estamos comprometidos.

Las tres damas la miraron con decepción y asombro.

«Ha sido un error».

«¡Fuera!».

«¡Fuera del coche, señora!».

Un cuchillo se le hundió en la cabeza. Y comenzaron los gritos.

La habitación comenzó a girar salvajemente, y los gritos de angustia de su madre llenaron la sala. La gente elegante se transformó en una multitud de trabajadores. Los candelabros y las lámparas se desvanecieron y se convirtieron en un cielo gris. Los gritos eran gritos de terror. El Salón Dorado desapareció por completo y fue reemplazado por una calle de Londres y una muchedumbre enfurecida. Ella se tapó los oídos con las manos y corrió.

—Blanche, ¡corre! —le gritaba mamá. Después, sus gritos cambiaron.

Vio caer a mamá, y a los hombres sobre ella, apuñalándola con horcas y picas. Blanche gritó, temerosa de correr y temerosa de quedarse. Le estaban haciendo daño a mamá. Y los gritos de su madre cesaron justo cuando unas manos la agarraron...

Intentó acurrucarse y protegerse de los hombres, sollozando. Sin embargo, la levantaron del suelo, y se topó con la mirada pálida del monstruo. Su terror se multiplicó, y al instante, la oscuridad lo envolvió todo.

Flotó entre las nubes durante un largo rato, sin querer despertarse. Sin embargo, el gris se difuminó. Una luz intensa le iluminó los párpados. Blanche inhaló las sales, y el olor repugnante la despertó entre toses. Se incorporó con los ojos abiertos de par en par.

Estaba en el sofá de la Sala Azul. Bess y Felicia estaban a su lado, y habían cerrado la puerta. Blanche oyó a los invitados al otro lado de aquella puerta. En aquel instante, recordó lo que había ocurrido.

—Oh, Dios Santo —susurró.

Bess la sujetó. Estaba muy pálida y muy seria.

—Sólo te has desmayado durante un instante. Túmbate.

Blanche no le hizo caso.

—Por favor, dime que no he hecho nada que pueda lamentar.

Felicia estaba detrás de Bess, con cara de impresión.

—Comenzaste a gritar y a correr por la habitación. ¡Después te caíste y te acurrucaste gritando y llorando!

Blanche se quedó inmóvil, intentando no sentir nada.

—Estoy sentenciada.

—Lady de Warenne está calmando a las visitas y pidiéndoles que se marchen —le dijo Felicia.

Blanche se dio cuenta de que Bess evitaba su mirada.

—¿Ha sido muy malo?

Finalmente, Bess la miró. Estaba a punto de llorar, y era incapaz de hablar.

—Blanche, ¡fue espantoso! —dijo Felicia—. ¿Qué está ocurriendo? ¿Ha sido un ataque de locura?

Blanche intentó hacer acopio de orgullo y dignidad.

—¿Parecía eso?

—Nunca había visto a nadie comportarse así —respondió Felicia, que se sentó en una silla a su lado y le tomó la mano—. He mandado a buscar a tu médico, Blanche.

Entonces, Bess dijo de repente:

—Blanche ha tenido una migraña. Comenzó a tenerlas recientemente, y la debilitan tanto que ya ves lo que ha ocurrido.

Blanche miró a su amiga con gratitud. Bess sonrió de mala gana y la miró a los ojos, pero sólo durante un instante. Después se puso en pie.

—Yo también voy a tranquilizar a la gente.

Bess salió. Cuando abrió la puerta, Blanche vio a la condesa de Adare en el pasillo, junto a Lizzie y a Eleanor, todas muy pálidas. Parecía que todos los pretendientes se habían ido, salvo uno. James Montrose estaba apoyado contra la pared, con las manos en los bolsillos y una mirada pensativa. Bess se acercó al pequeño grupo y todo el mundo le prestó atención. Cuando comenzó a hablar, ellos miraron hacia la Sala Azul. Blanche apartó la vista.

—Cierra la puerta, Felicia —le susurró suavemente.

Y rezó por que Bess pudiera convencer a todo el mundo de que estaba enferma, no loca.

CAPÍTULO 17

En cuanto recibió la carta, tuvo un mal presentimiento. Rex dejó el sobre en el escritorio y, aunque era mediodía, se sirvió una copa de whisky.

La carta era de su cuñada Lizzie. Su familia le escribía con frecuencia, pero él iba a ir a la ciudad a finales de mes para asistir a la celebración del aniversario de boda de sus padres, y le pareció extraño que Lizzie le escribiera sólo dos semanas antes de su llegada. No quería saber cuáles eran las noticias que ella quería transmitirle.

De inmediato vio la imagen de Blanche. Se puso furioso por permitirla entrar en su pensamiento, así que bebió. Nunca pensaba en ella. Se negaba a hacerlo. Estaba demasiado ocupado como para hacerlo: el nuevo establo estaba terminado, y se había puesto a reconstruir la vieja torre de la parte sur de la casa. Habían levantado nuevos cercados de piedra para los prados de pasto, y él estaba abriendo un par de ventanas más grandes en la habitación principal.

Tomó la copa entre las manos. Ya había comenzado el mes de mayo. En pocas semanas llegaría el verano. La primavera había pasado muy despacio, pese a que él había trabajado mucho, había hecho jornadas interminables junto a sus hombres, como un trabajador más. Estaba listo para que llegara el verano. Iba a salir de aquel maldito lugar. Nunca se había sentido más aislado, y pese a todas las reformas, estaba empezando a odiar Land's End. Siempre pasaba unas cuantas semanas en Irlanda, pero normalmente en julio o agosto. En aquella ocasión, iría directamente desde Londres.

Y quizá, en aquella ocasión, nunca volviera y enviara al demonio aquella finca.

Miró la carta de Lizzie. ¿Por qué le escribía?

Estaba casi seguro de que conocía la respuesta para aquella pregunta. Tyrell le había escrito ocho semanas antes, y desde entonces, no había recibido más cartas de la familia. No había sido capaz de abrir aquella carta de su hermano, y no sabía si contenía una enhorabuena o un pésame. La había quemado.

La pena se adueñó de él. Miró el retrato de Stephen. Era la imagen de un niño pequeño, serio, moreno. Rex lo echaba mucho de menos. Había pasado todos los días y las noches de aquellas últimas semanas experimentando una aguda sensación de pérdida por su hijo. No entendía por qué sentía tanta pena en aquel momento, y no años antes, y con aquel dolor, el deseo terrible de rectificar una situación que había fracasado. Cada día se juraba que iba a escribir a Mowbray y que iba a decirle que quería conocer a su hijo, pero nunca lo hacía. Comenzaba la cena, y con ella, siempre había una buena botella de vino tinto, seguida de su brandy de la sobremesa. Y entonces, ya no pensaba en Stephan, sino en Blanche, a quien odiaba y quería, y añoraba también.

En las horas más oscuras de la noche, se permitía un saqueo emocional. En aquellas horas, pensaba en ella y quería odiarla con toda su alma. Su único consuelo era el brandy. Recordaba todos los momentos que habían pasado juntos, cuando estaban enamorados, o cuando parecía que ella lo quería tanto como él la quería a ella. La pena, la rabia, el odio y el amor se convertían en una sola cosa.

No iba a pensar en Blanche entonces, a mediodía. Y Lizzie no se entrometería, ¿verdad? Su hermana era la entrometida. Sin embargo, probablemente Eleanor aún no había llegado a la ciudad, así que él podía tener un aplazamiento. Sin embargo, por primera vez en su vida, no estaba deseando que llegara la reunión familiar.

Rex apuró la copa de brandy. Después miró la carta de Lizzie. Estuvo a punto de quemarla también, pero quizá su cuñada le contara que había un cambio de planes. Se sentiría aliviado si el aniversario se celebrara en Adare, porque así no tendría que ir a Londres, y no tendría que tomar una decisión en cuanto a un cambio en su relación con Stephen, ni se expondría a encontrarse accidentalmente a Blanche.

Tomó el sobre y lo abrió.

Querido Rex:

¿Cómo estás, querido cuñado? El conde llegó la semana pasada a la ciudad, y también Sean, Eleanor y sus niños. Virginia, Devlin y sus hijos llegarán cualquier día. Ned y Michael ya son otra vez grandes amigos y están esperando a que su cabecilla, Alexi, se una a ellos. Sin embargo, Cliff y Amanda no llegarán hasta dentro de una semana. Rogan tiene ya tres años y me recuerda a su madre. Es un travieso, y hace muy buenas migas con mi Chaz, que es su compañero perfecto de diabluras. ¡Reina el caos, pero es maravilloso, y te echamos de menos! Te escribo para invitarte a que vengas a la ciudad antes de lo que estaba planeado. ¿Existe la posibilidad de que puedas hacerlo? ¡Y no me digas que estás ocupado rehabilitando la finca!

Rex tuvo que sonreír, aunque tuviera los ojos llenos de lágrimas. En efecto, Harmon House era un caos cuando toda la familia estaba presente, pero él estaba de acuerdo con Lizzie: era un caos maravilloso, causado por muchos niños felices, bravucones y buenos. Él adoraba a sus sobrinos, y normalmente estaba deseando pasar tiempo con ellos. Era siempre agridulce. Rex era el único soltero presente; siempre estaba rodeado de afecto y amor, pero algunas veces se preguntaba cómo sería tener una esposa leal y enamorada.

También pensaba en Stephen, que estaba creciendo sin sus primos, tíos, tías y abuelos. Aquello le dolía mucho. Estaba decidido a llevar a Stephen a Harmon House de visita, aunque no le revelara su identidad.

Rex continuó leyendo. Al instante, se puso rígido.

La verdadera razón por la que te he escrito es porque me preocupa mucho Blanche Harrington. Tyrell y yo nos hemos quedado muy confusos, porque recibimos aquella primera carta tuya, y después, ninguna más. Visitamos a Blanche el día después de que volviera a la ciudad, con la esperanza de que nos diera noticias tuyas, pero no fue así. Nos contó que el compromiso contigo se había roto. No voy a entrometerme, porque sé que eres muy reservado, pero sé que debes de haber sentido afecto por ella, y quiero contarte algo: debes saber que su estado de salud es delicado. Si sigues siendo su amigo, quizá quieras visitarla cuando vengas a la ciudad. Quizá puedas ofrecerle consuelo, incluso apoyo. Ella ya no recibe visitas apenas, lo cual ha causado muchos rumores. Pese a todo, su casa permanece sitiada por los pretendientes, y se dice que pronto elegirá marido.

Por favor, perdóname por mi atrevimiento, pero mi preocupación por Blanche supera mi amabilidad para con mi querido cuñado. Y, si vosotros dos tuvisteis una riña que puede ser reparada, te animo a que des un paso y lo hagas. Blanche sigue siendo una de las mejores mujeres que conozco.

Con cariño,
Lizzie.

Rex se quedó mirando la hoja con perplejidad. Y entonces, el pánico lo invadió, lo consumió.

¿El estado de salud de Blanche era delicado? Dios Santo, ¿quería decir Lizzie que Blanche estaba embarazada? ¡Pero si sólo habían pasado ocho semanas! Era imposible saberlo tan pronto, ¿verdad?

Comenzó a temblar. Apenas podía pensar con claridad.

El miedo lo cegaba. Había perdido un hijo cediéndoselo a Clarewood, ¡no podía perder a otro!

Intentó recuperar la calma para poder razonar. Ninguna mujer podía saber si estaba embarazada a las ocho semanas. Estaba casi seguro. Sin embargo, Blanche estaba delicada y, ¿qué podía significar eso? En aquel momento, recordó el día en que ella había salido corriendo de la iglesia de Lanhadron y se había desmayado fuera. Sin embargo, la ansiedad que sentía apenas disminuyó; ¿acaso Blanche estaba sufriendo más dolores de cabeza? ¿Se había desmayado de nuevo? Durante su estancia en Land's End, había tenido otros dos desmayos. ¿Estaba enferma? ¿Habría visitado a un médico? ¡Demonios, Lizzie debía haber sido más explícita!

Se sirvió otra copa, pero lo único que hizo fue mirarla con expresión sombría. Poco a poco se fue calmando y pudo razonar. Con la información de la que disponía, sólo podía llegar a dos conclusiones: o Blanche estaba enferma, o estaba embarazada. Al pensar en aquella última posibilidad, sentía terror. Sin embargo, en aquel momento aplicó la sensatez: Blanche no podía saber con tan poco tiempo si esperaba un niño, y si lo sabía, no se lo habría confiado a Lizzie de Warenne.

Eso significaba que Blanche estaba enferma. Aquél no era asunto suyo, pensó Rex. Ella era una mujer adulta, sin familia, pero con amigos; alguien cuidaría de ella... Su nuevo prometido cuidaría de ella. Sin embargo, se sentía muy inquieto. Sacó una hoja del primer cajón del escritorio y mojó la pluma en el tintero para escribir a su cuñada.

Querida Lizzie:

Me he alegrado mucho de recibir tu carta y estoy deseando llegar a Harmon House para ver a toda la familia. Estoy impaciente por ver a los niños y más que dispuesto a hacer de canguro de Ned, Michael y Alexi. ¡Me pondré firme con ellos! Sin embargo, dudo que pueda llegar con antelación a la fecha que he planeado, porque estoy muy ocupado con la rehabilitación de Land's End.

Siento que Blanche Harrington continúe sintiéndose mal. Yo sigo considerándola amiga de la familia, y por eso te aviso de que ya estaba delicada cuando estuvo aquí en Cornualles. Por favor, convéncela para que acuda a los mejores médicos de la ciudad.

Rex vaciló. Era consciente de que toda su familia quería saber qué había ocurrido. No era asunto de nadie, pero eso no iba a desanimar a sus hermanos, hermanastros y a su entrometida hermana, Eleanor. Suspiró y escribió:

Sé que mi precipitada carta de hace unos meses debió de suscitar mucha emoción. Blanche y yo hemos sido amigos durante mucho tiempo. Brevemente, pensamos que podríamos formar una pareja estable, pero poco después nos dimos cuenta de que no encajábamos en absoluto, por razones evidentes. Me disculpo por la confusión.

Hasta finales de mes, con todo mi cariño,

Tu hermano Rex.

No había nadie más bueno que Lizzie. Tenía un corazón de oro. Rex estaba seguro de que conseguiría que Blanche acudiera a un buen doctor.

Secó la tinta de la carta, la metió en un sobre y puso el lacre con su sello. Entonces, notó una punzada de miedo.

Era evidente que Blanche estaba enferma, pero, ¿y si también estaba embarazada?

Habían pasado toda la noche haciendo el amor. Como estaban comprometidos, y ambos deseaban tener hijos, él no había tomado ninguna precaución. De hecho, aquella noche él había querido dejarla embarazada.

Se puso en pie, tambaleándose. No podía imaginarse nada

peor que el hecho de engendrar otro hijo y no poder criarlo. Ella estaba a punto de elegir otro marido.

Y entonces, el pánico que sentía se vio sustituido por la fuerza de voluntad. No permitiría que a su hijo lo criara otro hombre. Era, sencillamente, inaceptable.

Blanche sonrió con firmeza cuando Jem abrió la puerta principal para dejar paso a una docena de admiradores. Bess y Felicia estaban junto a ella para saludar a los visitantes, y ambas mujeres llevaban la misma expresión que Blanche en el semblante.

Ella ya llevaba ocho semanas en la ciudad, y una vez cada siete días, recibía visitas. Blanche era consciente de que corrían muchos rumores sobre ella. El último ataque que había sufrido lo habían presenciado muchos caballeros, y se especulaba con que se había vuelto loca, y no con que sufriera migrañas. Sin embargo, no había vuelto a haber más incidentes, al menos no en público; sí en privado. Y Blanche se había negado a visitar a los médicos que le había recomendado Bess. Tenía miedo de cuál pudiera ser el diagnóstico.

En vez de eso, se había concentrado en dominar sus sentimientos, había evitado las salidas y había empezado a recibir visitas sólo una vez a la semana. En cuanto comenzaba a notar un pequeño dolor de cabeza, dejaba silenciosamente la sala. En aquel momento se encontraba muy calmada. Había tomado varias tazas de infusión relajante con un poco de brandy.

Blanche sonrió a varios de los caballeros que desfilaban por su salón. La puerta principal continuaba abierta, y ella acababa de saludar a un conocido mujeriego, Harry Dashwood, cuando vio a alguien que le resultaba familiar en el jardín. Se quedó helada: era Paul Carter.

El herrero sonrió y se quitó la gorra a modo de saludo. Después se alejó y salió del campo de visión de Blanche. A ella se le aceleró el corazón. ¿Qué hacía aquel hombre en la ciudad? Blanche le había pagado una buena cantidad ocho semanas antes, y habían llegado al acuerdo de que él nunca volvería a poner los pies en Harrington Hall.

—Lady Harrington —dijo Dashwood con una reverencia—. ¿Quién es?

Blanche intentó dominar el miedo que sentía y sonrió a Dashwood.

—¿Disculpad?

—Ese campesino, el que os ha dado un susto tan grande —dijo, mirándola con benevolencia.

Ella tragó saliva.

—No lo sé —dijo, intentando aparentar despreocupación—. Hace un día precioso, ¿no le parece, lord Dashwood?

Él sonrió.

—Precioso de veras, cuando me encuentro ante vuestra belleza.

Ella sabía perfectamente que nunca había tenido peor aspecto. La tensión y la falta de sueño, junto a la pérdida de apetito, la habían dejado delgada y demacrada. Dashwood siempre estaba haciéndole alabanzas falsas. A ella no le importaba. Era mejor que sentir la mirada inquisitiva de James Montrose, que no había dejado de visitarla ni una sola semana.

Dashwood podía valer. Tenía treinta años, y era tan engreído y egocéntrico que nunca dejaría a un lado su promiscuidad, lo cual significaba que la dejaría en paz enseguida y nunca tendría ningún interés verdadero en ella. Era guapo, pero Blanche no sentía ni la más mínima atracción por él. Aunque era muy superficial, sí tenía varias empresas rentables. Era un astuto hombre de negocios. Con la ayuda de unos administradores inteligentes, podría hacerse cargo de la gestión de su fortuna. Además, era hijo de un barón.

Por supuesto, ella no tenía intención de casarse a menos que estuviera embarazada. Sin embargo, aunque era pronto para saberlo, Blanche presentía que había una vida creciendo en su vientre. Estaba entusiasmada, y también angustiada. ¿Cómo iba a ser madre de un niño cuando su cordura era tan frágil?

—¿Puedo ser atrevido? —le preguntó Dashwood con una sonrisa.

—No esperaría menos de vos —respondió Blanche automáticamente, intentando coquetear.

—Me gustaría dar un paseo en vuestra compañía. ¿Es posible? —dijo él, y le ofreció el brazo.

—Claro.

Salieron por la puerta principal. Al instante, Blanche miró a su alrededor y se sintió aliviada al no ver a Paul Carter. Mientras rodeaban la casa para entrar a los jardines, se relajó. No podría enfrentarse a Carter en aquel momento.

Dashwood comenzó a hablar de ópera. Blanche sabía que iba a invitarla a que lo acompañara, y mientras escuchaba amablemente, pensaba en una excusa para rehusar la invitación. Y entonces, vio a Carter cuchicheando con el jardinero jefe. Se tambaleó.

Dashwood la sujetó.

Blanche se aferró a él sin darse cuenta, mirando fijamente al herrero. Él se volvió y le clavó los ojos.

El pánico comenzó. ¿Qué le estaba diciendo al jardinero? ¿Qué quería? ¿Por qué había vuelto?

Las sienes le estallaron de dolor.

Estaba sucediendo. Estaba a punto de tener un ataque. Se agarró con fuerza a Dashwood. Quería decirle que se sentía enferma y que estaba a punto de tener una migraña, pero no consiguió pronunciar una sola palabra.

Él palideció.

—¿Lady Harrington?

Los gritos de su madre estallaron y los jardines desaparecieron, se convirtieron en una calle empedrada. La multitud rugía a su alrededor mientras ella gateaba hacia mamá, y el monstruo le gritaba con furia mientras intentaba agarrarla por el tobillo.

Alguien tropezó con ella. Blanche se quedó helada mientras la agarraban, y entonces fue cuando mamá dejó de gritar, y cuando ella la vio yaciendo en un charco de sangre.

Sabía que era la sangre de su madre.

Las piedras comenzaron a girar a su alrededor. Ella luchó por respirar, aunque deseaba que llegara la oscuridad. Y entonces llegó...

CAPÍTULO 18

Dos semanas después, Rex saludó al portero de Harmon House y entró en el espacioso vestíbulo de la casa. Oía las risas de los niños y las protestas agudas de una de sus sobrinas. Sonrió, y por primera vez en meses, tuvo la sensación de que era casi feliz.

Atravesó la entrada y pasó al salón familiar, una estancia decorada en colores verdes y dorados que se abría al jardín. Ned y Alexi estaban riéndose y agitando una muñeca en el aire, mientras Elysse los miraba a punto de llorar. Ariella tenía cara de pocos amigos. La rubia hija de su hermano Cliff fue la primera que lo vio.

—Tío Rex —gritó—, ¡esa muñeca es un regalo de París! ¡La van a romper!

—Espero que no —respondió él, maravillándose de su exotismo. Pese a que tenía el pelo muy rubio, su piel era morena, y sus ojos de un azul asombroso. Se volvió hacia los niños, que lo miraron con sorpresa—. Cliff no se lo va a pensar dos veces antes de pasaros por la quilla.

Los dos niños morenos gritaron al unísono y se acercaron a él corriendo después de tirar la muñeca al sofá. Él les revolvió el pelo.

—¿Por qué torturáis a vuestras primas? —le preguntó al mayor de Tyrell—. Eres el heredero de tu padre. Un día, serás el patriarca de esta familia. Un día, si Elysse tiene problemas, acudirá a ti. Será tu responsabilidad velar por sus intereses.

Ned se ruborizó.

—Sólo es una muñeca, y ella es como un ratón —dijo, y la miró—. Miau.

Rex lo agarró por el hombro.

—A tu padre no le va a gustar saber que estás causando estragos con ayuda de Alexi.

Entonces, Alexi dijo atrevidamente:

—El tío Ty dijo que podíamos ir a pescar al río.

—No vais a pescar —dijo Rex—. Te estás portando como un pirata, y tú sabes cuál es la diferencia entre un pirata y un corsario. Esa muñeca no es tuya.

Ariella dijo:

—Llegamos ayer, tío Rex, porque el viento estuvo en calma durante tres días. Y Alexi y Ned no han dejado de molestar a Elysse desde entonces.

Elysse asintió, lloriqueando.

—Se meten conmigo.

—Eso es porque tú eres guapa, y a los chicos les encanta meterse con las chicas guapas —dijo Rex. Elysse tenía el pelo dorado de su padre y la belleza delicada de su madre. Era como una princesa. Él miró a Alexi—. ¿Es la primera vez que ves a tu prima? —le preguntó.

Alexi se ruborizó y apartó la vista de Elysse.

—Lo de quitarle la muñeca fue idea de Ned. No podemos ir a pescar porque el tío Ty dice que hay que esperar la marea baja, aunque los dos sabemos nadar muy bien —añadió, fanfarroneando y mirando a Elysse.

Ella lo miró con altivez y tomó su muñeca.

—Claro que nadas bien. Los piratas tienen que saber nadar, porque los obligan a caminar por la tabla. Y tú eres más pirata que corsario, como tu padre —añadió.

Rex miró al cielo con resignación, pero antes de poder regañar a Elysse, oyó pasos por el corredor. Se volvió y vio a sus dos hermanos. Sonrió. Se le había olvidado cuánto necesitaba aquellas reuniones familiares.

Tyrell tenía todo el aspecto de ser el heredero familiar, aunque estuviera en mangas de camisa. Cliff tenía todo el aspecto de ser el pirata que no era, porque llevaba un aro de oro en la oreja y unas grandes espuelas adornadas con rubíes.

—Por fin —exclamó Cliff, sonriendo. Y abrazó a Rex con fuerza.

—¿Están molestando a las niñas otra vez? —preguntó Ty con desaprobación.

—Han intentado robarme la muñeca —dijo Elysse con los ojos llenos de lágrimas—. Es de París. Papá me la trajo —añadió, y se abrazó a la muñeca en espera de la reacción de su tío.

Ty le dio unos golpecitos en la cabeza y se volvió hacia su hijo y su sobrino.

—No hay pesca en toda la semana. Id arriba. Sé que tienes que terminar un ensayo, Ned. Lo leeré antes de la cena. Alexi, tú puedes hacer los mismos deberes.

Ned bajó la cabeza, pero Alexi se reveló y miró a su padre.

—Prefiero que me pasen por la quilla.

—Por desgracia, nunca lo he puesto en práctica. Sin embargo, me parece que tú puedes ser mi primer experimento —le dijo Cliff a su hijo—. Pórtate bien —le advirtió—, o te dejaré en Windsong la próxima vez que vengamos a Londres.

—Sí, papá —dijo Alexi.

Los dos niños se marcharon, y las niñas se fueron a jugar a su habitación. En cuanto los hermanos estuvieron a solas, Cliff cerró las puertas del salón.

—¿Qué ha pasado? —le preguntó a Rex.

Rex había albergado la esperanza de terminar con la conversación antes de que empezara.

—¿A qué te refieres? —preguntó con despreocupación—. He estado trabajando como un esclavo durante este año, y mi finca ha prosperado mucho.

Cliff sacudió la cabeza, mientras Tyrell miraba a Rex fijamente. Entonces, Tyrell se acercó al bar y descorchó una botella de vino. Cliff dijo:

—Creo que escribiste a Tyrell diciéndole que estabas comprometido con Blanche Harrington. ¿Qué pasó?

Rex se puso tenso.

—Creo que también escribí a Lizzie y se lo expliqué. Somos muy distintos. Aunque somos amigos, al final nunca habríamos conseguido tener un matrimonio sólido.

Cliff lo miró especulativamente.

—Blanche Harrington y tú —dijo él suavemente—. Nunca lo habría pensado. ¿Estás enamorado de ella?

—No.

—¿De verdad? Un hombre de Warenne sólo se casa por amor. Es una tradición familiar.

—Es una mitología familiar —gruñó Rex—. Y no estamos casados.

—Pero estabais a punto de hacerlo.

Tyrell se acercó con una copa de vino para cada uno.

—Ahora está comprometida con Harry Dashwood. O, al menos, eso se dice.

A Rex se le encogió el estómago. ¿Dashwood? Lo conocía. Lo había visto de vez en cuando en White's. No habían intercambiado más que algún saludo, pero Rex lo había visto apostando. Jugaba bien, con cautela; ganaba pequeñas cantidades y entonces abandonaba la mesa. Era un hombre egocéntrico, y Rex sabía que había tenido aventuras con la mayoría de las mujeres casadas más ricas de Londres. Siempre había salido un poco más rico después de esas aventuras.

Rex se puso enfermo. ¿Estaba Blanche comprometida? ¿Estaba enamorada?

—¿Qué sabes de Dashwood? —preguntó, fingiendo indiferencia.

—No mucho —respondió Tyrell—. Ha tenido muchas aventuras. Tiene algunas empresas rentables. Es frívolo.

—¿Y cuál es tu reacción? —preguntó Cliff—. Yo me ponía

muy celoso cada vez que un pretendiente miraba a Amanda, ¡y eso que estaba intentando buscarle marido! —exclamó.

—Sí, eras idiota —dijo Eleanor, que entraba en aquel momento en el salón—. ¿Qué me he perdido? —preguntó mientras abrazaba a Rex—. ¿Por qué no estás comprometido con Blanche? ¿Qué quiere decir eso de que no encajáis? ¡A mí me parece maravillosa para ti!

—Hola, Eleanor. Yo también me alegro de verte, creo —dijo Rex. Sin embargo, sonrió al ver a su hermana.

—Lizzie quiere ir a visitarla mañana —dijo Tyrell. En aquel momento Rex notó que había una conspiración—. ¿Quieres venir con nosotros? Estoy seguro de que se alegrará de verte. Después de todo, seguís siendo amigos.

A Rex le dio un salto el corazón.

—Mañana tengo que hacer otra visita —dijo.

—¿Qué visita? —preguntó Eleanor.

—Una visita privada.

—¿Vas a ver a otra mujer?

—Yo no he dicho eso.

—Entonces, ¿adónde vas? ¿Puedo ir contigo?

—No, no puedes ir conmigo.

—¿Estás evitando a Blanche? —le preguntó Eleanor.

Él suspiró.

—No. Espero que esté enamorada de Dashwood. Se merece ser feliz.

Eleanor sacudió la cabeza, confusa, y le tomó la mano.

—Yo me alegré mucho cuando Tyrell nos dijo que os habíais comprometido. Me sentí feliz por ti. Quiero que tengas lo que yo tengo, lo que tienen Ty y Cliff.

—Yo no estoy buscando el amor, Eleanor —dijo él con calma.

—¿Por qué no? Todos nos hemos casado por amor y somos felices. ¿Y qué pasa con los niños?

Rex se puso muy tenso. La imagen de Stephen se le apareció en la mente. Supo que si alguna vez les hablaba a sus hermanos de su hijo, abriría la caja de Pandora. Eleanor intentaría persuadirlo para que rompiera el acuerdo con Mowbray, pero creía que quizá sus hermanos fueran más prácticos. En realidad, aquel acuerdo le resultaba endeble, como mínimo. Apretó los labios y dijo:

—No creo que tener hijos sea para mí.

—Eso es una tontería —intervino Cliff—. Son para ti si quieres que lo sean.

Eleanor volvió a tomar a Rex de la mano. Él se volvió. Sabía que su hermana estaba triste por él.

—A veces puedo ser una burra, ¿verdad?

Él se sintió aliviado.

—Sí, pero estás perdonada.

Ella vaciló.

Cliff tomó un sorbo de vino y dijo de repente:

—Si no se lo decís vosotros, lo haré yo.

Eleanor hizo una mueca.

—Estoy intentando reunir fuerzas.

Rex miró fijamente a sus hermanos.

—¿Decirme qué?

—Hay un rumor muy feo —dijo Cliff—. Y tú deberías saberlo.

—Blanche está enferma —dijo Rex, con una punzada de miedo.

—No. Se rumorea que se ha vuelto loca.

Rex parpadeó de la sorpresa.

—Es un rumor espantoso —dijo Eleanor—, pero la verdad es que lo he visto por mí misma. E incluso yo me pregunto si ha perdido la cordura.

Más tarde, aquel día, Rex entró en White's con sus hermanastros, Devlin y Sean. Aunque eran las cinco, el salón del club ya estaba lleno de caballeros que bebían oporto y fumaban. En una esquina, sentado en una butaca, estaba Tom Mowbray.

Rex se puso muy tenso.

Clarewood estaba leyendo un periódico, con una copa de oporto en la mesilla que había junto a él. Sin embargo, sus ojos azules no estaban en el diario, sino clavados en Rex. En cuanto sus miradas se cruzaron, el duque bajó la suya. Rex les dijo a sus hermanos que iba a saludar al duque.

Mientras Rex se acercaba a él, Clarewood bajó lentamente el periódico.

—Mowbray.

Tom Mowbray lo miró fijamente.

—Rex.

A Rex no le gustó su tono, ni la forma demasiado familiar de dirigirse a él. Se dio cuenta de que no había vuelto a hablar con aquel hombre desde hacía nueve años, y apenas lo había visto. Mowbray parecía muy diferente, y no sólo porque estuviera más delgado y envejecido.

—¿Recibiste mi carta?

Mowbray se puso en pie. Seguía siendo guapo, pero su rostro era duro y descarnado, cuando en su juventud tenía una expresión afectuosa. Incluso su mirada era hosca.

—Apenas recuerdo esa misiva.

Rex se irritó, pero se limitó a sonreír.

—Me gustaría hablar un momento contigo... Tom.

Mowbray dio un respingo.

—Sabes que es Clarewood, Rex. Clarewood o excelencia.

Así iban a ser las cosas, pensó Rex, sorprendido y molesto.

—No era así cuando luchamos juntos en España, matando franceses y viendo morir a nuestros camaradas.

—Esos días pasaron hace mucho —dijo Mowbray con desdén—. Y no tengo tiempo para hablar. Debo irme —zanjó. Lanzó el periódico a la mesilla y se dispuso a salir.

Rex tuvo ganas de agarrarlo, de darle un golpe. En vez de eso, dijo en voz muy baja, para que nadie pudiera oírlo:

—Voy a visitar a Stephen.

Mowbray se giró bruscamente hacia él.

—Me parece que no —exclamó.

—A menos que te lo lleves de la ciudad, he decidido que esta situación ya no me resulta satisfactoria.

Mowbray lo miró con suma frialdad.

—No deseo hacer ninguna revelación —continuó Rex—, pero sí deseo conocerlo. Quiero visitarlo. No puedo esperar más.

Mowbray se acercó a él y le dijo con aspereza:

—No permitiré ningún cambio en nuestro acuerdo.

—No quiero hacer ningún cambio importante. En todos los sentidos, salvo en el biológico, Stephen es hijo tuyo. Sin embargo, yo tengo algunos derechos. Y en origen, nuestro acuerdo tenía previstas algunas visitas.

—¡Tú renunciaste a tus derechos, tal y como debiste, para mejorar el futuro de Stephen! No voy a convertirme ahora en un hazmerreír.

A Rex no le gustó nada aquella actitud.

—Me sorprende que no digas también que no quieres poner en peligro el futuro de Stephen.

—Lo he educado como hijo mío. Le he dado todos los privilegios. No permitiré que los viejos rumores vuelvan a extenderse.

—Ésa no es mi intención —dijo Rex, muy afectado.

¿Le importaba Stephen a Mowbray como hijo? Hasta aquel momento, Rex lo había creído así, porque de otro modo, Mowbray podría contar la verdad fácilmente. Sin embargo, en aquel momento, Rex estaba asombrado, inquieto e inseguro.

—Sólo deseo hacerle una visita. Nosotros somos viejos amigos. Te salvé la vida durante la guerra. Es del conocimiento público. Un día, Stephen también lo sabrá. Tengo muchas razones para ir de visita a Clarewood, y tú puedes decírselo a Stephen —dijo, con el pulso acelerado. Y cuando Mowbray lo miró con repulsión, añadió—: Me lo debes.

—Y un cuerno —respondió Clarewood—. Hace diez años.

Mi deuda ya está pagada —dijo con furia—. Visítalo entonces, si quieres. Pero no lo conviertas en una costumbre.

Con aquello, se marchó.

Rex se quedó inmóvil, consciente de que estaba sudando. ¿Qué le había pasado a Clarewood, para pasar de ser un muchacho agradable a un hombre duro y frío? A Rex le preocupaba su hijo, porque apenas podía reconocer a su antiguo amigo.

Agarrando la muleta con demasiada fuerza, Rex se volvió hacia sus hermanastros. Mientas se sentaba, Sean le clavó sus ojos grises.

—¿Qué hay entre Clarewood y tú?

—Somos viejos amigos —respondió Rex, evitando su mirada—. No lo había visto desde hacía años, desde la guerra.

—Pues ha sido un reencuentro muy amistoso —ironizó Sean.

Rex le sonrió.

—¿Has estado escuchando?

—No. Mi silla está mirando en aquella dirección.

Rex se dio cuenta de que era cierto.

—Pensé en recuperar la vieja amistad, pero Clarewood ha cambiado drásticamente.

—Es un hombre frío, rígido —dijo Devlin—. Yo tengo tratos con él. Me parece que está amargado. ¿No le salvaste tú la vida en España?

Rex se sintió tenso, pero sonrió.

—Lo saqué del campo de batalla cuando él no podía caminar. Supongo que podría decirse que sí.

Devlin tomó un sorbo de su copa de whisky, con una mirada impenetrable. Rex se dio cuenta de que sus hermanastros, que eran hombres muy inteligentes, sospechaban de él. Cambió de tema.

—¿Vais a ir a Adare este verano, Sean? Yo voy a pasar allí unas semanas después de marcharme de Londres.

Sean sonrió ante la evasiva.

—Aún no hemos hecho los planes para el verano —respondió. Después miró por encima de la cabeza de Rex y abrió mucho los ojos–. Tu amigo Dashwood acaba de entrar.

A Rex le resultó muy difícil permanecer sentado. La imagen de Blanche le llenó la mente y le causó una tensión indeseada. Lamentó estar situado de espaldas a la sala, y lentamente, se giró.

Dashwood estaba un poco más allá, con dos amigos. Los tres se reían escandalosamente. Rex había olvidado que aquel hombre vestía impecablemente, y que era bastante atractivo y atlético. Sintió celos. Por primera vez desde que había sabido que Blanche estaba comprometida, se le pasó por la mente que quizá ya estuvieran acostándose juntos.

No pudo soportar aquella idea. Se le nubló la vista.

—Así que eres el afortunado —le dijo a Dashwood uno de sus amigos.

—Más bien, es el desafortunado —dijo el otro caballero, riéndose.

—Soy afortunado, no desafortunado, Will —dijo Dashwood, riéndose también—. Acabamos de empezar a redactar los contratos.

Rex se volvió por completo y lo miró sin disimulos. Así que iba a ser oficial, pensó.

—Quizá estés tan loco como ella —dijo en voz alta el primer hombre—. Afortunado o no, yo nunca tendría la condescendencia de casarme con una mujer así.

Rex se quedó helado. No daba crédito. ¿Estaban hablando de Blanche aquellos idiotas? ¿La estaban declarando loca delante de todo el mundo?

—No soy condescendiente —dijo Dashwood con una sonrisa.

—Entonces, ¿no está chalada?

—Sí, está como un cencerro. Para empezar, la vi en uno de sus ataques —dijo Dashwood, y bajó la voz—. Y eso me conviene, amigos. Me conviene porque una loca no tiene derecho a semejante fortuna, ¿entendéis?

A Rex se le volvió a nublar la vista. Sean lo agarró del brazo.
—No.
Rex tomó la muleta y le dio un golpe a Dashwood en la espalda, pero no amablemente. Después, se puso en pie.
Dashwood se volvió con los ojos abiertos como platos. Vio a Rex y arqueó una ceja.
—De Warenne —dijo con frialdad—. Supongo que queréis darme la enhorabuena.
Rex sonrió. Después movió la muleta y golpeó al otro hombre detrás de las rodillas y lo hizo caer de espaldas. Desde su posición horizontal, Dashwood miró a Rex con perplejidad. Después gruñó:
—Desgraciado.
—Lady Harrington, vuestra futura esposa, no está loca —le dijo Rex fríamente—. Y os sugiero que reconsideréis vuestro compromiso si sois tan poco respetuoso con ella.
Dashwood se incorporó y dio un salto. Rex intentó apartarse, pero fue demasiado tarde. Dashwood lo agarró por el brazo y ambos terminaron en el suelo, rodando como dos niños de colegio. Dashwood quedó arriba.
Rex intentó ladearse para esquivar el golpe, pero Dashwood le dio un puñetazo en el labio. Rex le golpeó con la muleta en la entrepierna y Dashwood emitió un aullido de dolor. Y entonces, numerosas manos los separaron.
Rex se levantó con ayuda de sus hermanastros, tocándose el labio ensangrentado. Dashwood se quedó arrodillado, sujetándose los genitales. Jadeando, Rex dijo:
—Lady Harrington es una querida amiga de esta familia. Os sugiero que penséis de nuevo vuestros planes. No permitiremos que abuséis de ella, señor.
—Vamos —le dijo Sean al oído.
—Pagaréis por esto —dijo Dashwood—. ¡Y ella será mi esposa! ¡Vamos a firmar los contratos mañana!
Rex se quedó inmóvil, y tuvo el impulso de darse la vuelta y machacar a Dashwood. Sean le tiró del brazo. Devlin se arrodilló junto a Dashwood.

—Yo lo pensaría bien si fuera vos, muchacho —dijo, y con una sonrisa, se levantó—. Vayámonos.

Rex salió de White's, flanqueado por Sean y Devlin.

Rex estaba junto a la ventana del salón, con un brandy intacto entre las manos. Estaba mirando al cielo, que aquella noche estaba lleno de estrellas, sin dejar de pensar en el incidente con Dashwood.

Tras él, sus dos hermanos y sus dos hermanastros estaban sentados cómodamente, hablando mientras tomaban una copa. ¿Sería posible que Blanche se hubiera enamorado de Dashwood, o iba a casarse con él por conveniencia? ¿Estarían compartiendo cama ya? ¿Y estaba Dashwood llevando a cabo un plan para despojarla de su fortuna declarándola mentalmente incapaz cuando estuvieran casados?

Alguien se sentó junto a él, y Rex se puso tenso. Se volvió y vio a Cliff, que le sonrió ligeramente.

—Una noche para los amantes —le dijo—. Voy a subir a reunirme con mi esposa.

Rex no pudo sonreír.

—Creo que nunca había visto a Amanda tan encantadora y tan feliz.

Cliff asintió, y después dijo:

—Y creo que yo nunca te había visto tan triste. Me he enterado de lo que ha pasado en White's. Está claro que sigues sintiendo afecto por Blanche Harrington. No entiendo por qué no haces lo que deseas hacer.

Rex soltó una carcajada seca. Nunca revelaría que ella lo había rechazado.

—Dashwood estaba declarándola loca abiertamente.

—Eso también lo he oído. Alguien tiene que pararlo.

—Creo que piensa casarse con ella y declararla legalmente incapaz para poder controlar su fortuna.

—Puede que ése sea su plan, pero parece demasiado horroroso. ¿Estás seguro de que no has llegado a una conclusión equivocada?

—Lo oí. Dijo que había presenciado uno de sus ataques, y que una loca no tenía derecho a semejante fortuna. Tienes razón; alguien tiene que pararlo.

—Entonces, ¿qué vas a hacer?

—Yo soy el loco, por querer mezclarme. Le voy a contar a Blanche lo que oí. Sin embargo, estoy seguro de que ella no creerá que alguien pueda ser tan malo. Tengo que convencerla de algún modo para que deje a Dashwood.

Cliff sonrió.

—Me da la impresión de que no va a ser muy difícil de conseguir.

—Blanche no va a agradecer mi intromisión... estoy seguro.

Cliff lo agarró del hombro.

—Buena suerte.

Nadie hacía visitas por la mañana, salvo la familia. Rex bajó del carruaje de los de Warenne junto a Harrington House. Había otro carruaje, pero era tan bonito y tan lujoso que no podía pertenecer a Dashwood. Se preguntó si era de Blanche y si ella iba a salir en aquel momento. Y se preguntó cuándo llegaría Dashwood para firmar los contratos. Si Rex tenía suerte, Blanche no recibiría más a aquel canalla.

Había estado toda la noche en vela, y en aquel momento, mientras subía las escaleras que llevaban a la imponente puerta de ébano de la casa, sentía una terrible tensión. A cada lado de la entrada había dos porteros uniformados, inmóviles. Él llamó con firmeza. Estaba muy nervioso, porque se jugaba mucho: el destino y la felicidad de Blanche estaban en juego. No podía imaginar cuál sería su reacción cuando le dijera cuál era el plan de Dashwood. Probablemente, le daría amablemente las gracias por su visita y lo despediría.

Otro portero le abrió y lo guió hasta una sala. Las paredes estaban jalonadas con sillas doradas, y había numerosos retratos al óleo y una mesa de piedra con un arreglo floral en el centro de la habitación.

Rex oyó unos pasos suaves, femeninos. Se irguió, lleno de ansiedad. Entonces, vio a lady Waverly entrar en la habitación, con una expresión tensa.

Él se sintió consternado. Hizo una reverencia.

—Lady Waverly.

—Sir Rex, qué sorpresa —dijo ella con sarcasmo.

Él se quedó mirándola. ¿Estaba enfadada? ¿Por qué? ¿Qué le habría dicho Blanche sobre él?

—Sé que es muy temprano, pero tengo que hablar con lady Harrington sobre un asunto de suma importancia.

—Son las diez de la mañana —dijo ella con frialdad.

Rex se dio cuenta de que la confrontación era inevitable.

—Sé qué hora es. Sin embargo, el asunto que tengo que tratar con lady Blanche es muy importante —repitió.

Bess lo miró con furia.

—No recibe visitas hoy, sir Rex. Recibe a las visitas los jueves. Tendréis que volver entonces.

Él también se enfadó. Tuvo que tragarse una respuesta destemplada.

—Por favor, decidle que estoy aquí. Somos amigos, y me recibirá.

Lady Waverly se colocó en jarras.

—En realidad, ella no desea veros. Lo dejó bien claro hace dos meses.

Aquellas palabras tenían que ser una mentira. Sin embargo, le atravesaron el corazón como un puñal.

—Cuando se marchó de Land's End, estábamos en buenos términos. Me resultaría muy chocante que eso hubiera cambiado —dijo él, aunque en realidad era Blanche la que se había comportado adecuadamente.

Lady Waverly se echó a temblar de exaltación, para sorpresa de Rex.

—¡Ha cambiado! ¡Todo ha cambiado! ¡Y ahora, buenos días, señor!

Él no se movió.

—Sé que va a firmar hoy los contratos matrimoniales —dijo por fin, conteniendo su ira—. Es muy urgente que hablemos antes de que lo haga.

Y entonces, lady Waverly explotó.

—¡No permitiré que la veáis! ¡No os necesita! ¡Lo único que haréis será causarle más problemas! Adiós, sir Rex —le gritó.

Él se quedó estupefacto.

—Dejad en paz a Blanche —terminó ella. Después, se dio la vuelta y se marchó por el pasillo.

Sir Rex se quedó ofuscado. ¿Qué demonios estaba ocurriendo? No tenía intención de irse, así que tomó la muleta y siguió el camino que había tomado lady Waverly. Pasó junto a dos bonitos salones, sin oír nada salvo el sonido de sus propios pasos. No conocía la casa, pero si lady Waverly estaba allí, Blanche estaba con ella, sin duda.

Mientras recorría un pasillo, vio abrirse una puerta. Se detuvo, sin intentar esconderse, con la esperanza de que Blanche saliera por ella. Sin embargo, vio a un hombre vestido de campesino. Era Paul Carter, el prometido de Anne. ¿Qué estaba haciendo el herrero en la ciudad, en Harrington Hall? En aquel instante, recordó el resentimiento de Anne hacia Blanche, y tuvo una terrible sospecha. Aquella visita del herrero no podía tener nada de bueno.

Rápidamente, llamó a la puerta que Carter había dejado entornada. Al abrirla, vio una gran biblioteca con muchos asientos. Y vio a Blanche, sentada en una esquina, en un pequeño escritorio, con las manos agarradas frente a sí, como una niña pequeña.

El corazón se le encogió. Rex olvidó que había jugado cruelmente con él y que había roto su compromiso a traición. Olvidó que debía despreciarla, o, al menos, no sentir nada por ella. Era como un ángel, un ángel frágil que necesitaba ayuda y protección.

Y Rex no se movió. Era consciente de que todavía la quería, de que siempre la había querido y siempre la querría. Asimiló su apariencia elegante, porque sabía que quizá no tuviera aquella oportunidad otra vez. De repente, Blanche alzó la mirada.

Emitió una exclamación de sorpresa.

Rex cerró la puerta y se acercó al escritorio. Le latía el corazón con tanta fuerza que creía que ella iba a oírlo también.

Blanche permaneció sentada, inmóvil, tensa.

Él sintió una terrible pena. ¿Por qué tenían que ser así las cosas?

—Esperaba que siguiéramos siendo amigos —le dijo suavemente.

Ella tragó saliva.

—¿Cómo has entrado?

—Tu amiga quiso echarme, pero he decidido tomar las riendas del asunto. Veo que estás consternada, así que perdóname.

Ella respiró profundamente.

—No puedo hacer esto, Rex.

Él se sobresaltó. Había algo que marchaba muy mal.

—No puedes hablar conmigo, ¿ni siquiera como amigo?

Rex la vio temblar.

—Es demasiado duro —susurró ella.

—Blanche, no lo entiendo. ¿Te hice algo muy ofensivo en Land's End, algo que no puedas perdonarme y que haya convertido tu afecto en odio y repugnancia?

—¡Por supuesto que no! —Blanche se puso en pie, tambaleándose—. No te odio —dijo, y se le llenaron los ojos de lágrimas—. Te admiro... siempre seremos amigos.

Él cerró los ojos y tuvo que contener el deseo implacable de tomarla entre sus brazos. Después sonrió para darle ánimos.

—Entonces, estamos de acuerdo, porque yo también te admiraré siempre... y siempre seré tu amigo.

Ella respiró con brusquedad y sollozó.

—¿Por qué lloras? —le preguntó Rex suavemente—. ¿Y qué hacía aquí Paul Carter?

Blanche dio un respingo.

—¿Es que no has oído los rumores? ¿Acabas de llegar a la ciudad?

—Llegué ayer. Y sí he oído que te vas a comprometer.

Ella se ruborizó y apartó la mirada. En voz baja, dijo:

—Me refiero a los otros rumores.

—No, no he oído nada —mintió.

Ella sonrió forzadamente.

—Estoy loca.

—¡No estás loca! Eres la mujer más sensata que conozco. No te creas esas estupideces. ¿Es esto cosa de Dashwood?

Blanche negó con la cabeza, entre lágrimas.

—Claro que no.

—Debo hablar contigo sobre él.

Ella se frotó las sienes.

—No puedo. No puedo hablar contigo sobre él. Rex, esto es demasiado duro.

—Blanche, ¿sigues teniendo dolores de cabeza? No quiero ser grosero, pero no tienes buen aspecto, y me preocupas mucho.

Ella sacudió la cabeza.

—Tienes que irte —dijo, y tomó una taza de té con las manos temblorosas.

Él se sobresaltó al ver una botella de brandy sobre el escritorio, con una cuchara.

—¿Qué es eso?

—El brandy me ayuda —gimió ella, sorbiendo el té. Cuando dejó la taza sobre el plato, la porcelana se golpeó con violencia.

Él le tomó la mano y se dio cuenta de que la tenía helada.

—Blanche, he venido para hablar de Dashwood, pero me preocupa mucho tu salud. Debes prometerme que no vas a firmar ningún contrato hoy. ¿Has ido a ver a algún médico? ¿Blanche?

Ella sacudió la cabeza, se tocó la sien y susurró:

—Suéltame.

Él obedeció.

—¿Qué te ocurre?

Ella se tapó los oídos. Tenía el rostro contorsionado, su expresión era de terror.

—¡Blanche!

Ella gritó, se alejó de él y echó a correr. Él la siguió, pero la vio caer de rodillas, tapándose los oídos, sollozando.

—¿Qué te pasa? —le preguntó, arrodillándose junto a ella. Le pasó el brazo por los hombros, pero en cuanto vio su rostro, supo que Blanche no lo veía. Volvió a gritar, intentando zafarse de él, con una expresión de terror.

Horrorizado, él la soltó.

Entonces, Blanche se acurrucó. Y se quedó en silencio.

Rex estaba paralizado de miedo. Temía hablarle, igual que temía tocarla.

Lady Waverly entró en la biblioteca.

—¿Qué habéis hecho? —le gritó. Se arrodilló junto a Blanche y la abrazó—. ¡Fuera!

—No —susurró Blanche, acurrucada todavía.

—¡Fuera! —volvió a gritar lady Waverly.

Blanche comenzó a mecerse, murmurando tan bajo que él no pudo descifrar sus palabras. Sin embargo, supo que estaba repitiendo algo una y otra vez.

Rex tomó la muleta del suelo. Se incorporó y se quedó inmóvil.

—Su secreto está a salvo conmigo —dijo en voz baja.

Bess Waverly lo miró. Estaba llorando.

—Desearía hablar con vos, lady Waverly. Estaré fuera —dijo, y titubeó—. Blanche, si me oyes, nada ha cambiado. Haré todo lo que pueda para ayudarte.

Ella siguió cantando silenciosamente, y él supo con seguridad que no lo había oído.

Entonces se dio la vuelta con los ojos llenos de lágrimas. Y salió de allí, más allá del miedo.

CAPÍTULO 19

Bess le acarició la espalda a Blanche, intentando controlar sus emociones para poder consolar a su amiga. Temía desesperadamente por ella. Blanche se estaba poniendo peor, no había duda. Aquellos ataques violentos y horribles sucedían diariamente. ¿Se estaba deslizando lentamente hacia un mundo del que no iba a volver? El miedo más grande de Bess era que, un día, Blanche tuviera un ataque de locura que nunca terminara.

Aquella posibilidad era espantosa, y Bess se negaba a aceptarla. Sin embargo, tenía que pensar en ello, porque era muy probable que Blanche estuviera embarazada. Habían pasado dos meses y medio y no tenía el periodo. Si Blanche no conseguía superar el mal que la aquejaba, ¿cómo iba a poder ser la madre de aquel niño? Bess había estado convenciendo a Blanche para que se casara rápidamente. El niño de Blanche iba a necesitar un padre mucho más de lo que Blanche necesitaba un marido.

Bess se sintió aliviada cuando, por fin, Blanche se incorporó y se sentó. Se pasó las manos por la cara cuidadosamente, evitando mirar a Bess. Blanche estaba avergonzada, y ella también.

—Deja que te sirva té —le dijo Bess suavemente.
—Se ha terminado —respondió Blanche.

Bess se puso en pie. Con delicadeza, le preguntó:

—¿Has recordado algo nuevo?

Blanche la miró por fin, antes de ponerse en pie.

—No. He podido quedarme en un punto de aquel disturbio.

Se estremeció. Bess supo que estaba decidida a no recordar ningún otro detalle de aquel día y del asesinato de su madre, si podía. Entonces, Blanche miró hacia la puerta de la biblioteca.

Bess pensó también en sir Rex. El instinto le decía que le echara la culpa de aquel último ataque, pero, ¿cómo iba a hacerlo? Blanche tenía ataques sin su presencia. Se habían hecho tan frecuentes, que Blanche había comenzado a recluirse en sus habitaciones. Bess no la culpaba, pero no servía de nada. Toda la servidumbre sabía la verdad.

«Haré lo que pueda para ayudarte».

Bess se puso muy tensa. Sir Rex se había quedado horrorizado. Ella había visto su expresión de espanto; sin embargo, había sido bueno, y estaba preocupado. Bess también se había dado cuenta de eso.

Y era el padre del niño.

Blanche se abrazó y se frotó los brazos como si tuviera frío.

—¿Está ahí todavía?

—Creo que sí, pero me parece que sería mejor que no lo vieras ahora.

—He sentido mucho dolor al verlo.

—¿Lo quieres todavía?

—¿Cómo voy a dejar de querer a un hombre así?

—Entonces, ¿quieres reconsiderar tu compromiso con Dashwood?

Bess estaba empezando a pensar que, después de todo, aquel matrimonio no sería beneficioso.

Blanche la miró.

—Tú me has dicho que es lo suficientemente listo como para gestionar mi patrimonio.

—Sí —dijo Bess. Pero también sir Rex lo era.

—No puedo tener este hijo sin un marido —añadió—. Ya me he convertido en una paria.

—No, no puedes.

—Me siento muy confusa —dijo Blanche—. Quiero retirarme, Bess. Me duele mucho la cabeza.

Bess pensó que sería lo mejor.

—Avisaré a Meg.

Sin embargo, las dos sabían que no era necesario. Meg permanecía alerta como un soldado en activo, siempre pendiente de la más mínima necesidad de su señora. Bess se había dado cuenta de que la joven doncella se preocupaba de verdad por Blanche. No tenía precio.

Bess acompañó a Blanche fuera de la biblioteca. Al pasar por la puerta del Salón Dorado, vio a sir Rex dentro, apoyado en la muleta, observándolas atentamente. Blanche se ruborizó y apartó la mirada rápidamente, apresurándose a subir las escaleras. Bess se dio la vuelta y volvió al salón.

—¿Cómo está? —le preguntó sir Rex.

—Está mejor. Ha ido a su habitación a descansar.

—¿Cuánto tiempo lleva sucediendo esto?

Ella sintió recelo. No sabía cuánto debía revelarle.

—Blanche tiene migrañas muy severas.

—Eso no ha sido una migraña —replicó él—. No me tratéis como si fuera tonto.

Bess vaciló.

—Agradezco vuestra preocupación, pero no sé si hay algo que podáis hacer para ayudar.

—Ella no está loca.

Bess vio el miedo reflejado en su mirada. ¿Estaba enamorado de Blanche? ¿Sería remotamente posible? Sin embargo, ¿no era ella misma quien había tenido el presentimiento de que sir Rex era de la clase de hombres que permanecería junto a su mujer en cualquier circunstancia, incluso en la enfermedad?

—No puedo hablar sobre los asuntos privados de Blanche, sir Rex.

—Nunca me habíais agradado, lady Waverly. Sin embargo, hoy he cambiado de parecer. Sois una amiga leal. Me disculpo por mis juicios pasados.

Bess sacudió la cabeza.

—Yo siempre he sabido que no me creíais lo suficientemente buena para Blanche. Y no lo soy. Blanche es buena y generosa. Yo soy frívola y egoísta —dijo, y se encogió de hombros—. Pero la quiero. Siempre la he querido —afirmó, y sonrió sin ganas—. Blanche volvió así de Land's End. Allí ocurrió algo que la alteró tanto que siente demasiadas emociones para su propio bien. ¿Os importaría decirme qué pudo ser?

La mirada de sir Rex era penetrante.

—Me da la sensación de que ya lo sabéis. Sin embargo, yo tampoco quiero hablar de los asuntos privados de Blanche, ni siquiera con vos.

Bess no se había esperado una respuesta tan noble. Aquel hombre era honorable, aunque tuviera una naturaleza muy reservada. ¿Y tenía importancia lo que hubiera podido ocasionar aquellos ataques de Blanche?

—Blanche no cree que sea bueno veros de nuevo, sir Rex. Yo apoyaba la idea, y por eso os pedí que os fuerais. Sin embargo, me alegro de que no me hicierais caso. Creo que deberíais saber que estas migrañas suceden casi diariamente.

El abatimiento se reflejó en su semblante.

—Diariamente —repitió. Entonces, entornó los ojos—. ¿Queréis decir que Blanche me culpa de estas migrañas?

Bess vaciló.

—Creo que ella se marchó de Land's End pensando que las migrañas cesarían.

Él arqueó las cejas.

—¿Me culpa a mí?

—No diría eso. Ni siquiera lo pienso. Pero debió de ocurrir algo en Land's End, ¿no, sir Rex? Todo comenzó en vuestra casa.

Sir Rex irguió los hombros.

—Ocurrieron muchas cosas, sí. Por otra parte, Blanche ha sufrido mucha tensión durante los últimos meses, después de que su padre falleciera.

Eso también era cierto, pensó Bess.

—Estos días, Blanche permanece encerrada. No tiene vida, salvo los jueves, cuando recibe a las visitas. ¿Cómo va a seguir así, escondiéndose de todo el mundo, y con todo nuestro círculo social esperando a que salga para presenciar uno de los ataques? Los rumores sobre Blanche están a la orden del día. Allá donde voy, están riéndose de ella.

—No me importan nada los rumores. Me importa ella, como a vos. ¿Ha ido al médico?

—Se niega.

—¿Y por qué?

—Creo que teme el diagnóstico.

Él se quedó callado.

—Habéis venido aquí hoy para hablarme de su matrimonio, ¿no es así?

—Sí —respondió él—. No puede casarse con Dashwood.

—Ella misma lo eligió.

—Es el peor de los murmuradores.

Bess se quedó anonadada.

—¿Él también murmura sobre ella?

—Le oí contándoles a sus amigos que una loca no tiene derechos sobre su fortuna. Creo que quiere incapacitarla legalmente para hacerse con el control de la fortuna Harrington cuando se hayan casado.

Bess se echó a temblar.

—Si está planeando algo tan despreciable, tenéis razón, ese matrimonio debe evitarse a toda costa.

—Me alegra que estemos de acuerdo —le dijo Rex. Entonces, miró hacia fuera del salón, hacia la escalera—. Me gustaría hablar con Blanche cuando se sienta mejor.

Bess no le dijo que no había ningún momento seguro para poder hablar con ella.

—Se lo diré.

Se preguntó qué haría sir Rex si averiguara que estaba embarazada de él. Entonces, supo que insistiría en casarse con Blanche. ¿Acaso no había pensado ella que era una pareja compatible desde el principio, antes de que Blanche enfermara? Sin embargo, Blanche había roto el compromiso, aunque lo amara. ¿Haría sir Rex que empeorara su estado? ¿Y tenía importancia? Porque, ¿cuánto más podía empeorar el estado de Blanche? Y, si empeoraba, al menos sir Rex cuidaría de ella y de su hijo.

—Me estáis mirando fijamente —dijo él con aspereza.

Bess sonrió.

—Disculpadme. Estaba pensando en lo que habéis dicho. Haré que los contratos se pierdan durante un tiempo, hasta que podamos resolver las cosas.

Él entrecerró los ojos. Había percibido el uso plural del verbo, tal y como ella quería.

—Buenos días, sir Rex —dijo suavemente Bess.

Sir Rex no se marchó de Harrington Hall. Dio la vuelta a la casa, atravesando el jardín, con la intención de hablar con Meg, la doncella de Blanche.

Se sentía muy angustiado. Tenía miedo por Blanche, porque claramente estaba muy enferma. Comprendía por fin el motivo por el que ella había roto su compromiso, aunque no la lógica que la había llevado a tomar aquella decisión. Fuera lo que fuera lo que le ocurría, él no era la causa. Blanche lo necesitaba, y necesitaba su protección de canallas como Dashwood. Y necesitaba una cura. No podía estar loca.

Sin embargo, Rex no creía que una migraña la hubiera hecho tirarse al suelo gritando. Él nunca había oído algo así. No sabía cuál podía ser aquella enfermedad, y sí le había parecido que Blanche actuaba como alguien loco.

Nadie enloquecía de repente, pero él sabía que las enfermedades mentales eran hereditarias. Había conocido al padre de Blanche, lord Harrington, y era un hombre completamente cuerdo, pero Rex no sabía nada de su madre. Tenía mucho miedo por ella. Tuvo que recordarse que Blanche era la mujer más sensata y sana que había conocido.

Rex avanzó lentamente hacia la cocina, lleno de desesperanza. Al menos, Bess estaba de acuerdo en que no podían permitir que Blanche se casara con Dashwood. Él debía desaparecer de su vida cuanto antes. Además, tenían que controlar los rumores, y tenían que obligar a Blanche a acudir a un buen médico.

En aquel momento, Rex vio al herrero de Lanhadron, coqueteando con una doncella en la puerta de las cocinas. Cuando Carter lo vio a él, se sorprendió de veras. Entonces, entrecerró los ojos; se quitó la gorra y lo saludó con una inclinación de la cabeza.

—Milord.

—Ven a caminar conmigo —le ordenó Rex sin ambages.

Carter lo siguió hacia el jardín. Después de unos instantes, Rex se detuvo en seco y se volvió hacia el herrero.

—¿Qué asunto te trae por Harrington Hall, Carter?

Carter alzó lentamente los ojos pálidos hacia él.

—Milord, Annie admira mucho a lady Harrington, y me pidió que le trajera un regalo como muestra de su afecto. Le he traído una horquilla de carey. Annie la eligió.

Rex no pudo controlar su furia. Y no quiso.

—¡Y un cuerno! Anne sólo tenía envidia y resentimiento hacia lady Harrington. Eso quedó bien claro cuando yo me comprometí con ella. Estoy seguro de que no pretendes nada bueno. ¿La has amenazado?

Carter lo miró con un gesto de desprecio.

—Yo no soy su sirviente... milord.

A Rex no le sorprendió aquella falta de respeto.

—Si vuelves a aparecer por aquí, no encontrarás trabajo nunca más en el distrito. Ni Anne tampoco. ¿Está claro?

Carter se congestionó de cólera.

—¡Todos los señores son iguales! Piensan que son Dios, ¿verdad? ¡Y no les importa nada lo que nos pase a los pobres!

—No me interesa tu visión del mundo. Sal de la propiedad de lady Harrington.

—Supongo que todavía tiene relaciones con ella, ¿no? Seguro que a su nuevo prometido le encantará saberlo.

Rex no podía creer el atrevimiento de aquel hombre, ni su tontería. Rápidamente, decidió seguirle la corriente.

—Debo recordarte que te preocupes de tus propios asuntos.

—Encantado... por un precio.

Entonces, Rex se dio cuenta de que Carter había chantajeado a Blanche. Se le cortó la respiración. Luchó por mantener el control, y de algún modo, lo consiguió.

—Márchate y no vuelvas por aquí. Te sugiero que te marches también del distrito. Te has ganado un enemigo y, si no obedeces, lo lamentarás.

—Me marcharé del distrito, pero mi precio son doscientas libras.

Rex sonrió fríamente.

—¿Cuánto te ha pagado lady Harrington?

Carter sonrió.

—¿Por qué no se lo pregunta a ella? ¡Me ha pagado para que pueda vivir bien durante dos años!

En aquel momento, Rex se cegó. Tomó a Carter por las solapas de la chaqueta mientras hundía la muleta en el suelo para no perder el equilibrio.

—¿Cuánto ha tenido que pagarte?

—¡Mucho! ¡Quinientas libras!

Rex lo soltó. Le espantaba que Blanche hubiera sufrido aquel abuso por parte del herrero.

—Aquí ya no tienes nada que hacer.

Carter se tiró de la chaqueta.

—Les diré a sus amigos lo de su amante, milord.

—Adelante —dijo Rex. Se giró, vio a un par de jardineros

y les hizo una seña–. Acompañad a este individuo fuera de la propiedad –les dijo.

Carter gritó de indignación cuando cada uno de los empleados lo tomó de un brazo. Rex observó con satisfacción cómo casi tuvieron que arrastrarlo por el jardín. Acababa de librar de otra enfermedad la vida de Blanche.

Entonces, sintió su mirada.

Se quedó rígido y se volvió lentamente a mirar hacia la casa. Elevó la vista y la vio en la ventana, enmarcada por un par de cortinas de color marfil. Sus miradas quedaron atrapadas.

Las cortinas cayeron y ella desapareció.

Blanche se acercó pausadamente a la chimenea de su habitación. Claramente, sir Rex había echado a aquel horrible herrero de la casa. Ella le había estado pagando semanalmente por su silencio, y aquello fue un alivio en mitad del caos que se había adueñado de su vida.

Se echó a temblar. Nunca había sentido tanto anhelo y tanta pena. Quería a sir Rex con todo su corazón y lo echaba de menos. Con sólo verlo, había recordado todos los momentos que habían pasado juntos, su maravillosa amistad, su honestidad, su preocupación y su bondad. Sin embargo, sus sentimientos no servían de nada, porque estaban contaminados. Nunca había sentido tanta vergüenza.

Estaba mortificada. Se cubrió la cara con las manos y se hundió en la butaca que había ante la chimenea. Sir Rex la había visto en uno de sus ataques de locura. Sir Rex conocía la terrible verdad.

Blanche no podía negar que empeoraba cada día. Le había mentido a Bess: con cada ataque recordaba otro detalle nítido y horrible. Cada ataque era más terrorífico y violento que el anterior. Cada vez que volvía al pasado y se convertía en una niña perdida en medio de aquel disturbio, su vínculo con el presente era más frágil. Su parte adulta cada vez era más débil, y la niña cada vez más fuerte. Blanche se preguntaba si un día la adulta se desvanecería por fin y sólo quedaría una niña aterrorizada que lloraba con las manos cubiertas de sangre de su madre.

«Estoy loca», pensó desesperadamente. Y estaba embarazada de sir Rex.

No creía que su vida recuperara la normalidad de antes. Y, si sucedía aquello, ¿cómo iba a ser madre de su hijo cuando naciera? Si ella continuaba teniendo ataques o perdía la cordura por completo, pondría en peligro la vida del pequeño. ¿Quién iba a ocuparse de él o ella? ¿Dashwood?

Blanche comenzó a llorar de sufrimiento por su hijo. El pequeño se merecía algo más que una madre como ella. Y Dashwood sería muy mal padre. ¿En qué había estado pensando?

Ella había tenido la esperanza de que, si dejaba a sir Rex, podría vivir un tipo de vida que no le provocara más ataques de locura. Sin embargo, no había sido lo suficientemente fuerte como para mantener a raya la enfermedad. Había intentado vivir en calma, sin sentir nada, pero había fracasado. No había calma y no había paz. Sólo había una tensión interminable, un miedo incesante y momentos de locura. Su vida se había hecho insoportable. Y no tenía ya más esperanza.

Sabía que no iba a poder recuperar la vida que había llevado durante años, antes de enamorarse de sir Rex. Y evidentemente, no podría ser una buena madre para su hijo. Sin embargo, iba a ser madre y debía proteger al bebé de sí misma, y asegurarse de que tuviera un futuro seguro en todos los sentidos.

Comenzó a tomar una determinación. Ya que no podía salvar su propia vida, no seguiría intentándolo, pero sí debía pensar en la de su hijo.

Sir Rex era el padre del niño y podría criarlo. Sería un padre maravilloso, Blanche no tenía duda. Era honesto y sólido. Era fuerte y bueno. Querría a su hijo o a su hija y lo educaría de la mejor manera posible. Además, el niño tendría una magnífica familia de primos, tías, tíos y abuelos. Él era la clase de padre que todo el mundo se merecía y debería tener.

Rex tenía todo el derecho a saber que iba a ser padre. Blanche tenía que decírselo, y pronto. No estaba segura de por qué había tardado tanto en llegar a aquella conclusión. No obstante, temía el momento de volver a verlo. Temía cómo iba a mirarla él. Sir Rex evitaría el contacto visual, evitaría cualquier roce. Todos lo hacían.

Sin embargo, no le daría la espalda a su hijo.

Por lo tanto, la solución estaba clara. Ella se retiraría al campo para tener a su hijo. Después, se lo entregaría a sir Rex.

Blanche se echó a llorar de nuevo.

CAPÍTULO 20

Era como si un temor condujera a otro. Rex se encontraba en el vestíbulo de Clarewood y tenía la imagen de Blanche grabada en la frente. El miedo que sentía por su bienestar se entremezclaba con la necesidad de ver a su hijo y de asegurarse de que había hecho lo mejor para él. Al otro extremo de aquella sala de mármol había dos puertas arqueadas. Una de ellas conducía a un gran vestíbulo, y la otra a un pasillo ancho del que podían verse varios salones. Rex se encaminó hacia la recepción. Aquella estancia también tenía el tamaño de un salón lujoso, y los suelos eran de mármol con vetas doradas. Más allá, Rex vio una escalinata de mármol cubierta de moqueta color granate. Al instante, se fijó en el retrato que colgaba encima de las escaleras.

Julia y Stephen estaban uno junto al otro, acompañados de un par de perros spaniel y con un frondoso árbol en el fondo. Julia era rubia, elegante y guapa. Stephen estaba austeramente vestido, con chaqueta y corbata, y aunque no debía de tener más de seis o siete años, su expresión era tan seria que parecía más un hombre que un niño.

A Rex se le partió el corazón. La miniatura que le había enviado Julia tenía una expresión similar. ¿Significaba eso que Stephen apenas reía? ¿Tenía un carácter serio, o quizá sólo estaba posando para el cuadro, siguiendo instrucciones de parecer grave e incluso distante?

De repente, sonaron los pasos de una mujer que llevaba tacones. Rex se puso tenso cuando Julia apareció en el pasillo, más allá de las escaleras. Al verlo, ella abrió mucho los ojos debido a la sorpresa. Aunque Rex ya no sentía atracción por ella, comprobó que había madurado bien. También le sorprendió darse cuenta de que no sentía ninguna hostilidad. La había despreciado durante mucho tiempo, casi una década, y en aquel momento no sentía más que indiferencia.

Ella, no obstante, se irguió al verlo.

—Sir Rex —dijo, con la voz más aguda de lo que él recordaba—. No sabía que estabais en la ciudad —comentó con una sonrisa forzada.

Él hizo una reverencia.

—Lady Clarewood. Tenéis muy buen aspecto —dijo con una sonrisa.

De nuevo, a Julia se le reflejó la sorpresa en los ojos. No sonrió, y con cierta desconfianza, respondió:

—Vos también.

No hizo ademán de invitarlo a otra sala para poder hablar. Rex se dio cuenta de que estaba a la defensiva, y se puso muy nervioso.

—Vi a lord Clarewood en White's. ¿No os dijo que tenía intención de visitar a Stephen?

—¡No, no me lo dijo!

Rex se dio cuenta de que él le inspiraba miedo.

—¿Por qué no vamos a otra habitación donde podamos conversar?

Ella asintió y lo condujo a la biblioteca, desde cuyas ventanas se veían unos magníficos jardines, llenos de fuentes, estanques y con un maravilloso laberinto. Allí, Julia cerró ambas puertas y se volvió bruscamente hacia él.

—¿Cómo puedes hacer esto?

—Me doy cuenta de que estás afligida. Ésa no es mi intención. Sin embargo, debo recordarte que yo he sufrido la pérdida de mi hijo durante una década.

Julia se puso muy tensa, con la espalda apoyada en la puerta.

—Y de repente has decidido venir de visita, ¿y hacer qué?

—Quiero ver a mi hijo en persona. Quiero hablar con él. Quiero oír su voz y ver su sonrisa. ¿Es mucho pedir? —preguntó con calma.

—Y por tus necesidades egoístas, ¿vas a echar a perder su futuro? —gimió ella.

—No voy a decirle a Stephen quién soy. No voy a romper nuestro acuerdo. Sin embargo, quiero ver a mi hijo de vez en cuando. Nada ni nadie podrá disuadirme.

Julia lo miró con los ojos llenos de lágrimas. Y no era teatro.

—A mí nunca se me ocurriría separarlo de su madre —dijo él—. Esa idea es una atrocidad.

Por fin, ella asintió.

—Me has asustado. Siempre me he preguntado cuándo aparecerías en nuestras vidas para llevártelo, o al menos, para decirle la verdad.

—No me conoces bien.

—No, no te conozco, porque hace diez años hice una elección horrible, y lo he pagado muy caro.

—¿Qué quieres decir?

Ella se encogió de hombros.

—Debes saber que quiero que Stephen sea el próximo duque de Clarewood, y haré cualquier cosa para que reciba su herencia.

Él se inquietó, pero no se alarmó.

—Lo quieres mucho.

—Por supuesto que sí. Es mi hijo. Mi único hijo, y tiene derecho a heredar todo esto —dijo ella, e hizo un gesto que abarcó la grandiosa habitación.

—Yo también quiero que tenga el poder y la riqueza que Tom y tú podéis darle, Julia —respondió él con calma—, pero no puedo seguir apartado de él de esta manera. Podrías presentarme como un amigo de la familia.

Julia hizo un gesto de ansiedad que él no había visto nunca.

—Quizá sea mejor que formes parte de su vida.

—¿Por qué? ¿Ocurre algo malo?

—No ocurre nada malo, salvo que estoy casada con un hombre difícil. Es un marido difícil y un padre difícil. Yo no soy capaz de agradar a Tom. Por mucho que lo intente, nada es suficiente.

—¿Y Stephen?

—Stephen es un recordatorio constante de lo que a Tom le falta.

—¿Qué significa eso?

—Significa que Stephen sobresale en todo aquello que se propone, y eso no es suficiente tampoco.

Rex notó que el corazón le latía con una fuerza desmedida.

—Entonces, Tom se ha vuelto exactamente igual que su padre.

—Sí.

—¿Stephen no es feliz?

Ella vaciló.

—No es infeliz, Rex. Tiene un carácter serio y responsable. Desea tener éxito en lo que hace. Ya habla tres idiomas con soltura, y ha pasado de las matemáticas al álgebra. Ahora está estudiando anatomía, y domina la biología. Sus tutores dicen que es brillante.

—¡Pero si sólo tiene nueve años! —exclamó Rex. No sabía si sentirse entusiasmado o asustado, orgulloso o consternado.

—Me siento orgullosa de él, y tú también deberías estarlo. Sin embargo, parece que ha perdido la infancia —dijo, y miró hacia el jardín—. Ya viene.

Rex se giró y vio a Mowbray y a su hijo acercándose hacia la casa, ambos vestidos con un traje de montar formal. El corazón le dio un vuelco. Apenas podía respirar. Mowbray no hablaba, y tampoco Stephen. Al instante, Rex notó que el pequeño caminaba como un príncipe, con el porte rígido, orgulloso y tremendamente correcto.

Él se acercó a las puertas de la terraza y salió. Cuando estuvo junto a la barandilla, Mowbray lo vio e hizo una mueca de desagrado. Miró hacia abajo y le dijo algo a Stephen.

Stephen alzó la vista hacia la terraza, y la mirada de Rex se encontró con la de su hijo. Aunque los separaba cierta distancia, le pareció que percibía un desdén frío.

«Es tan arrogante como Mowbray», pensó con consternación. Sin embargo, con el poder que tendría un día en sus manos, podía ser tan altivo como el príncipe de Gales, si quería.

Hombre y niño subieron las escaleras de la terraza. Rex se dio cuenta, entonces, de que Stephen lo estaba observando con una actitud distante, pero también con curiosidad.

—Cariño —dijo Julia, acercándose a su hijo—. Tenemos una visita. ¡Hace muchos años que no ves a sir Rex! —exclamó con una sonrisa—. ¿Lo has pasado bien montando a caballo?

—Sí, mamá. Le he mostrado a papá lo bien que salta Odysseus el muro de piedra.

Julia miró a Rex.

—Monta como montabais vos cuando estabais en la caballería, sir Rex. Ya es todo un jinete.

Rex se daba cuenta de lo nerviosa que estaba Julia. Sin embargo, él también tenía los nervios a flor de piel. Apenas creía que estuviera tan cerca de su hijo. No podía quitarle los ojos de encima. Asintió para saludar a Mowbray.

—Hola, excelencia. Me alegro de veros nuevamente.

Mowbray tenía la cara transida de amargura.

—Sir Rex —dijo—. Qué agradable es vuestra visita. Siento que no hayáis avisado con antelación; me temo que tengo compromisos en la ciudad y no podré quedarme.

Rex sonrió y volvió a mirar a Stephen, que lo estaba observando con suma atención, como si evaluara cada uno de los matices de sus palabras y sus gestos.

—Hola —dijo Rex, con tanta normalidad como pudo.

—Stephen, por favor, saluda a sir Rex de Warenne. Es un viejo amigo de la familia. Su padre es Adare.

Stephen se inclinó, pero ligeramente. Estaba claro que era consciente de que su rango era mayor.

—Buenos días —dijo con solemnidad—. Creo que he conocido a vuestro padre durante un paseo por el parque.

Rex respiró profundamente.

—No lo sabía. Me alegro. ¿Qué altura tiene ese muro de piedra?

Pareció que Stephen quería sonreír.

—Casi un metro.

Rex se sintió impresionado.

—Eso es un salto muy alto para un niño.

—Puedo saltar más todavía —repuso Stephen.

—Mi hijo sobresale en todo aquello que hace —dijo Mowbray, en un tono vagamente burlón—. No hay nada que no pueda hacer. Si decidiera ir a la luna, lo conseguiría.

Stephen se ruborizó. Y Rex tuvo ganas de pegar a Mowbray por haber cortado la conversación de su hijo cruelmente, sin motivo.

—No acortéis vuestra visita —dijo Mowbray con una sonrisa fría—. Estoy seguro de que mi esposa está muy contenta de veros después de tanto tiempo.

Después, se despidió y entró en la casa.

Al instante, Rex se giró hacia Stephen, que ya había recobrado la compostura.

—Estoy seguro de que tu padre está muy orgulloso de ti —dijo suavemente—. Sé que tu madre lo está.

Stephen lo miró con los ojos entornados.

—¿Y cómo sabéis que mi madre está orgullosa de mí, si no nos habéis visitado en años?

Rex se dio cuenta de que a Stephen no se le escapaba una.

—La he visto en una o dos ocasiones en eventos sociales, y ella siempre te ha alabado.

Sonrió. Quería tocar a su hijo, pero sabía que no debía hacerlo.

Stephen asintió.

—Mi madre es fácil de agradar. Creo que todas las mujeres lo son —dijo el niño, pero no mencionó lo obvio, que su padre no lo era—. Me parece que a mi padre no le agradáis.

—¡Eso no es cierto! —exclamó Julia.

Rex dijo:

—Conozco a tu padre desde la guerra. La guerra cambia a los hombres, Stephen, y nos ha cambiado a los dos.

Stephen estaba muy interesado.

—He leído mucho sobre la guerra. Mi padre luchó en España. También estaba en la caballería —dijo con orgullo—. En el Undécimo Regimiento de Dragones.

—Lo sé. Estaba bajo mi mando —dijo Rex.

Stephen lo escrutó con la mirada.

—No lo sabía.

Julia intervino.

—Tienes que saber que sir Rex es un héroe de guerra condecorado. Recibió la medalla del valor por su heroísmo. Rescató a tu padre, Stephen, cuando estaba herido en la batalla y no podía salir del campo. Probablemente, sir Rex le salvó la vida a Clarewood.

Stephen irguió los hombros, aunque tenía los ojos abiertos como platos.

—Entonces, la familia tiene una gran deuda con vos, sir Rex —dijo con solemnidad—. Un día os la pagaré, aunque mi padre ya lo haya hecho.

Rex se desmoronó. Su hijo ya era un hombre de honor. ¿Qué más podía pedir?

—No tienes que pagar nada. Rescataría a cualquier hombre que estuviera bajo mi mando en las mismas circunstancias.

—Entonces, con medalla o sin ella, sois un héroe de verdad —dijo Stephen—. ¿Así perdisteis la pierna?

Rex supo que debía controlar las lágrimas que se le estaban formando en los ojos. Sin embargo, se sentía completamente orgulloso y conmovido, y adoraba a su hijo.

—Perdí la pierna mientras llevaba a tu padre a un lugar seguro —dijo.

Stephen lo miró con admiración.

—Es el pasado.

Stephen se volvió hacia su madre.

—¿Y por qué no había conocido antes a sir Rex?

Julia vaciló un instante.

—Él pasa mucho tiempo en su finca de Cornualles. Tú eres demasiado pequeño para asistir a los eventos de sociedad —le explicó, y se encogió de hombros—. Pero me alegro de que por fin haya llegado este día —dijo, y sonrió a Rex.

Stephen se volvió hacia Rex.

—Clarewood tiene propiedades por todas partes, pero ninguna en Cornualles. Nunca he estado en el sur. ¿Cómo es?

Rex inspiró profundamente. Aquélla era una buena oportunidad, e iba a aprovecharla.

—Agreste, desolado y majestuoso.

Stephen abrió mucho los ojos.

—Voy a leer cosas sobre Cornualles —afirmó.

Rex no titubeó.

—El mejor momento del año para visitarlo es julio, cuando florecen los tojos y el brezo. Tu madre puede llevarte de visita, si quieres. Podemos montar por los páramos. Hay muchas cercas para saltar.

Stephen sonrió, y en sus ojos azules y su rostro se reflejó el entusiasmo de un niño.

—¿Montáis a horcajadas?

—Sí —dijo Rex.

Stephen se volvió hacia Julia.

—¿Mamá? Quiero ir. He estado en Francia, en Holanda, en Alemania, en Portugal y en España, en Escocia y en Irlanda, ¡pero nunca he estado en Cornualles!

Julia miró brevemente a Rex.
—Estoy segura de que podremos organizarlo.

—Sir Rex está en el salón, lady Harrington —dijo el mayordomo de la familia de Warenne.

Blanche se echó a temblar. Tenía que entrevistarse con sir Rex, pero después de lo que había visto, estaba a punto de salir corriendo. Ya le ardían las mejillas de azoramiento, pero alzó la barbilla. Respiró profundamente, temiendo la mirada de sus ojos cuando la viera, pero siguió al sirviente por el vestíbulo.

Entonces oyó risas de niños. La puerta del salón era grande, y cuando el mayordomo se detuvo, Blanche vio el interior de la estancia. El corazón se le aceleró.

Rex estaba sentado en el sofá, rodeado de niños y niñas que jugaban a los soldados o leían libros. Eran los hijos de Devlin, Eleanor y Tyrell. A Blanche se le rompió el corazón. Por el semblante de Rex mientras conversaba con los pequeños, supo que le encantaba estar con sus sobrinos. Sería un padre maravilloso.

Blanche vio también a dos mujeres que estaban sentadas ante la chimenea. Amanda, la esposa de Cliff, y Lizzie, se estaban levantando, obviamente sorprendidas por su presencia, e iban a saludarla. Las puertas de la terraza se abrieron en aquel momento y Cliff de Warenne entró con un niño a cada lado, sujetándolos por el codo. Tenía una expresión de enfado, y los niños estaban ruborizados, seguramente porque acababan de cometer alguna travesura.

—Han estado apuntando a los vecinos con los tirachinas —anunció Cliff—. De hecho, Alexi le ha acertado a lady Barrow en un lugar innombrable. Es decir, que también habían entrado sin permiso en la propiedad de los Barrow. Ned estaba a punto de dispararle a su hija.

—Ha sido un accidente —dijo Alexi.

—Fue idea de Alexi —dijo Ned.

«Qué niños tan guapos», pensó Blanche. Y sólo estaban presentes la mitad de los primos.

Cliff vaciló al ver a Blanche en la puerta. Ella continuó inmóvil tras el mayordomo, intentando mantener la compostura. Los niños se quedaron callados al darse cuenta de que estaban en presencia de una visita.

Blanche sonrió al capitán de Warenne, a Lizzie y a Amanda.

—Sir Rex, lady Harrington está aquí —dijo el mayordomo.

—Gracias —respondió Rex, y la miró.

Blanche intentó conservar la calma. No podía apartar la vista de sus ojos negros, y notó mucho calor en las mejillas, a medida que aumentaban su vergüenza y su humillación. Seguramente, él pensaba que era una lunática. Sin embargo, sólo encontró bondad y preocupación en su mirada. ¿Dónde estaba el desprecio que ella pensaba que iba a sufrir?

El salón comenzó a moverse, y el suelo tembló, y ella pensó que todo iba a comenzar a dar vueltas y que iba a verse arrastrada de nuevo al pasado.

Sir Rex se acercó apresuradamente a ella y la tomó del brazo, como si supiera que su equilibrio era precario en aquel momento.

—Lady Harrington —dijo suavemente—, qué sorpresa más agradable. Entrad y sentaos, por favor.

Blanche no entendía por qué no la miraba como si tuviera la peste. No entendía por qué la tocaba sin repugnancia. Consiguió sonreír cuando las mujeres se acercaron a ella.

—Amanda, Lizzie, me alegro mucho de veros de nuevo —dijo con sinceridad, a pesar de su nerviosismo.

Después de los saludos, los adultos comenzaron a pedirles a los niños que desalojaran el salón. Pese a las protestas infantiles, Rex y Blanche se quedaron a solas en pocos instantes.

—Ven a sentarte —le dijo él suavemente, guiándola hacia el sofá.

—Gracias —susurró ella, y se sentó. Vio que él se acercaba

rápidamente a la puerta y la cerraba. Después, se volvió a mirarla.

A ella se le encogió el corazón. Casi había olvidado lo guapo que era. Sin embargo, había mucho más. Se sentía como si estuviera a la deriva en el mar de Cornualles, y él fuera una roca, un lugar firme al que aferrarse, un ancla que podía mantenerla segura.

Rex se sentó a su lado.

—¿Cómo te encuentras hoy?

Blanche se ruborizó y apartó la mirada.

—Bastante bien.

Él la obligó a subir la barbilla y a que lo mirara a los ojos. Después, bajó la mano.

—No finjas conmigo.

Ella se puso tensa y volvió a evitar su mirada. ¿Acaso deseaba que le hiciera una confesión de su locura?

—Estoy bien... hoy, Rex.

—Tienes cara de aflicción.

Blanche se miró el regazo.

—Quisiera agradecerte tu amabilidad de ayer.

—No lo hagas. La amabilidad no tuvo nada que ver. Estás enferma, y me importas —dijo él, sin rodeos.

Ella se encogió.

—¡Ojalá no lo hubieras visto!

Él le tomó ambas manos.

—Quiero ayudarte, Blanche.

Blanche respiró profundamente, sin dar crédito a sus palabras.

—¿Cómo vas a querer ayudarme si te dejé?

—Porque es lo que quiero hacer. Además, creo que ahora entiendo más las cosas.

Ella se zafó de sus manos. Estaba avergonzada, porque él entendía que se había vuelto loca; aunque, al menos, no era condescendiente ni despreciativo.

—¿Puedes contarme lo que está sucediendo? —le preguntó él, después de una pausa.

Blanche cerró los ojos. Estaba a punto de contárselo todo, pensó, porque necesitaba desesperadamente su fuerza. Después, lo miró.

—He venido hoy por un motivo.

—¿Y cuál es?

—Creo que estoy embarazada.

Él se irguió, sorprendido, pero no se quedó impresionado.

—Me había preguntado... —dijo, y en tono duro, inquirió—: ¿Sabes si el niño es mío?

Blanche dio un respingo.

—No ha habido nadie más.

Él asintió.

—Me alegro.

Blanche no lo entendió. Entonces, él volvió a tomarle las manos.

—Tenemos mucho de lo que hablar. Y tienes que ir a ver a un doctor, Blanche.

—Voy a irme a mi finca de Kent. Allí tendré al niño. Y después —dijo, y tragó saliva, mientras sentía que se le derramaban las lágrimas por las mejillas—, me gustaría que tú te quedaras con nuestro hijo y lo criaras.

Él se quedó anonadado.

—Es obvio —prosiguió Blanche— que yo no puedo ser la madre de este niño. Pero tú serás un padre maravilloso. Nuestro hijo te necesita, Rex.

—No.

—¿Qué?

—No voy a rechazarte a ti, que eres la madre de mi hijo. Os cuidaré a los dos. No voy a tomar ninguna otra decisión —dijo él con vehemencia.

—Pero... tú viste lo que ocurrió el otro día. Sabes... lo que soy. No puedo ser una carga para ti... no estaría bien. Sin embargo, te lo agradezco. Sólo quiero que me prometas que le procurarás a nuestro hijo todos los beneficios que puedas.

Él respiró profundamente y exhaló.

—Encontraremos la cura para tu enfermedad. Me casaré contigo, y nuestro hijo tendrá un padre y una madre —dijo con firmeza.

Blanche estaba asombrada. No podía hablar.

—¡Y por favor, no discutas conmigo!

Ella empezó a comprender lo que él había dicho.

—¿Quieres casarte conmigo?

—Sí. De hecho, quiero casarme inmediatamente, teniendo en cuenta tu estado. Deberíamos hacerlo esta semana —le dijo Rex con una mirada fiera.

—Estoy loca. ¿Cómo vas a querer una esposa loca, y peor todavía, una madre loca para tu hijo?

Él la agarró por los hombros.

—No estás loca. Nunca creeré eso. Te ayudaré durante este periodo de enfermedad. Blanche, éste es mi juramento hacia ti.

Ella sacudió la cabeza.

—¿Y si este periodo no termina nunca? Lamentarás el día en que te casaste conmigo.

—No puedo abandonarte. No voy a abandonarte, pase lo que pase —dijo con gravedad—. ¿Qué clase de hombre abandona a la madre de su hijo?

Y comenzó el alivio. Ella no debería estar aliviada; debería protestar. ¡Sir Rex se merecía más! Sin embargo, Blanche no pudo contenerse. El consuelo la abrumó, porque llevaba sola mucho tiempo. Se acercó a sir Rex, y él le pasó la mano por la nuca e hizo que apoyara la mejilla en su pecho. Blanche sollozó suavemente contra el sólido muro de su cuerpo y, mientras él la abrazaba, se preguntó si podía existir la esperanza de sentir un poco de felicidad a partir de entonces.

Él le acarició el pelo.

—Quiero hablar de tu enfermedad.

Ella negó con la cabeza.

—Por favor. Quiero casarme contigo, enferma o no. ¿Es que no has oído esa frase de «en la salud y en la enfermedad»?

—Por supuesto que sí —dijo ella, sonriendo, y asombrada por tener ganas de sonreír—. Eres el hombre más honorable que he conocido.

Rex se encogió de hombros.

—Cuéntamelo.

—He estado recordando el día del disturbio.

Él se sobresaltó.

—Si hablo de esto, quizá sufra un ataque —le advirtió Blanche.

Rex le acarició la mejilla.

—Y yo estaré aquí para sujetarte.

Blanche nunca había confiado tanto en nadie.

—Es algo más que recuerdos. He estado reviviendo el pasado, tanto, que siento que estoy en el pasado, en aquel disturbio. Y cuando sucede, no tengo vínculos con el presente.

—Continúa.

—La muchedumbre era violenta. Llevaban cuchillos, picas y horcas —murmuró Blanche. Entonces, al recordar a los hombres que rodearon el carruaje de la familia, al recordar la cara pálida de su madre, y el miedo, las sienes comenzaron a latirle y una terrible tensión se adueñó de ella. Tuvo miedo de hundirse en el pasado—. Abordaron nuestro coche, soltaron al caballo y lo golpearon hasta matarlo. Después nos sacaron a mamá y a mí. Mi madre gritaba y gritaba, pero yo no podía verla. La mataron.

El dolor se intensificó, pero no en las sienes, sino en su pecho. Miró a sir Rex a los ojos. Él estaba angustiado, pero no se apartó de ella. Blanche se dio cuenta de que estaba aferrada a su mano como si fuera una tabla de salvación.

—Sus gritos eran de terror y de dolor. La apuñalaron hasta matarla, Rex. Con cuchillos y horcas.

—Dios mío.

—Después, los gritos cesaron —dijo ella, y miró sus manos agarradas con la vista nublada—. Yo me escapé del monstruo que me había atrapado y avancé a gatas entre la multitud, hasta que llegué a ella. Nunca olvidaré cómo estaba.

Su madre estaba ensangrentada, destrozada. Blanche miró hacia arriba, esperando que la habitación comenzara a dar vueltas. En vez de eso, se encontró en el poderoso abrazo de Rex.

Él susurró:

—Lo entiendo.

Aquello la confundió, porque él no podía entenderlo. Cerró los ojos, inhaló su olor, se apoyó en su fuerza para luchar contra el mareo, contra las imágenes. Un cuchillo le atravesó las sienes, y Blanche sintió que la habitación comenzaba a girar. Entonces, esperó los gritos de su madre.

—No me dejes.

Blanche se estremeció, abrió los ojos. Sir Rex le sonreía con gravedad.

—Tengo que decirte una cosa.

El cuchillo salió de su cabeza. El recuerdo del cuerpo desgarrado de mamá se hizo borroso, aunque no se desvaneció. ¿Qué iba a decirle?

Él sonrió de nuevo y le acarició la cara.

—Cuando volví de la guerra, me despertaba en mitad de la noche, o del día, y me veía arañando tierra ensangrentada, tirado en una llanura, bajo el ardiente sol español. Los hombres gritaban de dolor, los sables entrechocaban y los cañones disparaban. Olía la pólvora, la carne quemada, la sangre, la muerte.

—¿Cómo?

—De repente, me daba cuenta de que estaba en la cama, o en el sofá. Estaba en Harmon House, o en Bodenick, no en España.

Blanche estaba asombrada.

—Era muy real —continuó Rex—. Algunas veces, estaba hablando con mis hermanos, o con un sirviente, y todo el mundo desaparecía. Yo estaba en aquel campo de batalla, herido, con la pierna destrozada, en plena lucha. Y de repente, volvía a estar en el salón y me daba cuenta de que era un espantoso recuerdo, pero tan real como un sueño.

Blanche comenzó a temblar violentamente.

—¿Y qué ocurrió? ¿Sigues teniendo ese tipo de recuerdos?

—No. Duró seis meses, quizá un año. Día a día, ocurría con menos frecuencia, hasta que sucedía una vez a la semana, una vez al mes, y después, ya nunca más.

Blanche gimió.

—¿Qué quieres decirme?

—Blanche, yo no soy el único. Muchos soldados han tenido estos ataques, o como quieras llamarlos, después de la guerra. Tengo amigos que han pasado por lo mismo. Conozco otros soldados que no lo han experimentado, pero todos sabemos que algunos sufrimos mucho durante la guerra, y que nos trajimos los recuerdos a casa. La guerra fue violenta y traumática. Ese disturbio fue tan violento y traumático como cualquier batalla. Creo que tu enfermedad es la misma que yo sufrí y que han sufrido también otros soldados.

Blanche susurró, sin salir de su asombro:

—Pero mis ataques son peores, y cada vez más frecuentes.

—La primera vez que me ocurrió, me quedé hundido, aterrorizado. Después, sufrí los ataques con frecuencia. Pero después, cuando mi vida comenzó a recuperar la normalidad, fueron remitiendo. Bess me dijo que todo esto comenzó en Land's End. Eso ha sido muy recientemente, teniendo en cuenta que el disturbio ocurrió hace más de veinte años.

—Sí parece que estoy teniendo esa misma enfermedad —susurró ella.

—En Londres hay un médico que ha dedicado su carrera a cuidar a estos soldados. Incluso ha nombrado la enfermedad, aunque yo no recuerdo cómo. De todos modos, debes ir a verlo. Iremos juntos.

Blanche se dio cuenta de que se estaban agarrando las manos con tanta fuerza que tenían los nudillos blancos. Miró a Sir Rex, y él le devolvió la mirada.

Quizá, después de todo, no estuviera loca.
Había esperanza.
—Gracias —susurró.
Él la abrazó.

CAPÍTULO 21

Rex encontró a Cliff en el piso de arriba, en la suite de habitaciones que compartía con su esposa y sus dos hijos. Alexi estaba sentado en el escritorio, escribiéndole una disculpa a lady Barrow, mientras su padre lo miraba con severidad. Ariella se había acurrucado en una butaca frente al fuego, leyendo, como de costumbre. Sin embargo, al verlo en la puerta, su sobrina le sonrió. Amanda salió de la habitación, sonriendo también. Sus ojos verdes brillaban de alegría.

—¿Cómo está Blanche?

Él vaciló. Había insistido en que Blanche se retirara a una de las habitaciones de invitados, porque había sufrido una presión muy fuerte y se había quedado exhausta. Y el hecho de que hubiera accedido y se hubiera desplomado en la cama cuando él la había acompañado le había demostrado que tenía razón. Sin embargo, Rex ya sabía que ella no estaba loca. El tiempo curaría su enfermedad. Además, iban a tener un hijo, y Blanche iba a ser su esposa.

Estaba muy preocupado por ella, tanto que no podía pensar con claridad en el futuro que iban a compartir ni en el niño que iban a tener. Su desvelo más inmediato era que descansara. Su segunda preocupación era que ella se recuperara del trauma del disturbio; Rex tenía la esperanza de poder acelerar aquella recuperación, aunque no sabía si podría. Sin embargo, debían casarse cuanto antes por el niño. Y ahí entraba en juego su hermano Cliff.

—Lleva encontrándose mal durante un tiempo, y ahora está descansando en una de las habitaciones de invitados —respondió—. Quería robarte a tu marido un momento.

Amanda lo miró atentamente, y él se dio cuenta de que estaba controlando su curiosidad.

—Siempre y cuando me lo devuelvas —dijo agradablemente—. ¿Va a cenar Blanche con la familia?

—No.

Rex no quería hacerle pasar por una situación tensa. Sabía que temía sufrir otro ataque, y también sabía que le avergonzaba que la gente pensara que estaba loca. Así que, mucho menos quería que lo pensara su familia.

Cliff apareció con los ojos, muy azules, llenos de interés. Le hizo un gesto a Rex para que salieran a hablar al pasillo, y cerró la puerta tras ellos.

—Necesito que me hagas un favor
—dijo Rex.

—Por supuesto.

—Antes de que pueda hacer la petición, debes prometerme que me guardarás el secreto. Nadie debe saberlo, ni siquiera tu esposa.

Cliff abrió unos ojos como platos.

—Me tienes intrigado, pero no me gusta ocultarle cosas a mi esposa. Nunca lo he hecho, y no quiero empezar ahora.

—El secreto será temporal, y sólo porque Blanche está enferma.

Cliff se puso serio, y le tocó el brazo a Rex.

—¿Qué puedo hacer para ayudaros, Rex? Y claro que te guardaré el secreto.

—Quiero que nos cases —dijo Rex.

Cliff se quedó asombrado. Comenzó a comprender.

—Entonces, os vais a casar después de todo, pero deseáis hacerlo en secreto.

—¿Te importaría bajar la voz?

—¿Y queréis que os case en mi barco?

—Cliff, Blanche está enferma. No podrá soportar la presión de una boda y una celebración formal. Vamos a hacerlo en secreto, sí, y será más fácil para ella si podemos casarnos aquí mismo, en el puerto. Quiero que nos casemos esta semana.

Cliff se quedó mirándolo con perplejidad.

—¿Tan enferma está?

Rex titubeó.

—Todavía tiene que visitar a un médico especializado, pero no está loca, Cliff. Está sufriendo la misma enfermedad que sufrí yo cuando volví de la guerra. Su madre fue asesinada violentamente cuando Blanche era niña, y ella lo vio todo. Ahora está recordando el asesinato, tal y como yo recordaba mis últimos días de batalla cuando llegué a casa de la Península. El tiempo la curará, estoy seguro, como ha curado a casi todo el mundo que yo conozco.

—No tenía ni idea, y lo siento. Pero, ¿hay alguna razón para las prisas?

—Eso parece.

Los hermanos intercambiaron una mirada.

Cliff sonrió y lo agarró por el hombro.

—Me alegro mucho por ti. Por los dos. Claro que os casaré. Sin embargo, ¿sabes lo decepcionadas que se van a quedar las mujeres de la familia cuando sepan que os habéis casado en secreto?

—Sí, pero el bienestar de Blanche está primero.

—Hablas como todo un enamorado —dijo Cliff, sonriendo—. Al final, todo el mundo, incluso mamá, estará entusiasmado, salvo Eleanor. Quizá ella no te lo perdone nunca —le advirtió a su hermano.

—Ya me preocuparé más tarde de nuestra hermana —dijo Rex, que comenzaba a relajarse.

En pocos días, quizá en semanas, Blanche y él se casarían. Y él se la llevaría a Land's End, o a Irlanda. Siempre y cuando estuvieran en el campo, donde había paz y tranquilidad para que Blanche pudiera descansar, no le importaba adónde fueran.

En cuanto se casaran, estarían de luna de miel. Sin embargo, la alegría de recién casados tendría que esperar. No creía que Blanche se preocupara por la pasión en aquellos momentos. En realidad, él tampoco, porque sólo quería que se pusiera bien.

—Avísame cuando quieras hacerlo —dijo Cliff, y volvió a agarrar a su hermano por el hombro.

—Gracias —dijo Rex.

Blanche se despertó lentamente, por etapas, como si hubiera tomado una dosis de láudano. Se encontraba flotando entre nubes blancas, con una sensación de alivio y de paz. Después de los meses que había pasado, era una alegría tener aquella sensación. Se dio cuenta de que estaba sonriendo. Abrió los ojos y se encontró en una habitación extraña, pero enseguida recordó que estaba en Harmon House, y que sir Rex y ella iban a casarse. Había atardecido y la habitación estaba en penumbra; en la chimenea ardía un buen fuego. Movió la mirada hacia la butaca que había frente al hogar y vio a sir Rex, que la observaba con fijeza.

Ella se incorporó lentamente, y se dio cuenta de que estaba tapada con una manta de color marfil. Se acordó de que cuando sir Rex la había llevado a aquella habitación, se había desplomado en la cama y se había quedado dormida al instante. Evidentemente, él debía de haberla tapado; a Blanche le complació que él se hubiera preocupado de hacerlo.

Sonrió. El corazón le latía con una alegría y una excitación que no podía negar.

—¿Cuánto tiempo llevas ahí sentado?

Él se acercó.

—Dos horas, creo.

Había estado mirándola mientras dormía. Blanche nunca se había sentido tan segura ni tan querida.

—No tenías que haberte quedado —le dijo con suavidad.

—¿Puedo? —preguntó él.

Ella asintió, y Rex se sentó a su lado en la cama.

—Quería estar contigo mientras dormías —le dijo—. Estoy preocupado por ti, pero ésa no era la razón. Te he echado mucho de menos.

Blanche se sintió exultante e, impulsivamente, le tomó la mano.

—Yo también te he echado de menos... tanto...

A él se le oscureció la mirada.

—Cliff ha accedido a casarnos.

Blanche se sobresaltó. Tardó un momento en darse cuenta de lo que quería decir.

—Es capitán de barco. ¡Puede casarnos en su fragata!

—Sí —dijo él con una sonrisa—. Estaba seguro de que no querías celebrar una ceremonia formal, ni siquiera una pequeña con mi gran familia. Sólo necesitamos dos testigos.

Blanche asintió.

—Bess y Meg. Ambas deben estar presentes.

—Como desees —dijo Rex, y vaciló—. No quiero presionarte.

Blanche sacudió la cabeza.

—Me casaría contigo esta misma noche si tú quisieras.

Él abrió los ojos de par en par.

Blanche se dio cuenta de que quería casarse con él lo antes posible. Se ruborizó.

—Sé que es una situación extraña, y no quiero precipitar las cosas —dijo, apartando la mirada.

Rex le tomó ambas manos.

—Blanche, no precipitas las cosas. Hay una razón para tener prisa. Además, a mí me encantaría que nos casáramos esta noche, si lo dices en serio.

—¿Crees que nos atreveríamos a intentarlo? —preguntó ella con una profunda emoción.

—Hablaré con Cliff, pero no veo la razón por la que no podamos casarnos después de la cena.

Con todas las velas recogidas, con los mástiles y las jarcias tocando el cielo repleto de estrellas, la fragata se mecía suavemente, anclada en el puerto, sobre la superficie de ébano del agua. Había una luna llena, resplandeciente. Blanche se detuvo en el muelle, junto a Rex, con gran incredulidad. Había ido a verlo aquella tarde para contarle que iba a tener un hijo y hacer el sacrificio más grande que podía hacer una mujer. En vez de tener que hacer ese sacrificio, Rex y ella iban a casarse.

Blanche vio unas cuantas figuras fantasmales en la cubierta del barco. Se volvió hacia Rex.

—Si me pellizco, ¿me despertaré? —le susurró.

Él sonrió.

—Yo estaba pensando lo mismo. Vamos. Todo el mundo está ya aquí.

Blanche asintió, temblando, y comenzaron a subir por la pasarela. Ella reconoció a Cliff de Warenne cuando pusieron los pies en cubierta, porque tenía una figura formidable, y nadie podría tomarlo por otra cosa que no fuera el capitán de aquel barco pese a su traje oscuro. Los otros hombres eran, claramente, marineros; estaban encendiendo los grandes faroles del barco. Blanche rezó por no estar en medio de un fantástico sueño.

Bess la saludó y le hizo señas para que se apresurara, y junto a ella estaba Meg; Blanche se dio cuenta de que había una tercera mujer. Era Eleanor de Warenne.

Rex le dijo suavemente:

—Necesitaba unos anillos. Fue la excusa para traer a mi indomable hermanita a la boda.

—Siempre me ha caído bien Eleanor y me alegro de que esté aquí —dijo Blanche suavemente, con el corazón tan acelerado que casi no podía respirar.

Bess se acercó a ellos con los ojos muy abiertos, con una expresión de incredulidad.

—¡Cuando recibí tu nota para que me reuniera contigo en el barco del capitán de Warenne pensé que verdaderamente estabas soñando! Entonces llegó Meg y me dijo que ibas a casarte de verdad con sir Rex —Bess la estaba abrazando—. Y entonces, Eleanor me enseñó los anillos y el capitán de Warenne me lo confirmó. ¡Estoy tan contenta!

Blanche se rió y la abrazó también.

—Me alegro de que te alegres —bromeó.

Bess se sorprendió.

Blanche no se había dado cuenta de que llevaba meses sin reírse, y que tampoco había hecho bromas en todo aquel tiempo. Se puso seria.

—Deséanos buena suerte —le pidió en voz baja a su amiga.

—Claro que te deseo la mejor de las suertes —respondió Bess, mirándola fijamente.

—Sir Rex lo sabe todo —le susurró Blanche—. Es un hombre muy bueno. Está familiarizado con mi enfermedad, y me ha dicho que es común entre los veteranos de guerra. No estoy loca, Bess.

Bess se emocionó.

—¿Tiene cura?

—Parece que el tiempo la cura —respondió Blanche. Después se volvió hacia Meg—. Me alegro mucho de que hayas venido.

—Milady, es un gran día... ¡noche! —exclamó la pelirroja—. Me alegro tanto por usted... ¡Sabía que lo quería, y sabía que él la quería también!

Blanche se rió de nuevo, aunque no estaba segura de que el amor hubiera sido un factor determinante en la decisión de Rex. Sin embargo, no importaba. Él era su ancla, y ella era feliz.

Eleanor se adelantó.

—He estado mucho tiempo esperando este momento —le dijo con una enorme sonrisa—. Mi hermano y tú sois el uno para el otro. ¡Sabía que encontraríais la manera de volver a estar juntos!

Blanche se ruborizó y le devolvió la sonrisa a su futura cuñada. En aquel momento, Rex intervino.

—¿Comenzamos? Cliff está listo, si tú lo estás.

—Sí, estoy preparada —respondió ella con emoción.

Cliff les indicó que debían situarse ante él.

—Sabéis que mi barco, la Fair Lady, está destinado a unir a los amantes —le dijo a Blanche—. Amanda y yo también nos casamos aquí.

—Lo había oído. Toda la ciudad sabe que ella os robó el barco y no sólo la perseguisteis, sino que además os casasteis con ella —dijo Blanche con una sonrisa—. Yo pensaba que era un cotilleo. ¿Era cierto?

—Totalmente cierto —respondió él, encantado. Después miró a Eleanor—. ¿Tienes los anillos?

—Claro que sí —exclamó Eleanor.

—Entonces, procedamos. Nos hemos reunido aquí esta noche, en la gracia de Dios, para unir a esta pareja en matrimonio —afirmó, y miró a Rex—. Sir Rex de Warenne, ¿aceptáis a esta mujer, lady Blanche Harrington, como esposa, para amarla y respetarla, en la salud y en la enfermedad, hasta que la muerte os separe?

Blanche miró el perfil fuerte y maravilloso de Rex. Él se volvió hacia ella.

—Sí, la acepto.

Blanche sonrió.

—Lady Blanche Harrington, ¿aceptáis a este hombre, sir Rex de Warenne, como esposo, para amarlo y respetarlo, en la salud y en la enfermedad, hasta que la muerte os separe?

No había nada que Blanche deseara más.

—Sí, lo acepto.

—Eleanor, por favor, los anillos —dijo Cliff.

Eleanor sacó los anillos. Uno era una sencilla alianza de oro, y el otro tenía una perla engarzada entre diamantes. Rex tomó el último y lo deslizó en el dedo anular de Blanche. El anillo era precioso, y Blanche supo que había pertenecido a Eleanor. Sonrió a su cuñada con gratitud y tomó la alianza de oro para ponérsela a Rex. Después, sus miradas se encontraron.

Blanche tembló bajo la mirada cálida y posesiva de Rex. Lo quería mucho, y decidió que encontraría el valor necesario para decírselo. Él sonrió como si estuviera sintiendo lo mismo que ella, como si conociera sus pensamientos.

—Puedes besar a la novia —le dijo Cliff a Rex.

Rex se inclinó y Blanche cerró los ojos. Sus labios se rozaron, y a ella se le aceleró el corazón de alegría, felicidad y emoción.

—Por el poder que se me concede como capitán de este barco —dijo suavemente Cliff, sonriendo—, os declaro marido y mujer.

Blanche sonrió a Jem cuando entraba en el vestíbulo de la mano de sir Rex. Se sentía nerviosa, y estaba casi mareada después de aquella boda repentina. Le parecía increíble, como un cuento de hadas. Blanche se preguntaba qué podía hacer a partir de aquel momento.

Durante el trayecto en carruaje apenas habían hablado, pero sir Rex se había subido al coche como si estuviera en su derecho, lo cual era cierto.

¿Se quedaría con ella? ¿Y dónde iba a dormir cada uno aquella noche? Blanche estaba segura de que Rex no tenía intención de consumar su matrimonio aquella noche, ni siquiera en pocos días. Sin embargo, ella deseaba aquella unión. Se dio cuenta de que le ardían las mejillas.

—Jem, ahora soy lady de Warenne. Sir Rex y yo acabamos de casarnos.

Jem se quedó sorprendido, pero hizo una reverencia, porque estaba sonriendo y quería disimularlo.

—Bienvenido a Harrington Hall, milord. Enhorabuena, milady, sir.

Blanche se mordió el labio mientras miraba a Rex. Él estaba muy relajado.

—Gracias —dijo sir Rex—. Mañana a las ocho me reuniré con todos los empleados.

Jem inclinó la cabeza.

Sir Rex se volvió hacia Blanche.

—¿Quieres tomar un poco de champán para celebrarlo, o estás cansada? Sé que ha sido un día largo y sorprendente.

—Por supuesto que quiero tomar una copa de champán contigo.

Él sonrió con calidez, con tanta calidez que ella pensó, en aquel momento, que pese a todo, Rex todavía la deseaba.

—Jem, por favor, una botella del mejor champán.

—¿Sirvo caviar, milord? Lord Harrington tiene las existencias de todo el mar Caspio.

—Si lady Harrington lo desea —dijo sir Rex, sonriendo.

Blanche asintió. Sir Rex estaba encajando en su puesto de señor de Harrington Hall como si hubiera nacido para ello. Pero, por supuesto, él era hijo de Adare, y había nacido para disfrutar del poder, los privilegios y la riqueza. Era su derecho.

Sin embargo, Meg se acercó con inseguridad desde detrás cuando Jem se marchó.

—¿Milady? —susurró, como si no quisiera que sir Rex oyera lo que tenía que decir.

Blanche la escuchó con nerviosismo. Sabía lo que quería preguntar Meg y vaciló, mirando a su marido. Él estaba observando con sumo interés el suelo de mármol.

Blanche preguntó suavemente:

—¿Rex? ¿Cómo vamos a instalarnos esta noche? Sé que nos hemos casado con apresuramiento, y no ha habido tiempo de preparar la habitación principal, y seguramente, tu familia te estará esperando...

Él la tomó de la mano.

—Sólo deseo que estés contenta —dijo él, besándole el dorso—. Y mi familia, en estos momentos, ya conoce hasta el último detalle de nuestra boda. Nadie me espera, y prefiero quedarme aquí.

Ella quería que se quedara. No podía pronunciar las palabras. No podía recordarle que harían falta, al menos, algunas horas para preparar una suite de luna de miel, por miedo a su rechazo. Y llevaría más tiempo preparar una nueva habitación principal si decidían compartirla.

—Ocuparé cualquier habitación de invitados —dijo él suavemente.

Blanche sonrió, pero apartó la vista, porque en realidad se sentía consternada por su elección.

—Prepara la Suite Esmeralda, Meg.

Meg asintió y se marchó.

—No tardarán. A menudo tenemos invitados, y siempre hay algunas habitaciones preparadas —dijo Blanche sonriendo con demasiado entusiasmo.

Él le tomó la mano.

—¿Qué ocurre?

Ella se puso tensa y lo miró.

—¿Cómo va a ocurrir algo malo, si acabas de rescatarme de un destino horrible?

Él sonrió.

—¿Con Dashwood?

—¡No sé en qué estaba pensando!

—Yo sé lo que estaba pensando yo —respondió Rex, en voz baja.

Ella se percató de su mirada atrevida. Aquella mirada tan masculina hizo que le temblaran las rodillas.

—¿Vas a desmayarte? —le preguntó él, tomándola del codo.

—No sé lo que siento. ¡Soy un lío de emociones! Salvo que siento alivio, por supuesto. Todo ha sido una pesadilla, pero parece que ya está terminando.

—Sí. Esa pesadilla ha terminado —dijo él con firmeza—. Quiero que seas feliz.

—Lo soy —dijo Blanche—. Soy muy feliz, pero me doy cuenta de que estás cumpliendo con tu deber.

Él se sorprendió.

—Vamos a sentarnos.

Blanche asintió, y ambos se acomodaron en uno de los salones.

—Blanche, tengo un deber hacia ti y hacia el niño, pero no me he explicado bien si crees que sólo estoy cumpliendo con mi deber al casarme contigo.

Blanche no pudo sonreír.

—Aunque me recuperara, no soy la misma mujer que disfrutó de tu hospitalidad en Land's End.

—¡No estoy de acuerdo! Eres la misma mujer, la mujer a la que guardo tanto afecto, y no hay condiciones: te recuperarás. Creía que lo habíamos aclarado.

—En Land's End era la novia perfecta.

—Ahora eres la novia perfecta.

—¿Es que nunca eres cruel?

—No es propio de mi carácter —dijo él.

De repente, Blanche se dio cuenta de que no había pensando en el disturbio ni en el asesinato de su madre desde su conversación de aquella tarde con Rex. No había tenido más recuerdos, pero en aquel momento, perversamente, las imágenes sangrientas surgieron. Vio el caballo muerto, y a su madre destrozada. La muchedumbre acechaba. Se quedó rígida.

—¿Blanche?

El miedo se había apoderado de ella. Deseó no haber pensado en aquel horrible día, y esperó a que el cuchillo le traspasara las sienes. No ocurrió.

Sir Rex le tomó la cara con las manos.

—Quédate conmigo —le pidió suavemente.

Ella permaneció inmóvil, esperando oír los gritos de su madre. Esperó a convertirse en una niña de seis años otra vez.

—Hace una noche preciosa —comentó Rex. Al principio, Blanche ni siquiera lo entendió—. ¿Oyes los grillos?

Ella lo miró a los ojos y, de repente, oyó el canto de los

grillos en el jardín, y las imágenes desaparecieron de su mente. Se echó a temblar de incertidumbre.

—Creo que sólo eran recuerdos.

Santo Dios; no se había hundido en el pasado.

Él sonrió como si estuvieran hablando de una excursión, o de unas carreras de caballos.

—¿Te ha gustado la ceremonia, aunque fuera tan breve?

Ella le devolvió la sonrisa.

—Ha sido muy bonita.

Él se rió.

—No creo que mi hermano tuviera ni idea de lo que estaba haciendo, querida mía.

Blanche se quedó maravillada. Su risa la bañó como una ola sensual y caliente. Y la había llamado «querida». Blanche quería estar en brazos de sir Rex, quería más que sus besos ligeros. Quería que volviera a llamarla «querida».

A él se le oscureció la mirada. Le acarició la mejilla.

—No sé si podré ser un caballero si me lanzas esa invitación con los ojos.

—Estamos casados —susurró ella—. Sé que ahora no estoy muy atractiva, pero no tienes que ser caballeroso en absoluto.

—Blanche, tienes un aspecto tan frágil como un nuevo capullo de rosa. No quiero hacerte daño, alterarte ni angustiarte. Ya has pasado suficientes dificultades.

Ella se quedó muy sorprendida... sin embargo, debía haber sabido que sir Rex pensaría en su bienestar antes que en ninguna otra cosa.

—No voy a romperme, Rex —le dijo—. De eso estoy segura.

Sin embargo, no estaba segura, porque la única vez que habían hecho el amor, ella se había roto mental y emocionalmente, y quizá en espíritu, también. De todos modos, estaba dispuesta a correr el riesgo.

Él la agarró con delicadeza por los hombros.

—Nunca había deseado tanto a nadie. Blanche, siempre te desearé. Siempre te querré.

Blanche se quedó paralizada mientras el corazón le explotaba de alegría. Entonces susurró, lanzando toda la cautela por la borda:
—Por favor.
Los ojos de Rex se transformaron en fuego. Se inclinó hacia ella y la besó. Y, de repente, la abrazó, llorando silenciosamente de alegría y necesidad, besándola una y otra vez.
Blanche notó que todo su cuerpo ardía. Deseaba sus caricias y su invasión con tanta intensidad que tembló entre sus brazos y gimió. Los besos de Rex cambiaron y se deslizaron por su cuello.
—Llévame arriba, por favor —le rogó ella.
—¿Estás segura de que no te haré daño? Blanche, ahora somos marido y mujer. Tenemos toda la vida por delante.
—Estoy segura. Te necesito tanto...

Fue difícil controlarse. Sin embargo, Rex iba a cumplir lo que había dicho, por mucho que la hubiera echado de menos y por mucho que deseara moverse dentro de su cuerpo en aquel momento. No quería hacerle daño ni provocarle más tensión.
Le desabotonó la espalda del vestido a Blanche, consciente de que tenía los dedos torpes y de que le temblaban las manos.
Blanche respiraba entrecortadamente. Cuando su vestido se abrió, dejando a la vista la camisa y el corsé, él no pudo contenerse. Se inclinó y le besó la piel, junto a la espina dorsal. Al instante, a ella se le puso la carne de gallina.
Blanche jadeó de placer.
Él ya estaba muy excitado y tuvo que controlarse. Hizo que Blanche se diera la vuelta y el vestido cayó como una cascada a sus pies. Blanche tenía los ojos de humo azul y verde. Era tan bella y tan femenina, pensó Rex. Le tomó la cara entre las manos y la besó, larga y profundamente. Ella gimió.

Entonces, él se puso frenético. Lo único que quería hacer era darle placer.

La apretó contra su pecho, su torso, sus caderas y su vientre. Ella jadeó de nuevo, y Rex la presionó contra el bulto firme de su virilidad, posando brevemente la boca en su mejilla, cuando lo que quería en realidad era invadir su cuerpo y hundirse en él, salvaje y dulcemente a la vez.

—¿Estás segura?

—Sí —respondió ella, aferrándose a sus hombros.

En pocos segundos, ambos se habían despojado de la ropa. Cayeron en la cama y él se tendió sobre ella y le separó los muslos con la pierna. Rex no podía dominarse. Sin embargo, de algún modo consiguió parar.

—Me siento muy feliz de ser tu marido —murmuró.

Ella abrió los ojos de par en par.

Y él sonrió mientras hundía su longitud hinchada en ella, observando cómo su expresión se volvía tensa, cómo se le humedecían los ojos.

Blanche gimió, porque estaba sintiendo la misma fricción caliente y exquisita que él. Se le sonrojaron las mejillas, se le desenfocó la visión, y él no pudo soportarlo. Se rindió. Finalmente, su cordura se desmoronó, y sólo sintió la imperiosa necesidad de oír su clímax y llegar a su explosiva liberación. Entre los dos crearon una sensación resbaladiza y un placer intenso que se convirtió en una pasión delirante. Ella jadeó, abrió los ojos y se arqueó hacia atrás; él experimentó el triunfo.

La visión de su orgasmo lo cegó. Siguió hundiéndose en su calor húmedo y se abandonó a un éxtasis ardiente y agotador. Rex jadeó una y otra vez.

«Blanche».

Pasó un largo rato mientras él la abrazaba con la respiración alterada. Cuando se hubo recuperado, se tendió a su lado para no hacerle daño accidentalmente. Le besó las sienes y el pelo. «Mi esposa», pensó. «Mi esposa perfecta, bella».

—Creo que soy el hombre más afortunado del mundo —susurró.

Ella abrió los ojos y lo miró. La expresión de aturdimiento de su rostro se desvaneció. Sonrió, y él se entusiasmó. Ella le posó una mano sobre el pecho y la apretó allí.

Incapaz de controlarse, él le tomó la mano y se la besó. Estaba ahíto de amor. Dios Santo, estaban casados. Blanche Harrington era suya.

—¿Estás bien? —le preguntó con ternura.

—Estoy maravillosamente —respondió Blanche. Y entonces, lo dejó asombrado, porque le tomó la mano y apretó sus labios contra la palma. Un precioso y delicado rubor le cubrió la cara.

Él se apoyó en un codo y admiró su rostro y su figura. Aunque estaba delgada, a él le resultaba increíblemente atractiva.

—Eres muy bella, Blanche —le dijo, y deslizó la mano por uno de sus pechos.

—Tú debes de ser el loco —murmuró ella, pero cuando se dio cuenta de lo que había dicho, se puso tensa.

Él sonrió.

—¡Y tú eres tan modesta!

Blanche se quedó callada, observándolo.

—Me alegro de parecerte guapa.

—Me pareces bellísima. Y no intentes negarlo más.

Ella esbozó una sonrisa encantadora.

—Sólo si yo puedo ser igual de sincera.

Él sonrió.

—¿Cómo de sincera?

—¡Eres tan guapo! —exclamó ella, pasándole la mano por el pecho—. Y habilidoso —añadió, mordiéndose el labio.

Rex se rió, terriblemente satisfecho.

Entonces, Blanche se quedó inmóvil y la sonrisa se le borró de los labios. Miró más allá de él, como si esperara encontrar a un intruso. En aquel instante, él lo supo. Blanche estaba pensando en el disturbio. La preocupación de Rex no tuvo límites.

—Cariño, todavía no conoces la diferencia, pero hacer el amor apresuradamente no es deseable. Sin embargo, me alegro de que pienses que soy habilidoso, y te aseguro que, cuando haya pasado cierto tiempo, quedarás muy complacida. Tengo intención de pasar una deliciosa luna de miel.

Ella volvió a mirarlo a los ojos. Sonrió.

—Pero yo deseaba hacer el amor apresuradamente.

Él se quedó inmóvil, y completamente excitado.

—Me alegro —dijo con la voz ronca.

—Siempre sabes cuándo te necesito —añadió Blanche.

Él la besó. Había comprendido lo que ella quería decir.

—¿Quieres hablar de ello ahora?

—No —susurró.

Rex la observó con suma atención, y supo que no estaba en peligro de sufrir un ataque. Aunque podía cambiar el peso del cuerpo con facilidad y hacer lo que deseaba hacer, dijo:

—Sé que ahora estás agotada...

Ella le deslizó la mano hacia el vientre.

—No mucho.

Y le dedicó la sonrisa más seductora que él hubiera visto en su vida.

CAPÍTULO 22

Blanche se despertó con la mejilla apoyada en el pecho desnudo de Rex, con su cuerpo enteramente pegado al de él, con una de las piernas entre sus muslos. El sol entraba a raudales por las ventanas, porque nadie había corrido las cortinas. Estaban tapados hasta la cintura, pero nada más. Sintió una gran alegría.

«Quiero tanto a mi marido», pensó con una sonrisa. Inhaló su olor, disfrutó del tacto de su piel, de sus músculos, de su pelo, y reflexionó sobre el milagroso hecho de que fueran marido y mujer. La noche anterior, él le había hecho el amor dos veces. Sir Rex era un amante maravilloso, además de un hombre extraordinario.

Lo quería tanto que el corazón le dolía de la emoción.

Miró más allá, hacia las ventanas del otro extremo de la habitación. Comenzaron a formarse unas imágenes, imágenes que ella odiaba. Deseaba que desaparecieran para siempre. En Land's End, después de hacer el amor con Rex, aquellos recuerdos la habían invadido, y la habían trasladado a un pasado espantoso.

También en aquel momento estaba enamorada de sir Rex. Se había dado cuenta de que aquella pasión y aquella alegría le provocaban dolor y recuerdos. Blanche se puso muy tensa.

Le dolían las sienes, pero no con la intensidad de otras

veces. Las imágenes eran nítidas. Nunca olvidaría la visión del caballo muerto ni de su madre asesinada. Esperó a que sonaran sus gritos, a que la sacaran de la cama y se la llevaran a otro mundo.

—¿Blanche?

El rostro de su madre estaba blanco, deformado por el terror. Blanche nunca la olvidaría, mientras el monstruo la obligaba a salir del carruaje. Sabía las palabras de memoria. «Salga del coche, señora».

El miedo se adueñó de ella, aunque lo sentía como si estuviera repitiendo los recuerdos, no reviviéndolos. La cama descendió; vio incorporarse a Rex, y notó una ligera caricia desde el hombro al brazo.

—Estamos en Harrington Hall —le dijo él sosegadamente—. Somos marido y mujer.

Ella se sentó, observando su espléndido torso, y notó que el deseo se le despertaba de nuevo. Hacía mucho tiempo que no podía admirarlo a plena luz del día.

—Lo sé —respondió ella.

La imagen de la cara de su madre permaneció en su mente, como los ojos pálidos y enloquecidos del hombre monstruo. Las imágenes giraron y se convirtieron en el caballo muerto, y después, en su madre de nuevo. Blanche sintió un intenso dolor, muy parecido al de una cuchillada, pero en el pecho, no en la cabeza. Se dio cuenta de que aquel dolor era la pena.

—Dime lo que está sucediendo, Blanche.

Ella se estremeció.

—Estoy acordándome de cómo estaba mi madre después de que la mataran a puñaladas.

Rex asintió y palideció.

—¿Puedes quedarte conmigo? —le preguntó.

—Estoy esperando a que los gritos de mi madre me estallen en la cabeza. Estoy esperando a convertirme en una niña de seis años, pero sólo veo esas imágenes, tan claras como retratos. Siento mucha tristeza.

Él la asió por el hombro.

—No tuviste la oportunidad de sufrir la pérdida de tu madre, porque olvidaste el disturbio y su muerte. Quizá ya es hora de que sufras.

Blanche se quedó espantada al darse cuenta de que quería llorar por la muerte de su madre. Y también por la pérdida de su padre.

Él la dejó asombrada cuando dijo:

—Y tampoco lloraste la pérdida de Harrington. Haz lo que debes hacer, Blanche. Todo el mundo tiene que sufrir por la pérdida de aquellos a los que quiere.

Ella tenía la vista borrosa.

—La quería mucho. Era la madre más dulce y más buena que un niño pudiera tener. Ahora me acuerdo de todo.

—Ése es un buen recuerdo.

—¿Por qué tuvieron que matarla? ¿Por qué?

Él la rodeó con un brazo.

—Cuando un grupo de gente se convierte en una turba, es como una mascota que se contagia de la rabia. No hay razones. La turba se convierte en una bestia salvaje, incontrolada. Nunca habrá explicación para lo que ocurrió ese día, Blanche.

Ella se frotó los ojos, llorando en silencio por la muerte de su madre. Y por su padre; Blanche recordaba bien su pena, la pena de veintidós años antes.

—Mi padre nunca se recuperó de aquel día. Quería a mi madre. Ahora me acuerdo de lo pálido y triste que estaba, y de que tenía los ojos enrojecidos. Recuerdo que yo estaba muy confusa.

Sir Rex le acarició el hombro.

—No pude llorar cuando mi padre murió, pero ya te lo había contado. Fue como un sueño. Sabía que había muerto, pero no era capaz de sentir nada. Ahora me duele.

—Sé que duele, pero no puedes evitar esto, Blanche. Eres humana y tienes que sufrir por la muerte de tus padres, antes o después.

—Creo que será antes —susurró, porque se le caían las lágrimas. Aquello era la pena. No se había dado cuenta de lo mucho que echaba de menos a su padre, y de cuánto había querido a su madre.

Sir Rex la abrazó.

Blanche se asomó por la ventanilla del carruaje cuando entraron al camino que llevaba al castillo de Bodenick. Se sorprendió, porque vio que la torre en ruinas estaba rehabilitada, y la silueta de la edificación había cambiado mucho. Se elevaba hacia el cielo azul y brillante. Los páramos, más allá, estaban salpicados de rojo y dorado, y Blanche vio una manada de yeguas corriendo con sus potrillos. Y, un poco más lejos, el mar. Las olas rompían contra los acantilados negros y contra la playa. Tres días antes, Rex le había propuesto que se marcharan de la ciudad y que se retiraran al campo para pasar el verano. A Blanche le había entusiasmado la idea.

Sin embargo, había sentido aprensión aparte de impaciencia. No podía olvidar que había comenzado a recuperar la memoria en Land's End, y por lo tanto, aquellos ataques que la devolvían al pasado también habían comenzado allí. Durante los tres días que habían transcurrido desde que Rex y ella se habían casado, había recordado muchas cosas, pero no había vuelto a verse atrapada en el pasado. Su marido tenía mucho que ver en ello. La había cuidado y, cuando los recuerdos amenazaban con consumirla, la había distraído. Blanche sabía que su preocupación por ella era completa. Él se había convertido en su ancla y la estaba ayudando a superar aquella etapa tan difícil.

Sin embargo, sir Rex también había sabido cuándo debía dejarla sola para que se enfrentara a su pena. Aquel sufrimiento la invadía tan repentinamente que se quedaba anonadada, pero era mucho mejor que perderse en el día del disturbio. Antes de salir de Londres, Blanche había ido a visitar las tumbas de sus padres. Había preferido ir sola.

En aquel momento, Blanche se sintió inquieta. Estaba muy contenta por haber vuelto a Land's End, pero no sabía qué esperar. Se volvió y dijo:

—Me encanta esto. El aire está tan limpio que se percibe el olor a mar.

Rex sonrió y le acarició la mano. El coche se detuvo y, un momento después, él la ayudaba a bajar. Blanche miró a su alrededor, vio el nuevo establo terminado y se dio la vuelta para admirar la torre.

—¿Has amueblado ya las habitaciones nuevas?

Él sonrió otra vez.

—Serán las tuyas, y debes hacerlo tú.

Blanche estaba impaciente. También estaba deseando ampliar el jardín y plantar flores en todos los rincones del patio. Sir Rex la siguió.

—Éste es un momento raro, porque estoy lamentando la pérdida de mi pierna —dijo suavemente.

Ella se quedó muy sorprendida.

—Pero sólo porque desearía cruzar el umbral con mi esposa en brazos.

Blanche le acarició la cara.

—¿Por qué no besas a tu esposa en el umbral, entonces? —murmuró. Sin embargo, no estaba pensando en los besos, sino en la noche que pasarían juntos.

Sir Rex la tomó de la mano y, cuando estuvieron en el umbral, la abrazó con fuerza y la besó, sin preocuparse por el público. Blanche se olvidó de que el cochero y los postillones estaban en el patio, y lo besó también. Cuando le faltaba el aliento, y cuando él estaba claramente excitado, ella susurró:

—A lo mejor podrías ayudarme a deshacer las maletas...

Él se rió.

—Puedo hacer todo lo que tú quieras, querida.

Blanche sintió una gran alegría en el pecho, una que nunca daría por sentada. Sin embargo, apareció una sombra tras ellos, y cuando se dio la vuelta, su alegría se desvaneció.

Anne hizo una reverencia.

—Milord, milady —dijo.

Blanche miró a la doncella y, al instante, recordó a Paul Carter, que la había sobornado por una cifra considerable de dinero. Era evidente que su amante lo había convencido para que llevara a cabo aquel soborno, y Blanche se sintió enfurecida.

—Lo siento —le dijo Rex—. No tuve tiempo de enviar aviso.

A Blanche no le importó. Se acercó a Anne. La doncella se irguió y la miró con malevolencia. Ella le dijo:

—Sal ahora mismo de esta casa.

Anne dio un respingo. Después, miró a sir Rex. Él no se inmutó.

—Estoy hablando contigo —le dijo Blanche con tirantez.

Anne le devolvió la mirada.

—La oigo perfectamente, milady —respondió en tono insolente.

—Muy bien, entonces escucha esto: tu amante y tú os habéis beneficiado mucho al sobornarme, y por lo tanto, estás despedida sin referencias. No te molestes en recoger tus cosas. Te las enviarán.

Anne la miró fríamente, con odio.

—No puede despedirme. Pero no se preocupe. Me voy porque sé que si no, me despediría sir Rex.

Sir Rex iba a hablar, pero Blanche se volvió hacia él con una mirada furiosa, indicándole que no debía intervenir. Después, se enfrentó nuevamente a Anne.

—Estabas en tu derecho de tener una aventura con sir Rex. No te culpo por eso. Sólo te culpo por tu malicioso intento de destruirme después de que me hubiera marchado de Bodenick. Eso fue despreciable, y es ilustrativo de tu verdadera naturaleza, que es muy baja. Es la naturaleza de una mujer que desea lo que tienen sus superiores, como si se le debiera. Yo no te debo nada. Tú me debes respeto. Sal de mi casa ahora mismo —dijo Blanche—, antes de que le pida al cochero que te saque a rastras.

—Así que se casó con él —dijo Anne, y escupió a los pies

de Blanche. Después se encogió de hombros y la miró de manera desafiante.

Blanche se echó a temblar y estuvo a punto de golpear a la doncella. Sin embargo, nunca había pegado a nadie, y no iba a hacerlo en aquel momento.

—Adiós, Anne.

Anne se marchó.

Blanche seguía temblando cuando Rex se acercó. Ella se volvió hacia él.

—¿Te estuviste acostando con ella durante los dos meses y medio pasados? —le preguntó. Y al instante, se horrorizó por haberlo hecho.

—No. Estaba demasiado ocupado rehabilitando la casa de día y ahogando mis penas en alcohol de noche —respondió él con sequedad.

—Lo siento —susurró Blanche, tomándolo de la mano—. No debería haberte hablado así.

Él sonrió.

—Tenías derecho a sospechar de mí, Blanche. Pero no soy un mentiroso, y nunca te mentiré. Anne se quedó aquí porque yo necesitaba una doncella. Pero tenía el corazón roto, y no me apetecía acostarme con ninguna otra mujer.

—Lo siento.

—No te preocupes. Alabo cómo la has manejado.

Blanche no le soltó la mano.

—¿No estás enfadado conmigo?

—Aunque lo estuviera, que no lo estoy, eso no cambiaría lo que siento por ti. Ni los votos que hemos hecho. Seguramente, tendremos discusiones algunas veces, pero nunca cambiarán lo que tengo en el corazón.

Blanche lo abrazó.

—Algunas veces, no me reconozco —susurró.

Nunca se había sentido tan furiosa como un momento antes, con Anne. Tampoco había sido nunca tan feliz. Y por las noches, en brazos de Rex, se sentía tan apasionada como una cortesana.

—Entonces, es una suerte que yo siempre te reconozca —murmuró él.

Blanche lo miró fijamente a los ojos y le acarició la barbilla.

—Quizá Meg debiera preparar algo de cena mientras deshacemos el equipaje.

—Sí, quizá debiera.

Una semana después, Blanche iba sentada junto a Rex en una calesa, recorriendo la calle principal de Lanhadron. Él la había llevado al pueblo para hacer algunas compras y comer en la posada. Iban de vuelta a casa, por la tarde, pero él le preguntó:

—¿Te importaría esperar un poco mientras entro un momento a Bennet's para preguntar si han llegado ya mis puros?

Blanche le sonrió.

—Claro que no me importa —respondió—. Y menos, cuando tú has estado esperando con tanta paciencia mientras yo compraba una docena de macetas y jarrones.

Él echó el freno de la calesa y bajó al suelo.

—Me gustan los cambios que estás haciendo en Bodenick. Ahora parece un hogar.

—Es un hogar —respondió ella—. Nuestro hogar.

Él sonrió. Después, Blanche lo vio cruzar la calle, llena de satisfacción. ¿Quién habría pensado que la vida de casada era tan agradable? Además, no echaba de menos Londres.

De repente, la imagen pálida de su madre surgió en su mente. Blanche ya no tenía miedo de los recuerdos, porque aunque había tenido varios dolores de cabeza, ya no sufría ataques. Los recuerdos aparecían tan repentina y frecuentemente como la pena. Cada vez que pensaba en su madre, sólo sentía tristeza.

Le pareció oír unas notas musicales y se dio la vuelta. Entonces oyó claramente un violín. Miró hacia el otro extremo de la calle, y vio varios carromatos de colores vivos que se aproximaban, rojos, azules y amarillos, rodeados por una multitud de gente. A medida que la melodía se acercaba, Blanche se daba cuenta de que entraba al pueblo una caravana de gitanos.

Olvidó a su madre mientras observaba el gentío. Nunca había visto a gitanos de verdad, sólo alguna adivina en una feria o un mercado.

Los hombres, las mujeres y los niños caminaban por la calle junto a los carromatos, vestidos con ropa abigarrada. Los habitantes del pueblo salían de las tiendas y las casas para admirar el desfile. Las mujeres, que vestían faldas de vuelo y blusas, les tiraban flores a los hombres. Un hombre moreno y alto, que iba en cabeza, se detuvo para hacerles una reverencia muy cortés a dos jovencitas. Ellas se rieron y se ruborizaron.

Blanche miró hacia la tienda en la que había entrado Rex. Se dijo que él estaba muy cerca, pero no podía evitarlo, odiaba las multitudes y ser una mujer casada no iba a cambiarlo. Se sintió muy tensa mientras los primeros gitanos se acercaban, conducidos por el hombre moreno.

Era muy guapo. Llevaba unas botas altas, unos pantalones y una blusa blanca de algodón con un fajín rojo. Al verla, él sonrió, pero ella se mantuvo seria. Miró hacia Bennet's otra vez. No había ni rastro de Rex.

El corazón se le estaba acelerando debido a la ansiedad, e intentó convencerse de que la gente era inofensiva a plena luz del día, y que salvo por su baja condición social, no tenían nada en común con la turba que había asesinado a su madre. Sin embargo, Blanche se daba cuenta de que aquel tipo de sucesos podía devolverla a aquel día del pasado. Esperó a sentir un dolor intenso en la cabeza.

El gitano se dirigió hacia ella mientras el segundo carromato pasaba junto a la calesa.

—Milady, no está de muy buen humor. ¿Sería posible que yo cambiara eso? —le preguntó. Su sonrisa era encantadora, como sus ojos azules. Tenía profundos hoyuelos en las mejillas, los dientes muy blancos y el pelo rizado. Era un hombre por el que muchas mujeres suspirarían.

Blanche casi sonrió, porque él tenía una sonrisa contagiosa.

—Estaré de buen humor cuando vuelva mi marido —respondió.

Él hizo una pausa y la miró con detenimiento, y después, una sonrisa todavía más amplia se dibujó en su rostro.

—Una mujer enamorada es una bonita visión, verdaderamente. Y una mujer enamorada de su marido, más. Debe de ser recién casada.

—Es usted muy impertinente —dijo Blanche, pero sonrió—. Sí, soy recién casada.

—Entonces, la felicito —dijo él, y le hizo una elegante reverencia—. Bien, cuando esté menos casada, piense en mí de vez en cuando. No me importaría.

Blanche se relajó por completo.

—Nunca estaré menos casada —respondió—. Debe ir a flirtear a otra parte.

Él se rió.

—Me ha hundido, milady.

—¡Blanche!

Blanche se giró hacia el sonido de la voz de Rex. Estaba al otro lado de la calle. Parecía que se había asustado por ella. Sin embargo, pese a que Blanche sentía una ligera inquietud, le saludó con la mano para que supiera que se encontraba bien.

El gitano siguió su mirada.

—Un hombre guapo y fuerte. Sin duda, tiene riqueza y título. Está claro que un príncipe gitano no puede competir con él —dijo. Hizo otra reverencia y se alejó.

Blanche lo vio alejarse. Se había divertido, tal y como él había querido. Después, siguió mirando los carromatos al pasar. Por entre la gente, divisó a Rex, que no podía cruzar la calle todavía. Blanche respiró profundamente hasta que el corazón se le calmó. Pasó él último carromato, y Rex se acercó con rapidez a la calesa.

—¿Estás bien? —le preguntó mientras se sentaba a su lado.
—Sí, sorprendentemente, sí.
—¿Has tenido miedo?
—Un poco —respondió Blanche pensativamente—. Pero el miedo ha sido suave. No he tenido que luchar contra los recuerdos. Los gitanos me recordaron a la turba, eso es todo.

Al final, Blanche sonrió, porque se había dado cuenta de algo.

—No he estado en peligro de sufrir un ataque.
—Bien —dijo Rex, y le besó el dorso de la mano—. Estás mejorando, Blanche. Tienes buen color, y lo veo en tus ojos.

Blanche se miró al espejo. Sir Rex tenía razón, pensó mientras estudiaba su propia imagen. Había recuperado el apetito, y había ganado un poco de peso, lo suficiente para no tener la cara demacrada. Y tenía las mejillas suavemente rosadas. En los ojos ya no tenía ni rastro de miedo ni desesperación. De hecho, los tenía muy brillantes.

Se tocó la cara.

«Soy guapa de nuevo», pensó, y sonrió.

Se estaba curando. Si un desfile de gitanos no conseguía que se desmoronara, ¿qué podría conseguirlo?

La sonrisa se le borró de los labios al pensar en su marido. Se había enamorado de él meses antes, cuando fue su invitada en Land's End, pero nunca había pensado que lo querría tanto, o que lo desearía tanto. Y él también estaba muy enamorado.

Cuando se despertaba a mitad de la noche, él estaba profundamente dormido a su lado, abrazándola. No había vuelto a aislarse ni una sola vez ni había vuelto a beber por la noche. Aquello era debido, sin duda, a que había encauzado la relación con su hijo. Aunque Blanche esperaba que el amor que sentían el uno por el otro hubiera tenido algo que ver.

Él estaba fuera en aquel momento, hablando con el jefe de cuadras, hablando sobre uno de los caballos. Al verlo, a Blanche se le secó la boca. Estaba locamente enamorada de su marido. Rex se había convertido en todo para ella: su amigo, su amante, su esposo y un gran apoyo. Había conseguido superar aquella enfermedad gracias a él, y estaba reponiéndose. Se sentía casi normal, salvo que la antigua Blanche Harrington había desaparecido. En su lugar había una mujer cabal, una mujer capaz de sentir gran alegría, tristeza, pasión y amor. Y su marido también estaba enamorado de ella.

Mientras lo observaba, con el corazón henchido de emoción, sir Rex alzó súbitamente la vista. Sus miradas quedaron atrapadas durante unos instantes. Después, él se despidió del mozo y entró al castillo por la puerta principal.

Blanche tembló de impaciencia y necesidad. Se desabrochó los primeros botones del vestido, por la espalda, y estaba luchando por alcanzar otro cuando se abrió la puerta del dormitorio.

Sir Rex apareció con la mirada llena de fuego. Cerró la puerta y avanzó hacia ella.

—He estado ayudando a los jardineros a plantar ese enorme árbol que querías —le dijo suavemente, mientras ella se ponía de espaldas a él.

Blanche cerró los ojos al sentir sus manos sobre los hombros desnudos antes de que comenzara a desabotonarle el vestido.

—Tengo calor y he estado sudando —le dijo él, mientras, con un dedo, le acariciaba la espalda y deslizaba el vestido hasta su cintura. Lo mantuvo allí.

Blanche se apoyó en él y sintió una ráfaga de placer y triunfo cuando notó en las nalgas su virilidad. En respuesta, él la agarró por la cintura.

—No me importa —le dijo.

Entonces, Rex la despojó del vestido y la combinación, dejando que cayeran a sus pies. Lentamente, Blanche se dio la vuelta y deslizó las manos por la abertura de su camisa. Rex tenía la piel húmeda y caliente, y una mirada abrasadora.

Blanche le acarició el torso duro, consciente de que sir Rex estaba muy tenso e inmóvil. Le abrió la camisa y posó los labios sobre su pecho; él jadeó.

Blanche intentó acercarse más para besarle la piel, y se frotó contra su cuerpo excitado. Entonces, lo lamió. Estaba salado.

—Blanche —susurró él con la voz ronca. Fue una débil protesta.

Blanche sonrió contra su carne.

—Tú has saboreado hasta el último centímetro de mí —dijo, y le pasó la lengua sobre un pezón.

Sir Rex jadeó de nuevo. En aquella ocasión, la asió por las caderas e hizo que sus cuerpos se frotaran. Blanche lo arañó suavemente con los dientes y él gruñó. Entonces, ella deslizó las manos más abajo y agarró la cintura de sus pantalones. Sir Rex se quedó inmóvil, salvo por su pesada respiración.

Ella le desabotonó el pantalón y susurró:

—Ven conmigo a la cama.

—No tienes que hacerlo —le dijo él.

Blanche sonrió al notar que su virilidad se erguía en su mano.

—Quiero amarte como tú me amas a mí.

Él se dejó caer en la cama. Blanche se inclinó sobre él y, por fin, saboreó su carne caliente, suave. Sir Rex aferró un mechón de su pelo, entre jadeos, cegado por la pasión. Lo lamió mientras el deseo se adueñaba de ella de tal manera que sólo Rex podría satisfacerlo.

Entonces, él gimió y, de repente, Blanche se vio bajo su cuerpo, en sus brazos. Le sostuvo la cara para besarla profundamente, con el mismo frenesí que ella sentía. Al instante, Blanche se movió para acogerlo. Él se hundió en ella, y sintió que había llegado al cielo.

—¿Te dijo algo ese gitano para que te hayas convertido en una fresca?

Blanche se rió. Estaba acurrucada en brazos de Rex.

—Me temo que alguien me ha convertido en una fresca, pero no ha sido un gitano nómada.

Él la abrazó con fuerza y la besó en la sien.

—Me encanta oír tu risa. Me encanta ver cómo te brillan los ojos cuando te ríes y eres feliz.

—Soy tan feliz que me corta la respiración —dijo Blanche suavemente, y le acarició el brazo—. Mi único temor es no poder hacerte igual de feliz a ti.

Y era cierto. Lo miró con expectación.

Él se sorprendió.

—Nunca hubiera soñado con sentir tanta felicidad. Pensaba que iba a pasar toda la vida solo. Y aquí estamos, Blanche —dijo con una sonrisa—. Cuando te vi en la ventana, y me di cuenta de lo que querías, pensé que tenía que ser un sueño. ¡Lady de Warenne! —la reprendió—. ¡Pensar en hacer el amor con tu marido a plena luz del día!

Blanche se rió y le besó el pecho.

—¿Ha sido tan terrible que te hiciera una señal para que estuviéramos juntos a estas horas? Por favor, sé sincero, querida.

—Puedes requerir mis servicios a cualquier hora, amor mío —respondió él, y le acarició la mejilla —dijo—. Blanche, llámame querido otra vez.

Entonces, ella se incorporó y su semblante se volvió serio.

—Querido, tú eres más que mi amor: eres mi vida.

Igualmente grave, él se sentó y la abrazó.

—Gracias. Siento exactamente lo mismo.

Blanche vaciló. Tenía muchas cosas que decirle.

—Me has salvado la vida.
—Ojalá fuera cierto, pero estoy seguro de que el tiempo te ha sanado, Blanche, no yo.
Ella negó con la cabeza.
—Tú despertaste mi corazón herido, Rex. Me enseñaste lo que eran la alegría, la pasión y el amor... y entonces llegaron aquellos terribles recuerdos. Hace tres meses pensé que el precio era demasiado doloroso, pero me equivoqué. Creo que el miedo ha desaparecido. Ahora puedo enfrentarme a los recuerdos y al dolor. Cada día me resulta un poco más fácil. Y además, no quiero olvidar. Mi madre se merece que la recuerde.
—Sí —respondió él solemnemente—. Has recorrido un camino muy largo en muy poco tiempo. Me siento muy feliz por ti, por nuestro hijo, por nosotros.
Blanche sonrió.
—Estoy impaciente por que nazca nuestro bebé. Y estoy impaciente por conocer a Stephen cuando venga este verano de visita.
Rex sonrió.
—Van a ocurrir muchas cosas —dijo suavemente.
Ella completó lo que pensaba.
—Y con tantas cosas, es difícil saber por dónde empezar.
Él la miró con ternura. Entonces, lentamente, le pasó la mano por la espalda.
—Quizá lo mejor sea concentrarse en el presente.
Blanche se entusiasmó. Vio cómo él recorría su cuerpo con la mirada, y vio cómo sus altos pómulos se sonrojaban. Lentamente, Rex la miró con una intensidad que hizo que se estremeciera. Entonces, la sorprendió.
—Tú también me salvaste la vida, Blanche.
A ella se le llenaron los ojos de lágrimas al recordar la soledad y el aislamiento que habían reinado en su vida.
—Nunca volverás a estar solo.
—Lo sé.
Su mirada cambió y se hizo ardiente.

Blanche notó la vibración del deseo en el cuerpo, y se humedeció los labios.

—¿Por qué no cenamos en la habitación, querido? —le preguntó con suavidad.

Sir Rex sonrió.

—¿Ese gitano también te enseñó a leer el pensamiento? —le preguntó él, mientras le acariciaba entre los pechos con la nariz.

Ella se rió, pero entonces, su risa se ahogó, porque notó la boca de sir Rex en la piel, y aquello le causó unas sensaciones tan deliciosas que tuvo que dejar que la tendiera en la cama.

Alegremente.

Y no necesitó una bola de cristal para saber lo que les depararía el futuro.

Títulos publicados en Top Novel

Volver a ti — Carly Phillips
Amor temerario — Elizabeth Lowell
La farsa — Brenda Joyce
Lejos de todo — Nora Roberts
Lacy — Diana Palmer
Mundos opuestos — Nora Roberts
Apuesta de amor — Candace Camp
En sus sueños — Kat Martin
La novia robada — Brenda Joyce
Dos extraños — Sandra Brown
Cautiva del amor — Rosemary Rogers
La dama de la reina — Shannon Drake
Raintree — Howard, Winstead Jones y Barton
Lo mejor de la vida — Debbie Macomber
Deseos ocultos — Ann Stuart
Dime que sí — Suzanne Brockmann
Secretos familiares — Candace Camp
Inesperada atracción — Diana Palmer
Última parada — Nora Roberts
La otra verdad — Heather Graham
Mujeres de Hollywood... una nueva generación — Jackie Collins
La hija del pirata — Brenda Joyce
En busca del pasado — Carly Phillips
Trilby — Diana Palmer
Mar de tesoros — Nora Roberts
Más fuerte que la venganza — Candace Camp

www.ingramcontent.com/pod-product-compliance
Lightning Source LLC
LaVergne TN
LVHW030337070526
838199LV00067B/6324